사랑받고 있는 거 눈치채!

사랑받고 있는 거
눈치채!

코노 유타카 지음
최은지 옮김

리프

차례

- 프롤로그 -

우선 모리하시 쇼코를 소개하겠다. 그녀는 내 룸메이트이자 아르바이트 선배다. 스물네 살, 고베시 거주. 키는 큰 편이고, 외모는 중성적인 느낌의 미인. 윤기 나는 흑발에 볼륨 있는 쇼트 커트는 통통 튀는 분위기를 자아낸다. 액세서리는 그다지 좋아하지 않고 깔끔한 스타일의 옷을 선호한다. 활동하는 낮에는 렌즈를 끼고 자기 전에는 빨간 안경을 쓴다. 독서는 잡지에 연재되는 만화 정도. 심야 스포츠 경기를 좋아하고, 샤워하며 오래된 록밴드의 노래를 열창하기도 한다. 취미는 맛있는 거 먹기, 퍼즐, B급 공포 영화 감상. 특기를 물었더니 "흥미로운 분야라면 뭐든 잘 할 수 있지."라고. 뱀을 싫어하고, 추위를 많이 타며, 지도를 잘 못 읽는다. 제대로 확인하지 않고 감각만으로 찾아가는 버릇이 원인이다. 그녀는 카레를 좋아한다. 특히 우리가 일하는 '고쓰조 카레'의 대표 메뉴인 스페셜 치킨 카레를 사랑한다. 내가 그녀와 같은 가게에서 일하게 된 계기 역시 카레에 대한 그녀의 극찬 때문이다. 쇼코가 사랑하는 건 어디까지나 카레를 먹는 행동일 뿐 만드는 법에는 관심이 없다. 그녀에게 있어서 아르바이트는 부업일 뿐이다. 그녀의 진짜 직업은 바로…….

나와 쇼코가 의뢰인과 공급자의 관계가 된 것은 보름달이 가을의 정취를 가득 품기 시작한 9월이었다. 그날 밤, 우리는 거실의 낮은 테이블 앞에 마주하고 앉아 칠레산 저가 화이트 와인으로 저녁 반주를 즐기고 있었다. 내가 대충 이것저것 섞어 만든 안주는 계란말이, 데친 톳, 구워서 생강 간장으로 양념을 한 유부 튀김으로 일본주에나 어울릴 만한 메뉴들이었지만 화이트 와인과도 나름 잘 어울렸다. 잘 어울린다고는 했지만 사실 나는 대단한 미각의 소유자는 아니다. 그저 좋은 게 좋은 거라는 생각일 뿐.

쇼코와 함께 한 병에 720엔짜리 와인을 칭송하고 있는 사이 대화 주제는 점점 고급 와인을 공격하는 분위기로 바뀌어갔다. 우리는 '고주망태의 망언'을 변명 삼아 저 멀리 셀럽의 세계에만 존재한다는 터무니없이 비싼 와인에 대해 근본 없는 험담을 늘어놓았다. 흥분한 쇼코가 당당하게 단언했다.

"애당초 아무리 비싼 와인이라도 따뜻한 코코아보다 맛있는 건 없다는 말이야!"

그 말은 테이블 위에 놓인 저렴하고 맛있는 와인에게도 미안한 말이었지만 와인은 상처를 받지 않으니까.

"처음 코코아를 마셨을 때 나도 엄청 감동했어요."

나의 동의에 쇼코는 와인을 마시면서 미소 지었다.

"좋네. 그런 거 잘 기억하고 있어서."

"그래요?"

"역시, 뭐든지 처음이 가장 감동적이야. 감동은 기억해 두는 편이 좋지."

"그럴지도 모르겠네요."

"나는 기억 안 나. 유치원 다닐 때였겠지? 마일로(네슬레에서 출시한 코코아 성분이 함유된 보리음료-역주)는 코코안가?"

"글쎄요. 카페에서 코코아를 주문했는데 마일로가 나와도 괜찮아요?"

"마일로 정도면 뭐 그래도?"

"어머, 마음이 넓네."

"맛있잖아. 언제 처음 마셨어?"

"마일로?"

"마일로든 코코아든."

"코코아라면 90년 전이요."

"그렇구나."

쇼와(일본 연호, 1926년 말부터 1989년 초까지의 기간-역주) 시대구나, 하고 쇼코는 말했다.

나는 올해 스물세 살이 되었다. 쇼코보다 한 살 아래. 그렇지만 이건 이번 생의 부모에게서 오카다라는 성과 안이라는 이름을 받은 이 육체의 나이일 뿐이다. 정신적으로는 천 년 정도 살아왔다.

나의 이 말이 레이와(2019년 4월 1일에 발표된 일본의 새로운 연호-역주) 시대를 사는 사람들에게는 믿기 어려운 황당무계한 이야기일지도 모른다.

천 년 전 헤이안(일본 연호, 794년부터 1185년-역주) 시대에 사랑에 빠진 한 쌍의 남녀가 사이좋게 손을 맞잡고 죽었다. 사인은 익사였지만 사고도, 동반자살도 아니다. 구태여 이유를 꼽자면 천벌이다.

물의 신은 한 여자를 사랑했다. 그러나 여자는 물의 신이 아닌 사랑하는 인간 남자와 부부의 연을 맺고자 했다. 이에 화가 난 신은 강을 범람시켰다. 남자는 거대한 용처럼 너울대며 난폭하게 흐르는 강에 빨려 들어가 이리저리 휘둘렸고, 이를 본 여자는 남자를 구하러 뛰어들어 함께 목숨을 잃었다.

나란히 손을 잡고 죽은 두 사람을 보며 물의 신은 이렇게 생각했다고 한다.

'뭐야, 이깟 하찮은 일로 죽어버리다니. 사랑은 다 가짜야. 꿈이고 허상이라고. 난 오랫동안 인간의 삶을 봐왔지만 진정한 사랑을 여태껏 한 번도 본 적이 없어.'

물의 신 입장에서는 여자에게 차인 마음에 남자를 혼내줄 요량이었겠지만 여자까지 함께 죽어버렸기 때문에 질투와 후회로 당황했을 것이다. 그래서 두 사람의 영혼에 저주와 같은 희망을, 희망과 같은 저주를 걸었다.

"내 너희를 시험에 들게 할 것이다. 물의 흐름은 윤회와 통하지. 천 년이든 만 년이든 두 사람 모두 생을 반복하게 될 것이다. 몇 번이고 인연이 닿겠지만 너희들이 이어지는 일은 결단코 없을 것이다. 찰나의 사랑이 사라질 때까지 한없이 이어지는 생의 감옥 안으로 내가 너희를 가둘 것이다."

윤회전생의 시작이었다. 물의 신 말대로 남자와 여자의 영혼은 몇 번이고 다시 태어났다. 살아서는 죽고 죽어서는 살고, 만나면 헤어지고, 헤어지면 만나는 이 반복 속에서 절대 이어지지 않았다. 영원히 반복되는 미완성의 사랑에 갇혀버렸다.

두 사람의 생에는 규칙이 있다. 남자는 다시 태어날 때마다 윤회를 잊어버리지만, 다시 태어난 여자를 사랑하는 순간 기억이 돌아온다. 여자는 반대로 윤회를 기억한 채 태어나지만, 다시 태어난 남자를 사랑하는 순간 모든 기억을 잃는다.

두 사람은 모든 시대를 살아왔고 또 죽어왔다. 농민이었다가, 상인이었다가, 화가도 되었고, 때로는 음악가이기도, 죄인이기도 했고, 짐승이 되기도, 새나 물고기, 벌레나 잡초로 살면서 만났다가 헤어짐을 반복해왔다.

저쪽은 이쪽을 기억한 채 태어나고 이쪽은 저쪽을 잊은 채 살아간다. 그리고 이쪽은 저쪽을 기억하고 그 무렵 저쪽은 이쪽을 잊는다. 나선형의 형태로 이어진 이 운명의 시간은 어느새 천 년이라는 세월을 지나고 있었다.

그런 이유로 헤이세이(일본의 연호, 1989년 초부터 2019년 초까지-역주)에 태어나 레이와를 살아가는 나는 천 년의 기억을 가지고 있다.

사실이지만 모든 사람이 쉽게 믿을 수 있는 이야기는 아니다. 당연히 쇼코도 믿지는 않을 것이라 생각했다. 그러나 그녀는 받아들였다. 대부분의 황당무계한 이야기는 "세상은 설렘으로 가득하니까." 하고 웃으면서.

와인에서 파생된 코코아 토크를 이어가는 사이 "그럼 술 좀 깰 겸 코코아나 한 잔."이라는 말로 한 단락 자리를 정리하고 달구경을 핑계 삼아 편의점까지 걷기로 했다.

취기에 비틀거리는 건 아니었지만 쇼코가 조금 불안정한 걸음으로 현관문을 열고 한 발짝 내민 직후 "까악!" 하고 비명을 질렀다. 그대로 현관까지 뛰어올라 물러난 뒤 울먹이는 눈동자로 이쪽을 바라봤다.

"안, 안. 큰일 났어! 갇혀버렸어!"

그렇다고는 해도 문은 열려있으니 갇힌 건 아니다. 내가 앞을 바라보자 문 너머 통로에 하얀 끈이 떨어져 있었다. 끈은 사람 손가락만 한 굵기에 길이는 대략 20센티미터 정도 되어 보였다.

가까이 가서 보니 흰 뱀으로 몸통의 중간 부분이 옴폭 패여 있었다. 아마 쇼코가 밟은 부분 같았다.

"괜찮습니까?"

말을 걸자 흰 뱀은 매끈하게 움직이며 머리를 들었다.

"걱정은 필요 없습니다. 저에게 신체 따위는 있으나 마나니까요."

내 뒤에 숨은 쇼코가 "말했다!" 하고 소리를 질렀다. 나는 쇼코 쪽으로 몸을 돌려 급하게 설명했다.

"이쪽은 신입니다. 이름은 여러 개가 있는데……."

"가코라고 불러주세요."

나는 고개를 끄덕이며 고쳐 말했다.

"흰 뱀 가코 씨입니다. 온화한 분이시니 무서워할 필요 없어요. 그 어떤 구렁이보다 안전합니다."

가코 씨가 꾸벅 고개를 숙이자 뱀을 무서워하는 쇼코도 내 등 뒤에 숨어 고개 숙여 인사했다.

"가코 씨가 무슨 일로 여기에 오셨나요?"

내가 묻자 흰 뱀 신은 수려한 동작으로 둥글게 몸을 말았다.

"무슨 일이 있는 건 아니지만 화신(신과 같은 초월적인 존재가 인간 등의 몸으로 나타남을 의미-역주)을 되찾아서 한번 인사를 하러 와야겠다 싶었거든요."

"신경 써주셔서 감사합니다. 어떻게 제가 있는 곳을 잘 찾아오셨네요."

"이와노오카미(하리마 지역 신-역주)에게 들었습니다."

"그렇군요. 여기 서서 이야기하긴 좀 그러니……."

집에 들어오시라고 청하려는데 역시나 쇼코가 싫어할 것 같았다. 이런 내 마음을 눈치챈 가코 씨가 서둘러 고개를 저었다.

"아뇨, 아뇨. 나가시려는 것 같으니 이만 가보겠습니다. 어쨌든 제가 나타났으니 분명 곧 다른 쪽도."

"네, 잘 알겠습니다."

"부디 조심하세요. 저는 잠시 와카히루메노미코토(일본의 생명과 번영의 신-역주)님 밑에 머물 예정이니 무슨 일이 있으면 연락 주세요."

"마음 써주셔서 감사합니다."

나는 깊게 머리 숙였다. 감았던 눈을 뜨자 이미 가코 씨는 없었다. 뒤에 있던 쇼코가 말했다.

"지금, 뭐야? 정말 신이야?"

"물론입니다. 뱀이 말을 하는데 신이 아니면 뭐겠어요."

"그런가? 나 지금 신이랑 만난 거야? 세상은 정말 설렘으로 가득한 곳이구나."

그녀는 아무 일도 아닌 듯 그렇게 말하고 모든 상황을

받아들인 것 같았다. 무서워하는 뱀이 눈앞에서 사라졌기 때문에 우선은 만족한 듯했다. 나는 스니커즈에 발을 집어넣으면서 말했다.

“그럼 다시 코코아나 사러 갈까요?”

“아, 맞다. 그 얘기 중이었지.”

“그런데 쇼코에게 하나 부탁할 게 생겼어요.”

시간이 더 지난 뒤에 말할 생각이었지만 가코 씨가 나타났다는 것은 서두르라는 징조였다. 시간이 조금 더 지나면 성가신 일이 생길지도 모른다.

“응, 뭔데?”

“자세한 이야긴 코코아 마시면서 하겠지만, 우선 갖고 싶은 책이 있는데요…….”

이렇게 인간과 신의 영역을 넘나들고, 시간을 뛰어넘는 사랑과 욕망이 뒤섞인, 그렇지만 배경의 스케일에 비해 상당히 조촐한 이야기가 시작되었다.

아니, 이 이야기는 시작은커녕 이미 끝나버렸을지도 모른다. 이건 천 년 전에 태어나 긴 시간을 지나 결말에 다다른 어떤 사랑의 후일담일 것이다. 신데렐라가 왕자님을 만난 후 성에서의 생활을 이야기하듯, 카구야 공주(일본 전

래동화-역주)가 달로 떠난 뒤 달구경의 한 장면을 그린 듯한.

누군가의 눈에는 파란만장하게 보이고 또 다른 누군가의 눈에는 어딘가 부족해 보여도 우리에게는 평온하고 만족스러운 그저 일상의 이야기다.

한 권의 책을 둘러싼 소소한 이야기가 다음 전개로 이어지는 건 대략 3개월 후, 크리스마스 종소리가 울리기 시작한 12월의 어느 날이었다.

1부

모험의 시작은 고베에서

좋아하는 음식을 꼽아보라 하면 주관적인 입맛에 맞춰 취향껏 선택하면 됩니다. 고기, 생선, 혹은 단맛. 아니면 '돼지가 찾아낸 야생버섯'이나 '당나귀 젖으로 만든 치즈'처럼 어떠한 취향이든 상관없습니다. 그러나 '가장 훌륭한 요리는 무엇인가?'라는 질문에 취향을 배제한 객관적인 답을 내놓아야 한다면 그건 틀림없이 카레입니다.

맛있는 생선은 천 년 전부터 맛있었습니다. 즉, 사람의 노동력이 첨가되지 않은 자연 그대로의 미(味)라는 의미이지요. 고기는 근대에 들어서서 맛이 좋아졌습니다. 이 말은 반복해온 품종개량의 산물로 축산업자의 노력이라 할 수 있죠. 축산업이 요리일까요? 당연히 아닙니다. 축산업 관계자들의 노고에 아낌없는 경의를 표하며 여름날 뭉게구름만큼이나 거대한 감사를 드립니다만, 요리와는 필드 자체가 다릅니다. 요리란 조화로운 식재료와 적절한 불의 사용, 거기에 다양한 조미료를 더하여 식재료를 높은 차원으로 끌어올리는 예술입니다.

그렇다면 왜 카레가 가장 훌륭한 요리인가 하면, 이에 대한 설명을 위해 우선 카레의 근간을 성립하는 카레 가루에 대한 고찰이 필요합니다. 커민을 그냥 핥아 먹는 사람이 있나요? 카르다몸이나 시나몬, 터메릭, 칠리페퍼처럼 향신료는 재료 자체만으로 따지자면 절대 맛있다고 할 수 없습니다.

카레의 본질은 단 한 개로는 완벽하지 않은 각각의 소재를 섬세하게 배합하여 최적의 온도로 혼연일체를 만들어내는 화학반응입니다. 그것이야말로 요리, 즉 식재료를 저울질해가며 깨달음을 이뤄내는 대대로 내려오며 쌓아온 문명의 본질이지요.

이렇듯 냄비 속에서 이뤄낸 역사의 산물인 카레를 두고 '진짜 요리'라고 불릴 만한 것이 있을까요? 아니요, 없습니다. 저는 확신할 수 있습니다.

• • •

여기까지 펜을 휘날리며 쓰던 중 나는 고개를 들었다. 누군가 테이블 위에 컵을 내려놓는 기척이 느껴졌기 때문이다. 내 뒤로 한 발짝 떨어진 곳에 쇼코가 서 있었다.

웃으며 "고마워요." 하고 감사를 전하자 그녀가 아쉽다는 듯이 웃었다.

"컵을 정말 조심히 내려뒀는데 말이지. 어떻게 알아챘어?"

"글쎄요, 어떻게 알게 되었네요."

고베 산노미야 역에서 도보 7분 정도 떨어진 고쓰조 카레는 지금 점심 휴식시간이다. 점심 장사가 오후 3시까지기 때문에 해가 짧은 11월에는 어쩌면 저녁 휴식시간이라는 표현이 더 맞을지도 모르겠다.

고쓰조 카레는 여러 상가가 입주해 있는 건물 안에서도 반 층 내려간 지하에 있는 가게로, 원래는 찻집이었던 점포를 식기까지 모두 그대로 사용하고 있다. 일하는 사람은 주인인 요시다 씨 외에 아르바이트생인 나와 쇼코 둘뿐이지만, 일곱 명이 앉을 수 있는 카운터 자리와 테이블이 네 개밖에 없는 작은 가게라 인원이 부족하지 않다.

가게는 쇼코가 홀 전체를 통솔하고 주방은 요시다 씨가 장군처럼 자리 잡고 있어서 나는 두 사람의 사이를 쫄래쫄래 쫓아다닌다. 내가 들어오기 전 아르바이트생은 쇼코 하나였다. 대신 가게의 모든 일을 척척 해내는 요시다 씨의 아내가 함께 일을 했는데, 얼마 전 출산을 해서 일을 쉬게 되었다고 한다. 이 이야기를 들은 내가 "기회다!"라고 강력하게 밀고 들어와서 현재의 인원 구성이 완성되었다.

일한 지 얼마 되지 않은 나와는 달리 쇼코는 대학생 시절부터 에이스인 요시다 씨의 아내 밑에서 4년이나 수련을 쌓아왔기 때문에 베테랑 홀 스태프다. 음식을 정확하게 내오는 것은 물론, 단 한 방울도 흘리지 않고 물을 따라내는가 하면, 주문을 넣는 실력은 눈을 감고도 할 정도이다.

게다가 그녀는 이러한 루틴 업무에만 안주하지 않고 새로운 형태의 서비스라고 해야 할지, 아니면 무료함을 달래줄 장난이라 해야 할지 모를 기묘한 기술도 창작해냈다. 이름하여 '유령 시중'이라는 이 기술은 카레를 다 먹은 손님이 알아차리기 전에 테이블 끝에 후식 커피를 두는 서비스이다. 이러한 서비스를 받은 손님의 대부분은 검객에게 공격을 받은 적군처럼 한 박자 늦게 커피를 발견하고는 눈을 동그랗게 뜨며 놀랐다. 간혹 아예 알아차리지 못하여 팔로 쳐서 소리를 지를 때도 있어 아무래도 서비스보다는 무료함을 달랠 장난 쪽에 더 가까운 것 같다.

이 유령 시중이 유일하게 통하지 않는 것이 바로 나다. 쇼코는 맞은편에 앉으면서 투덜거리는 목소리로 물었다.

"소리가 났어?"

"아니요, 전혀."

"집중하고 있는 줄 알았는데."

"맞아요. 완전히 몰입했어요."

"이번엔 진짜 자신 있었는데. 어떻게 안에게는 매번 들키지?"

사실 내가 유령 시중을 알아차리는 이유는 단순하다. 그 이유를 설명하자니 뭔가 바보 같아서 여느 때와 마찬가지로 그녀의 질문을 미소로 받아넘겼다. 그러자 쇼코는 더 캐묻지 않고 노트에 관심을 보였다.

"이건 뭐야?"

"러브레터요. 말하자면 위대한 카레를 향한 소소한 고찰."

쇼코는 키득거리는 귀여운 웃음소리를 내면서 노트에 손을 뻗었다.

"그게 뭐야. 안, 많이 심심해?"

"아니에요. 애정표현이에요."

"카레를 향한?"

"요시다 씨가 레시피를 안 알려줘요. 아무래도 카레에 대한 나의 애정을 의심하는 것 같아요."

쇼코는 노트를 손에 들고 '괜찮지?'라고 묻는 듯 바라봤다. 나는 가볍게 고개를 끄덕이며 대답을 대신했다. 인간은 쉽게 깨달음을 얻지도 못하고 현자가 되지도 못하지만, 부끄러움이란 감정만은 쉽게 잊는다는 사실을 천 년을 살면서 알게 되었다. 카레를 향한 강인한 애정을 그럴싸한 말로 꾸며낸 나의 엉터리 글을 보여주는 정도는 아무렇지 않다.

히죽히죽 웃으며 노트에서 눈을 떼지 않고 쇼코가 말했다.

"그런데, 안은 카레보다 디저트를 더 좋아하잖아. 아시야(효고현 남부에 있는 도시-역주)에 있는 화려한 가게의 그 뭐야, 스타카토?"

"크로스타타(이탈리아의 구운 타르트이자 파이의 한 종류-역주) 말하는 거예요?"

"응, 그거. 아, 거의 맞혔는데."

"완전히 다른 이름이잖아요."

덧붙이자면 맛있는 크로스타타를 파는 양과점은 오사카로 가게를 이전한 지 오래다. 아시야에 있을 적 그 가게는 상류층 사모님들의 여유로운 다과 모임 장소로 사용되었지만, 현재는 그저 수많은 손님을 맞이하고 내보내기 바쁜 상점 중 하나가 된 듯하다.

"사장님, 이제 안에게도 밑작업을 맡겨보면 어떨까요?"

쇼코가 그렇게 말을 걸자 주방에서 냄비를 보고 있던 요시다 씨가 카운터 너머에서 얼굴을 내밀었다. 올해 마흔 살인 그는 통통하고 말랑한 체격으로 아카베코(빨간 소 모양의 지방향토 완구, 자동차 대시보드에 붙여두는 인형처럼 고개가 움직인다-역주)를 떠오르게 하는 거구에 온화한 얼굴을 한 사나이다. 요시다는 일부러 기른 건지, 아니면 단지 신경을 못 쓴 것인지 알 수 없는 애매한 길이의 수염을 왼손으로 쓸면서 말했다.

"나는 말이야, 우리 집 맛은 바보한테 잇게 할 생각이거든. 안은 바보가 아니잖아."

나는 쇼코의 커피를 호로록 마시며 대답했다.

"그렇다고 특별히 똑똑하진 않은데. 왜 바보가 좋아요?"

"뭔가 뜨거운 느낌이 들지 않아? 카레를 향한 바보 같으면서도 뜨거운 사랑!"

"미지근한 정도의 사랑도 꽤 멋져요."

"카레는 뜨거워야지!"

"고쓰조 카레는 차가워도 맛있는데. 아, 웨건에 도시락을 팔아보면 어때요? 빌딩가에 들어서면 돈을 쓸어모을지도 몰라요."

"수입은 지금이 딱 좋아. 그것보다 카레 한 접시를 향한 애정이지."

이야기는 끝났다는 듯 요시다 씨가 주방으로 머리를 다시 집어넣었다. 나는 쇼코를 향해 고쳐 앉아 물었다.

"저기, 우리 둘이 같이 하는 건 어때요? 고쓰조 카레 웨건 2호점."

그녀는 내가 집필한 '위대한 카레에 대한 소소한 고찰'에 눈을 떼지 않은 채 대답했다.

"음, 재밌을 것 같지만 본업에 소홀해지면 안 되니까."

요시다 씨가 다시 주방에서 불쑥 고개를 내밀었다. 그 움직임은 뭔가 악어 이빨 게임처럼 보였고, 나는 아카베코 버전을 상상해보았다.

"쇼코는 뭐하는 사람이야?"

"소녀의 비밀이옵니다. 꼬치꼬치 캐묻지 않는 편이 더 멋지답니다."

"그렇지만 궁금하잖아. 귀여우니까 현지 아이돌?"

"저는 얼굴 알려지는 거 싫어해요."

"혹시, 신비주의 아이돌?"

"오, 조금 비슷해요."

고쓰조 카레 베테랑 홀 스태프이기도 한 쇼코는 비밀리에 정체불명의 도둑가게를 운영한다. 간단히 말하자면 쇼코의 본업은 도둑이다. 기본적으로는 통상의 도둑과는 크게 다르지 않다. 하는 일이나 사용하는 도구도 같고 어디에다가 영업신고서를 낼 수도 없거니와 완전히 범죄의 일종이기 때문에 발각되면 잡힐 수밖에 없다.

유일한 차이점은 도둑가게에는 의뢰인이 있다. 즉 자신이 표적을 정하지 않고, "이걸 훔쳐주세요."라고 부탁을 받은 것만 노린다. 성공적으로 손에 넣은 물품을 의뢰인에게 넘기고 약속대로 보수를 받는다.

"어차피 아무 보석 같은 걸 훔쳐봤자 어디에 팔아야 할지도 모르잖아?"

쇼코는 말했다. "실로 그러하지요." 하고 나는 대답했다.

그녀가 하는 일의 선악에 관해서는 안타깝게도 느낄 수 없다. 나 역시 천 년의 삶 속에서 불법을 저지르며 하루하루를 연명하던 시기가 있었기 때문이다. 누군가의 삶에 대해 평가할 수 있는 권리는 그 누구에게도 없다. 더군다나 짐승이나 식물의 삶까지 겪어온 내게 인간 사회의 보편적인 윤리나 논리의 개념은 더욱 낯설게 느껴질 뿐이다.

어떤 사정이 있든 간에 쇼코가 전문 도둑이라는 사실이 나에겐 잘된 일이었다. 내게 필요한 책 하나가 있는데, 그건 보통의 방법으로는 손에 넣지 못하는 책이었기 때문이다.

고쓰조 카레는 꽤 인기 있는 가게다. 게다가 요시다 씨는 그만의 독자적인 고집으로 카레를 대량 생산하는 것을 싫어하여 오후 8시가 될 무렵에는 재료 소진으로 가게 문을 닫는 것이 일상이었다. 근면한 요시다 씨는 그 뒤에도 밤늦게까지 가게에 남아 다음 날의 재료를 준비하지만, 아르바이트인 우리는 설거지와 정리를 끝내면 주저 없이 퇴근한다.

구제 옷 가게에서 구매한 자주색 더플코트에 몸을 밀어 넣고 가게 문을 열자 냉기가 콧속을 강렬하게 자극했다. 완연한 겨울이었다. 계단을 먼저 오르던 쇼코는 개구리가 뛰어오르는 듯한 귀여운 재채기를 했다.

12월 9일 산노미야는 연말의 분주함보다 다가올 크리

스마스에 대한 기대감과 설렘으로 가득했다. 무표정한 얼굴로 거리를 걷던 사람들도 트리의 조명에 시선을 빼앗기고, 배경 음악으로 흐르는 캐럴 박자에 발을 맞추게 되는 느긋하고도 침착한 흥분. 술 없이도 취기가 오르는 느낌이 기분을 좋게 만든다.

키가 큰 쇼코와 키가 작은 나는 나란히 걸었다. 스타일 좋은 그녀는 하드보일드 영화에 나올 법한 심플한 검은 트렌치코트를 입고 있다.

오늘은 지금부터 또 하나의 일이 남아 있고 그 일을 해치운 뒤 우리는 조금 사치스러운 저녁을 먹을 예정이다.

“가게 예약이 몇 시였지?”

“10시 반으로 예약했어요.”

그렇게 말하면서 역을 향하고 있는데 누군가 “잠깐만.” 하고 말을 걸어왔다. 고쓰조 카레에서 불과 20미터 정도 떨어진 거리였다.

말을 건 사람을 돌아보자 그는 이 추운 밤거리에서 점을 봐주고 있었다. 검은 마스크를 코까지 올려 얼굴을 가린 남자 앞에는 작은 테이블이 있고 거기에 놓인 사방등에는 ‘운명 감정’이라고 쓰여 있었다. 사방등의 불은 점술가 옆에 놓인 메뉴판을 비추었는데 거기에는 휘갈겨 쓴

글씨체로 '짧게 1000엔, 길게 2000엔'이라고 적혀 있었다. 쇼코는 발을 멈추고 메뉴판에 눈길을 돌렸다.

"점이라는 건 길이로 결과가 바뀌는 건가?"

예상치 못한 질문이었는지 점술가는 잠시 머뭇거렸다. 그리고 봄날 작은 새의 울음소리와 비슷한 높은 목소리로 대답했다.

"결과라고 해야 할지, 반은 인생 상담 같은 것이니까요."

"불만을 길게 들어주니 두 배로 돈을 받겠다는 건가?"

"그런 식으로 말씀하지 마세요. 짧게는 5분, 길게는 15분. 그 시간을 이용하는 방식은 손님이 정하는 겁니다."

그렇군, 하고 쇼코가 다시 걸어가려고 하자 그걸 본 점술가가 재빨리 기세 좋게 일어섰다.

"잠깐만 기다리세요! 2분. 2분만 이야기를 들어주세요!"

"얼만데?"

"돈은 안 내셔도 돼요. 전하고자 하는 말이 있어요."

"혹시 나 죽어요?"

점술가는 고개를 힘차게 저었다.

"아니요, 그게 아니고."

"그럼 반대로 완전 횡재?"

"근본적으로 아닙니다."

"근본이라니 뭐야?"

"애초에 당신이 아닙니다."

"아. 확실히 근본적이네."

점술가는 손으로 책상을 치며 몸을 앞으로 내밀었다. 그 충격에 사방등 불이 흔들리면서 점술가를 비췄고 단호한 동작으로 나를 가리켰다.

"당신, 당신이십니다. 지금 당신 앞에 너무나도 거대한 운명이!"

그가 열정적으로 목소리를 높였기 때문에 나도 놀라지 않으면 예의가 아닌 것 같은 기분이 들어 "무슨 말씀이신가요?" 하고 반응을 보였다. 이쪽은 신에게 노여움을 샀고, 이미 천 년이나 생을 반복하고 있는 몸이니까 우선은 희한한 운명이긴 할 것이다.

점술가는 쇼코에게 몽땅 빼앗긴 자신의 위엄을 되찾으려는 듯 낮은 목소리로 말하기 시작했다.

"당신, 고민이 있으시네요."

"음, 천천히 생각해보면 한두 개 정도는 뭐."

"인간관계에 관한 고민이시죠?"

"글쎄요, 그렇게 막 아니라고도 할 수 없을 것 같기도 하고."

요시다 씨가 카레 레시피를 알려주지 않는 것도 인간관계에 관한 고민일까?

"혹시 연인은?"

"없습니다."

점술가는 좋았어, 하고 중얼거리고는 작게 주먹을 쥐었다. 뭔가 강한 확신을 얻은 듯 했다.

"잘 알겠습니다. 그럼 점괘 결과를 발표하겠습니다."

"네, 그러세요."

그는 가벼운 헛기침으로 목을 가다듬은 뒤 강렬한 눈빛을 보내며 내게 고했다.

"오늘 밤 그대는 영원히 운명을 함께할 사람과 재회할 것입니다."

그의 말에 타이밍이라도 맞춘 듯 맞은편 고가도로의 전철이 구웅 하고 소리를 내며 지나갔다. 초겨울 찬기를 머금은 돌풍이 불어와 쇼코는 가볍게 옷을 여몄다. 동시에 내 뒤쪽에 있던 카페 문이 열리며 노란빛과 함께 머라이어 캐리의 「All I Want For Christmas Is You」가 흘러나왔다.

내가 작은 목소리로 따라 부르자 점술가는 엄중하게 끄덕여 보였다.

"오늘 밤 기다려온 그대의 재회도, 이 점술도 모두 운명입니다. 잊지 마시길."

우선 나는 웃어 보이며 "감사합니다." 하고 대답했다. 말문이 막힐 때는 미소만 한 게 없다. 그러나 그의 점괘가 그다지 감사하진 않았다.

운명. 나에게는 이미 충분하다. 평안 무사하게 하루하루가 이어지면 다행이다. 그것이야말로 나의 행복이다.

그런데 쇼코가 빙긋이 웃었다.

"잘됐네. 드디어 천 년을 품어온 사람과 만날 수 있는 거 아니야?"

"과연 그럴까요?"

"기대되지 않아? 어딘가에는 있는 거잖아."

"네. 그렇다고 해도 전부 잊었는걸요."

남자는 다시 태어날 때마다 윤회를 잊어버리지만, 다시 태어난 여자를 사랑하는 순간 기억이 돌아온다. 반대로 여자는 윤회를 기억한 채 태어나지만, 다시 태어난 남자를 사랑하는 순간 전부 잊는다.

이 바보 같은 규칙 속에서 대체 어떠한 행복을 손에 넣을 수 있겠는가. 한때는 심각하게 고민해보기도 했지만 이제는 그것조차 아주 먼 옛날 일이다.

"만나고 싶지 않아?" 하고 쇼코가 말했다.

"뭐라고 해야 할까요."

나는 단어를 고르며 대답했다.

"이미 끝난 일이에요."

그렇다. 우리의 사랑 이야기는 이미 끝을 넘어섰다. 하지만 꼭 비극이라고만은 할 수 없다. 지금의 나, 안으로 사는 이 삶이 거의 완벽하게 행복하므로.

JR 산노미야역 방면의 로터리에 올라탄 우리는 세련된 일루미네이션으로 장식된 기타노자카 거리에서 천천히 야마모토도리(고베시에 있는 지역이름-역주)를 빠져나왔다. 거기서부터는 다시 가파른 드라이브 코스에 들어서는데 연속적으로 이어진 급커브 구간에 심각한 멀미를 느낄 때쯤 왼쪽에 있는 주차장이 보였다.

택시에서 내리자 주차장 안쪽에 있는 계단이 눈에 들어왔다. 계단 옆에서 짙은 녹색의 간판이 반짝이고 있었다. 간판에는 1930년대에 주로 보였던 명조체로 건물 이름이 적혀 있었다. '긴세다이 산장'.

롯코산(효고현에 있는 산-역주)에 지어져 고베의 거리와 오사카만(灣)이 내려다보이고, 객실이 마흔 개 정도인 조촐

하고 아담한 호텔이다. 계단을 오르자 붉은 벽돌을 아낌없이 사용한 아르데코(직선과 곡선이 규칙적이고 대칭적인 형태와 원색의 강렬함이 특징인 예술 양식-역주)풍의 4층 서양식 건물이 우리를 맞이했다.

역 물품보관함에서 꺼낸 파타고니아 배낭을 메는 바람에 트렌치코트의 예리한 실루엣이 뭉개졌지만 쇼코는 그래도 씩씩하게 부츠를 또각거리며 로비로 들어섰다. 한편 내 발소리는 맨발로 계단을 오르는 어린아이처럼 철떡철떡 소리로 들리니 이상할 따름이었다.

예약한 방은 '디럭스'라는 말이 붙은 더블베드룸으로 인터넷 할인에 식사까지 제외한 금액이지만 내 한 달 식비에 맞먹는 가격이었다. 하지만 커다란 통창에 전망이 좋은 최상층 객실로 충분히 돈을 낼 만한 가치가 있었다. 창문 너머로 보이는 야경은 마치 한 폭의 그림과 같았다.

호텔의 이름인 긴세다이(金星台)는 1874년 금성 일식에서 유래했다. 현재 긴세다이 산장이 세워진 자리는 과거 프랑스 천문관측대의 자리였다. 그 당시 흔치 않았던 천문 쇼를 더 좋은 자리에서 관람하기 위해 해외 각국의 수많은 학자들이 이곳을 찾았다고 한다. 전문가들의 선택을 받은 자리였던 만큼 하늘의 풍경은 더할 나위 없었다.

더 아름다운 건 눈 아래 펼쳐진 야경이다. 고베의 붉게 타오르는 등불은 마치 시대의 변화에 맞춰 새로 지어진 「은하철도 999」의 스테이션 같고, 흔히 이야기하는 '백만 달러 야경'이라는 비유도 부족한 표현이라는 생각이 들었다. 주워들은 이야기로는 백만 달러는 전기세에서 생겨난 관용구라고 하는데 계산해보면 20세기 중반 정도니까 사실은 지금이 더 비쌀 것이다. '상당히 비싼 경치를 바라보고 있는 것이니 한 달 식비와 비교하면 저렴한 거지.' 나는 마음속으로 강하게 말했다.

쇼코는 야구선수가 공을 던지듯 침대에 배낭을 던지고 액자 같은 창문으로 달려갔다. 그리고 그대로 창문을 열고 앞에 보이는 야경에 뛰어들 듯 몸을 내밀었다.

"저기 봐."

쭉 뻗은 쇼코의 손끝에는 거대한 트리 꼭대기에서 빛나는 별 모양의 오너먼트가 있었다. 그녀가 가리킨 별은 4층에 있는 우리 머리보다 조금 더 높은 곳에 있었다.

"좋다, 저거. 갖고 싶은걸."

"그래요?"

"커다란 트리를 보면 말이야, 누구든 정상에 있는 별을 자기 걸로 만들고 싶다고 생각하지 않아?"

나는 그녀의 옆에 놓인 가죽 의자에 앉아서 "물론이죠." 하고 가볍게 대답했다. 굳이 고지식하게 고개를 저을 만한 이야기도 아니다.

"왜 저런 게 갖고 싶은 건지 나도 잘 모르겠어. 그런데 저런 도움 되지 않는 것이 필요하니까 인생도 나쁘지 않은 것 같아."

"맞아요. 자유란 즉, 건전하고 무의미한 욕망을 가지고 사는 거죠."

"그래?"

"그냥 분위기에 맞게 얘기해봤어요."

그러고 나서 쇼코는 창가에서 턱을 괴고 잠시 야경을 바라봤다. 나는 의자에 앉은 채 그녀의 옆얼굴을 바라보며 시간을 보냈다. "포트 타워(고베 지역의 랜드마크인 전망대-역주)는 안 보이네." 그녀가 말했다.

아쉽게도 포트 타워 바로 앞에는 거대한 효고현경 본부 청사 건물이 있어서 포트 타워를 딱 가렸다.

이윽고 쇼코는 침착한 손놀림으로 창문을 닫았다. 그녀가 책상에 놓인 시계를 바라봤고 나도 그녀를 따라 시선을 옮겼다. 오후 8시 50분.

"한 시간 안에 끝나면 디너 예약 시간에 맞출 수 있겠네."

"모처럼 좋은 방이니까 느긋하게 하고 싶은 마음도 있어요."

쇼코는 악당 같은 장난스러운 미소를 띠고 침대 위 배낭을 가리켰다.

"자, 옷 갈아입어."

배낭 지퍼를 열자 포멀한 양복이 드러났다. 검은 슈트와 하얀 셔츠, 그리고 본 적 없는 글자가 인쇄된 희미한 금색 명찰. 미리 준비해둔 호텔 종업원 제복이다.

오늘 12월 9일, 묘하게도 백오십 년 전 프랑스 천체관측대가 이 자리에서 태양을 통과하는 금성을 관측한 날, 긴세다이 산장에서는 어떤 책 한 권이 부정하게 거래될 예정이다.

그 책, '도명초문통록(徒名草文通錄)'이라는 제목에 오침안정법(선장제본 방식 중 하나로 구멍을 뚫어 실로 꿰매는 방식, 주로 고서의 제본 방식을 나타낸다-역주)으로 제본한 책을 훔쳐내는 것이 오늘 밤 우리가 할 일이다.

도명초문통록은 일찍이 동북쪽에 살던 자산가가 소유하고 있었는데 주인이 사망한 직후, 지금으로부터 약 사 년 전에 도둑맞았다고 전해진다.

이후 책의 행방이 묘연해졌으나 고서의 세계에서도 진

귀한 것으로 전해지는 이 책에 대한 소문은 여기저기에서 끊임없이 생겨나고 또 사라졌다.

이 책은 집필 기간이 팔백 년에 달한다. 가마쿠라를 시작으로 무로마치, 센코쿠, 아즈치모모야마, 에도, 메이지(1185년인 가마쿠라를 시작으로 시간 순서대로 일본의 연호들-역주) 시대별로 각각의 종이가 덧붙여지고 입혀진 흔적이 있다.

내용 역시 기상천외하다. 일관된 주제가 있는 것이 아니라 작자 미상의 시, 세상에서 단 한 장뿐인 저명한 풍속화가의 그림, 쓰가루 샤미센(아오모리현 쓰가루 지방에 전해지는 전통악기와 그 연주 음악-역주) 악보, 그리고 그 옆에는 뜬금없이 개의 발자국이 뽕 하고 찍혀 있기도 하다. 꼭 달라붙어서 펼쳐지지 않는 페이지가 있는가 하면, 압화로 만든 책갈피가 꽂혀 있기도 하다. 인터넷에 떠도는 잡다한 내용 같은 글이 있기도 하고 반대로 엄청난 역사적 가치가 있는 페이지가 있기도 해서 책 전체의 가격을 측정할 수도 없다.

대체 어떤 거대한 의지가 이 책을 만들었는지 아니면 뚜렷한 목적 없이 시대를 뛰어넘은 나쁜 장난인지, 전문가들 사이에서도 여전히 답은 나오지 않는다고 한다. 내가 원하는 책이 바로 이 도명초문통록이다.

한편 쇼코는 도둑가게 의뢰인과의 교섭에서 매번 같은 질문을 한다. 첫 번째는 "왜 갖고 싶어?"이고, 두 번째는 "가져서 뭐하게?" 이 질문에 의뢰인이 어떻게 대답하는지에 따라 일을 받아들일지 거절할지, 보수를 얼마나 받을지 정한다고 한다.

불과 3개월 전, 어느 흰 뱀이 나타난 밤에 나는 코코아를 마시면서 도명초문통록을 훔쳐달라고 의뢰했다. 그때에도 그녀는 역시 같은 질문을 했다.

"왜 갖고 싶어?"

"그야, 원래 내 거니까요."

"가져서 뭐하게?"

"페이지를 약간 추가할 거예요. 나는 그걸로 만족하니까. 그리고 필요하다면 당신에게 드릴 거예요."

나의 대답을 들은 쇼코는 태연하게 고개를 끄덕였다.

"안 거라면 훔쳐다 줄게. 요금은 필요경비를 내고 나머지는 밥으로 사."

"밥이요?"

"일이 잘되면 좋은 가게에서 건배 같은 거 하고 싶잖아?"

"실로 그렇지요." 하고 나는 대답했다.

쇼코의 이야기로는 현재 도명초문통록 주인은 와야 마사토라는 사람이라고 한다. 원래 직업은 신주(신사의 제사를 맡은 신관 중 최고위-역주)이지만 고서(古書)의 세계에서는 뛰어난 솜씨의 리셀러(reseller)로서 이름이 널리 알려져 있다고 한다. 본인 스스로도 희대의 진서(珍書) 수집가라고 소개한다고.

이해 여름, 혹서(酷暑)의 끝을 느끼던 문호가 영면했다. 그 결과, 일설에는 십만 권이라고까지 전해지는 그의 장서가 시장에 풀리면서 호사가들이 앞다투어 그 보석이 뒤섞인 종이와 잉크 산맥에 떼 지어 모여들었다. 와야 씨도 천정부지의 높은 금액을 불러 경쟁에 참여했지만, 그의 자금에도 한계가 있어서 결국 그는 도명초문통록을 놓아주게 된 것이다.

와야 씨는 시가현에 살고 있다. 오늘은 송년회를 겸해서 신주들의 회합으로 고베에 방문했고 긴세다이 산장에서 숙박한다. 그리고 오늘 밤 이 호텔에서 어느 남자와 만나 비밀리에 도명초문통록을 팔아넘길 예정이다. 여기까지는 확실한 이야기인 것 같다.

묘하게 느리게 움직이는 엘리베이터 안에서 쇼코가 말했다.

"한 가지 걱정되는 게 있어."

"뭔가요?"

"여기 올 때 탔던 택시를 누가 쫓아온 것 같아."

나는 전혀 눈치채지 못했다. "위험한가요?"라고 묻자 그녀는 간신히 눈썹을 찌푸렸다.

"위험하진 않아. 무슨 일 있으면 각자 도망치자고."

"알겠습니다."

드디어 엘리베이터 문이 열렸다.

207호가 와야 씨의 객실이다. 색이 약간 바랜 붉은 융단이 깔린 복도를 걸어 객실 앞에서 발을 멈췄다. 나는 가볍게 내 몸에 걸친 호텔 제복을 점검한 뒤 문을 두드렸다.

"와야 님, 계십니까. 와야 님."

쇼코는 내 옆에서 웅크리고 앉아 금속 재질의 기다랗고 휘어진 도구를 쥐고 열쇠 구멍에 쑤셔 넣고 있었다.

긴세다이 산장의 열쇠는 추리소설에 나올 것 같은 앤티크풍의 정취가 있지만, 열쇠의 굴곡이 구멍에 딱 맞으면 열리는 단순한 구조라 방범 면에서는 염려스러운 형태다. 그녀의 손 언저리에서 들리는 금속이 긁히는 소리를 없애기 위해 나는 계속 문을 두드리며 "와야 님." 하고 불렀다. 대답은 없다.

이윽고 쇼코의 손 근처에서 '철컥' 하고 기분 좋은 소리가 울렸다. 쇼코가 조용히 일어서서 나에게 시선을 보냈다. 그저 종업원이 마스터키로 자물쇠를 연 것처럼 계속해, 라고 눈빛이 말했다.

"어머, 나가신 거 같네요."

나는 연기를 계속하면서 열쇠 모형을 한 손에 들고 문을 당겼다.

안에는 한 명의 남자가 있었다. 장신에 호리호리한 체격의 남성이다. 신주들의 회합에서 막 돌아온 것인지 그는 옅은 먹색의 두꺼운 모직 코트를 몸에 두르고 머리에는 검은 니트 모자, 입가에는 마스크 차림으로 침실로 이어지는 통로, 화장실 문 앞에 서 있었다.

나는 과장되게 놀란 표정을 지었다.

"어머, 어머, 계셨었군요. 와야 님, 쉬고 계시는 중에 실례했습니다."

눈을 크게 뜬 와야 씨가 상기된 목소리로 말했다.

"뭡니까, 갑자기."

"정말 죄송합니다. 사실은 이쿠타 경찰서에서 오셔서요."

대답하는 내 옆을 지나쳐 쇼코가 앞으로 나왔다. 그녀는 트렌치코트의 품에서 꺼낸 가짜 경찰 수첩을 아주 잠깐 열어 보였다.

“실례합니다. 갑자기 찾아와서. 협력해주시기 바랍니다. 어제 이 방에 숙박한 남자에게 약물 밀수 혐의가 있었습니다. 아직 도주 중이라 객실을 조사하면 뭔가 흔적이 있지 않을까 해서요.”

명연기를 펼치는 쇼코의 모습에 웃음을 간신히 참으며 진지한 얼굴로 거들었다.

“굉장한 민폐를 끼쳐 정말 죄송합니다. 4층에 디럭스 더블베드룸을 준비해두었는데 그쪽으로 옮기시는 건 어떠신가요.”

아직 놀란 모습의 와야 씨가 크고 발음 좋은 목소리로 소리쳤다.

“곤란합니다! 그렇게 일방적으로.”

쇼코가 다시 가짜 경찰 수첩을 꺼내며 이번에는 천천히 그를 설득했다.

“그렇게 말씀하셔도 어쩔 수 없습니다. 이쪽도 몇 억이라는 금액의 위법 약물이 걸려 있습니다. 어차피 좋지 않습니까. 방도 업그레이드되고. 그게 아니면 여기를 조사하면 안 되는 이유라도 있습니까?”

와야 씨도 눈을 굴리면서도 “알겠습니다.” 하고 대답했다. 그가 발 근처에 놓인 구두에 손을 뻗자 쇼코가 틈을 두지 않고 목소리를 높였다.

"만지지 말아요! 일단은 그쪽 짐도 확인해야 하니 그냥 두시기 바랍니다."

"왜 내 짐까지……."

"죄송합니다만 협력해주시길 바랍니다. 뭐 불심검문에서도 가방을 보여주는 건 으레 있는 일이지 않습니까. 우리가 하는 일이 짐 검사하는 거니까요."

훔친 고서를 가지고 있다는 사실이 켕기는지 와야 씨는 잠시 몸을 살짝 떨었다. 그 모습이 소나기에 젖은 강아지처럼 애수를 불러일으켰지만 어쩔 수 없었다. 내가 "방을 안내해드리겠습니다." 하고 말을 꺼내자 그는 체념한 듯 고개를 끄덕였다.

이제 와야 씨를 4층까지 올려 보내는 동안에 쇼코가 그 방에서 목적인 책을 찾아내면 된다. 마지막으로 '도난품으로 의심되는 책을 찾았으니 서에서 맡겠다.'라고 마무리하면 피해 신고도 하지 않을 것이라는 계획이었다.

시간은 아직 오후 9시 10분. 여유롭게 디너 예약에 도착할 것이다. 나는 앞서 걸으며 와야 씨를 향해 조용히 미소 지었다.

엘리베이터 앞에 섰을 때 가장 먼저 의아한 점은 소리였다. 엘리베이터 홀은 엘리베이터 맞은편에 나무 재질의 큰 문이 있고 그 뒤로는 계단이 있다. 그 계단 쪽에서 바스락바스락하는 소리가 들렸는데 금방 멈췄다. 누군가가 이쪽으로 몸을 숨기고 있는 듯해서 쇼코에게 들었던 추적자 이야기를 떠올렸다.

'잠깐 계단을 들여다볼까?'

위기감보다는 호기심으로 그렇게 고민하고 있는데 문 건너편에서 꺄아악, 하는 남녀의 비명이 들려왔다.

더더욱 계단의 상황이 궁금해지던 차 마침 엘리베이터 문이 열렸다. 하는 수 없이 엘리베이터에 올라탔다. 3층을 통과할 즈음, 와야 씨가 아직 긴장한 듯한 목소리로 말했다.

"저, 음악은 들으십니까?"

뭔가 상황에 맞지 않는 주제라 속으로 의아해하면서도 나는 대답했다.

"때에 따라 다르겠지만, 재즈는 조금 듣습니다."

전전생의 장년기에는 찰리 파커라든가 존 콜트레인의 음악을 턴테이블에 올려놓기도 했다. 그러나 전생에는 고양이였기 때문에 음악을 가까이하지 못했다.

엘리베이터가 4층에 도착하고 문이 열렸다. 복도로 발

을 내밀어도 와야 씨는 주제를 바꾸지 않았다.

"민족음악은?"

"가끔 듣지만, 자세히는 잘 모릅니다."

"그럼 이건?"

와야 씨는 피리로 짧은 소절의 음악을 연주했다. 마스크 너머이긴 했지만 그럼에도 아름답고 맑은 소리가 복도에 울렸다. 나는 감탄하며 그의 피리를 칭찬했다.

"훌륭하세요."

"고마워요. 이 곡 아시나요?"

"글쎄요. 긴가민가한 곡이 있긴 한데요."

말하는 사이 목적지인 문 앞에 도착했다.

"이쪽입니다."

내가 다시 열쇠를 꺼내어 객실 자물쇠를 열었을 때 주머니에서 스마트폰이 울렸다. 그 벨소리는 쇼코의 연락이었다. 나는 스마트폰 화면을 열어봤다. 그리고 엉겁결에 "어?" 하는 소리를 냈다.

'사체 발견!'

화면 속 메시지였다.

'아마 이쪽이 진짜 와야 씨?'

이어서 사진 한 장이 도착했다.

피로 물든 화장실. 옷을 입은 채 욕조에 앉아서 피를 흘리고 있는 중년 남성의 모습. 이게 진짜 와야 씨? 그럼 대체.

나는 와야 씨에게, 지금까지 와야 씨라고 생각했던 마스크와 검은 니트 모자의 남자에게 시선을 옮겼다. 남자도 이쪽을 보고 있었다. 정확하게는 내 손에 든 스마트폰 속의 사진을 지긋이 바라보고 있었다.

곧 액션신이 펼쳐질 것 같은 예감에 그에게서 거리를 두려고 했지만, 긴 팔이 쑥 뻗어왔다. 그는 한 손으로 내 어깨를 잡고 다른 한 손으로 입을 막으면서 그대로 뒤로 돌아 목과 팔을 잡았다. 나는 꼼짝도 할 수 없게 되었다.

가짜 와야 씨가 내 귓가에 속삭였다.

"죄송합니다. 이야기를 들어주세요."

들을 테니 손을 놔주세요, 하고 대답하고 싶었지만 제대로 말을 할 수 없었다.

"저는 범인이 아닙니다. 진짜!"

네네, 알겠으니까 조용히 좀. 호텔 직원이 온다고요.

"무서운 일을 겪게 해서 죄송합니다. 그런데 믿어줘요. 나도 혼란스러워서."

나한테는 이야기를 들어달라고 하더니 저쪽은 들을 생

각이 없는 듯했다. 전쟁의 시대에 배운 유술(유도의 모태가 되는 옛 무술-역주) 기술로 빠져나가야 하나 생각했지만 푸드덕거리는 소리에 시끄러워져 주위에 사람이 몰려들기라도 하면 곤란했다. 나는 나대로 가짜 호텔 직원을 연기하는 중이었기에 소란이 커지는 건 원하지 않았다.

어쩔 수 없이 '색즉시공(모든 만물은 형상이 있으나 그 본질은 비어 있는 것이라 불변하지 아니한다는 불교용어-역주)'을 마음속으로 외치면서 상황의 흐름에 몸을 맡기자 가짜 와야 씨는 나를 잡은 채 약삭빠르게 마스크를 살짝 내렸다.

"놀라게 해서 미안합니다. 저를 아시지요?"

얼굴을 보인 건 아주 미남이었다. 우수에 찬 아름다운 미모로 꼭 눈을 마주하고 있자 나도 모르게 알고 있다고 대답하고 싶었지만 전혀 본 적이 없었다. 모른다는 의미로 고개를 흔들자 그는 눈을 크게 떴다.

"뭐? 정말?"

나는 우물거리면서 "정말입니다."라고 대답과 함께 고개를 끄덕였다.

"그래도 아까 그 「터틀백」은 알고 있죠?"

다시 한번 고개를 젓자 그는 낙담한 모습으로 얼굴을 구겼다. 역시 귀찮아지고 있다. 나는 입을 막고 있는 손바닥을 물었다. 가짜 와야 씨가 "으악!" 하고 소리치며 손을 뗐다. 내가 도망치려고 하자 그의 큰 손이 나의 양 어깨를 붙잡았다. 의외로 강한 힘으로 꽉 눌러지며 등이 복도 벽에 부딪히자 조금 아팠다.

"도망치지 마요. 부탁할게요."

"어디로도 가지 않아요. 당신은 와야 씨가 아닌 거죠?"

"정말 저를 모르나요?"

"전혀요. 그쪽 분야는 잘 몰라서 죄송합니다."

"음, 저는 노지 피스우드라고 합니다."

"외국인이신가요?"

"아니요. 일본인입니다."

노지 씨는 더듬거리며 자신의 신원을 설명했다. 이야기를 정리하면 이러하다.

그는 뮤지션으로 본명은 노데라 가즈키. 노지 피스우드는 요컨대 가명으로 그는 그 표현을 싫어하는 듯 '아티스트 네임입니다.'라고 반복했다.

그의 이름이 세상에 알려진 것은 6년 전으로, 당시 발매된 데뷔곡 「터틀백」은 50만 장이나 판매되었고 그는 몇 개의 신인상도 받았다. 당시는 잘생긴 외모도 한몫해서 버라이어티 방송, TV 광고, 드라마 단역까지 팔방미인의 능력을 보여줬다. 최근 음악 활동에 집중하기 위해 노출을 줄이고 있지만 20대에서 30대 여성에게는 압도적인 인지도를 자랑한다……. 이것이 노지 씨 스스로가 설명하는 본인이다.

그다지 궁금하지 않은 그의 이야기를 들으며 열심히 반응하고는 있었지만 아래층 객실에서 와야 씨의 시체가 발견되었기 때문에 느긋하게 있을 수만은 없었다.

"그렇다면 유명한 뮤지션인 노지 씨가 무슨 이유로 와야 씨의 방에 계셨나요?"

내가 그렇게 묻자 그는 갑자기 목소리의 힘을 잃고 소곤소곤 대답했다.

"사실은 어떤 고서를 양도받기로 약속해서요……."

"도명초문통록인가요?"

"네! 어떻게 아시나요?"

"소문으로."

즉 와야 씨가 이 호텔에서 도명초문통록을 밀매할 예정이었던 상대가 노지 씨였다.

"저는 그 사람의 단순한 손님이에요. 약속 시간에 방문했더니 와야 씨가 이미 피를 흘리고 쓰러져 있었다고요."

"화장실에서?"

"네."

"맥박이나 호흡은 확인해보셨나요?"

"아니요. 그게, 무서워서……."

"경찰에 연락은?"

"그게, 하려던 찰나에 바로 그쪽들이 오셔서……."

"왜 와야 씨인 척을 하신 건가요?"

"그럴 생각은 없었어요, 그쪽이 멋대로 착각한 거라고요. 저는 당당하게 말할 수 있어요. 그저 어떻게 해야 할지 몰라서 당황했을 뿐이에요!"

"그렇군요. 그런데 문통록이 도난품이라는 건 알고 계셨나요?"

나의 추궁에 노지 씨의 말문이 막혔다. 그래도 표정을 보니 대답은 뻔했다. 나는 주저 없이 내 생각을 늘어놓았다.

"즉 유명인인 노지 씨는 도난품을 비밀리에 거래하려던 것이 떳떳하지 못해서 상황을 살펴보고 있었던 거네요. 그러던 중 제 손에 참극의 사진이 도착한 걸 보고 자백하기로 했다는 거죠."

"몇 번이나 밝히려고 했어요. 그런데 그게, 말이 떨어지질 않아서, 그러니까 당황했을 뿐이라고요!"

그의 이야기가 거짓인지 진실인지는 아무래도 상관없

다. 그래도 믿어주는 척하는 것이 더 이상 문제가 일어나지 않을 것 같다. 나는 여전히 복도 벽에 등을 붙인 채로 끄덕였다.

"그렇군요. 잘 알겠습니다."

"저, 정말 믿어주는 거죠?"

이쪽이 믿는다고 하는데도 노지 씨는 아직 우물쭈물 고민하는 듯했다. 그에게 확신을 주기 위해 나는 약간 힐문하기로 했다.

"당신이 와야 씨의 방에 방문한 건 몇 시였나요?"

"오후 9시에 만나기로 해서 딱 그 시간이었어요. 10분 전에 2층에 도착했는데 시간을 보내다가 딱 맞춰서 방에 도착했어요."

"열쇠는?"

"열려 있었어요. 노크를 해도 답이 없어서 그대로 들어갔어요."

"그런데 5분 뒤에 우리가 방문했을 때는 열쇠가 걸려 있었는데요."

"아아, 제가 잠갔어요."

"시체를 숨기기 위해서?"

"아뇨! 들어가자마자 바로요. 그쪽이 말한 뒤가 구린 거래가 예정되어 있었으니까."

"대체 왜 도명초문통록을 사려고 한 건가요?"

내 질문이 아무래도 그의 핵심을 찌른 듯 노지 씨는 망설이다 입을 닫아버렸다. 그의 솔직한 태도가 귀여워서 나는 문득 못된 장난기가 발동하여 물었다.

"혹시 금전을 목적으로 한 범행? 원래도 도난품이었으니까 훔쳐도 다른 말은 할 수 없을 것이라 생각하고 움직이던 차에 와야 씨에게 들킨 건……?"

내 말을 가로막고 노지 씨는 큰 소리로 부정했다.

"아니에요! 대금은 이미 지불했어요!"

그러고는 체념한 말투로 덧붙였다.

"사실 그 책에는 어떤 악보가 실려 있대요."

그건 나도 알고 있다.

"노지 씨는 샤미센(일본 전통 악기-역주)을 켤 수 있나요?"

도명초문통록에 실린 악보는 샤미센 독주곡 오직 하나다.

"당신은 정말 여러 가지를 알고 계시네요."

"보이는 것보다 나이가 좀 있는 편이라 이런저런 것들을 조금 알고 있습니다."

"사실은 제 대표곡이 그 책에 실린 곡, 「설화몽견절(雪花

夢見節)」과 똑같다는 말을 들어서 확인하고 싶어서요."

"대표곡이라는 건 아까 그 피리?"

"네. 「터틀백」입니다."

그렇죠, 하고 나는 마음속으로 중얼거렸다. 그의 피리 소리를 들었을 때 내가 떠올린 것이 「설화몽견절」이었다.

노지 씨는 기품 있고 아름다운 눈동자로 내 얼굴을 들여다봤다.

"제 대표곡은 혹시 표절이었을지도 몰라요. 그건 큰 문제예요."

그에게는 나름의 절실한 사정이 있겠지만 내 알 바 아니다. 슬슬 그가 누르고 있는 어깨가 아팠고 이제 이야기를 끝내고 싶었다.

"사정은 잘 알겠습니다. 그래도 저는 이제 프런트로 돌아가야 해서, 이만."

"아아, 역시 절 의심하고 있는 거죠?"

"어째서 이야기가 그렇게 되는 건가요?"

"그야 바로 도망치려고 하니까!"

"어깨가 아파요. 우선 놔주세……."

"나를 믿어준다면 제발 그 형사님 있는 곳까지 같이 가요. 제가 와야 씨를 죽이지 않았다고 당신도 말해주실

래요?"

"알겠으니까 진정하세요."

"진짜로 무죄라고요! 저는 그 방에 갔을 뿐이라고요!"

여전히 대화가 되지 않는다. 더더욱 이젠 진짜 빠져나가야겠다고 마음먹은 그 순간이었다. 옆으로 다가온 손 하나가 내 어깨를 누르던 노지 씨의 팔을 잡았다. 관절이 꺾인 듯 노지 씨가 "아파, 아파!" 하고 소리쳤다. 그 덕에 내 어깨는 자유를 되찾았다. 동시에 노지 씨의 몸이 떠올랐다가 그대로 융단이 깔린 복도에 쿵 떨어졌다. 깔끔한 업어치기다.

노지 씨를 던져 날려버린 사람은 짙은 남색의 화려한 슈트를 입은, 고개를 꺾어 올려다봐야 할 정도로 거구의 남자였다. 슈트를 입었는데도 근육질이 느껴지는 몸은 곧은 자세를 유지하고 있고 검은 머리카락은 많은 양의 왁스로 조금의 움직임도 없이 올백으로 고정되어 있었다. 나이는 서른 정도일까. 노지 씨와 비슷해 보였다.

그는 나를 향해 보디빌더가 포즈를 취할 때처럼 싱긋 웃어 보였다. 그 얼굴 옆에는 왠지 붉은 장미 꽃잎 한 장이 춤추고 있었다. 휘황찬란한 남자다.

"괜찮으십니까? 숙녀분."

"감사합니다. 특별히 별일이 있는 건 아닙니다."

"혹시 실례가 아니라면 사정을 여쭤도 되겠습니까?"

"글쎄요. 저도 혼란스러워서 말이죠……."

화려한 거구의 남자와 이야기하는 사이 복도에 찌부러져 있던 노지 씨가 일어났고 몹시 쩌렁쩌렁한 목소리로 소리쳤다.

"우키시마 씨!"

"아아, 뭐야. 노지였어?"

아마 두 사람은 서로 아는 사이인 듯하다.

"우키시마 씨가 어떻게 여기에?"

"응, 와야 씨와 약속이 있어서."

"혹시 아직 그 책을 노려?"

"아냐, 아냐. 그럴 생각은 전혀 없어. 지금은 나보다 네가 먼저 아냐? 왜 이 숙녀분에게 행패를 부린 거야?"

"행패라뇨! 약간 당황했을 뿐이라고요."

"흐음, 당황이라고?"

"그럴 것이 와야 씨가 죽었단 말이에요."

"뭐? 죽어?"

내가 짝 손뼉을 치자 두 사람은 나란히 이쪽을 바라봤다. 여러 가지가 복잡해진 상황에 내가 말했다.

"정숙. 지금부터 와야 씨 살인 사건의 조사를 시작하겠습니다. 두 분 모두 거짓 없이 알고 계신 모든 것을 증언해주시기 바랍니다."

현재 시각 오후 9시 25분. 디너 예약에 먹구름이 드리우기 시작했다.

거구의 이름은 우키시마 류노스케. 그는 어지간히 신비주의자라 제대로 된 신상을 파악할 수가 없었다. 나이도, 직업도 사는 곳도 "특별히 내세울 만한 건 없어요."라는 말로만 답했다.

노지 씨가 우키시마 씨와 알게 된 건 지난 가을, 도명초문통록의 낙찰 경쟁에서였다. 그 책을 사기 위해 와야 씨와 교섭한 건 세 사람이었는데, 이때 터무니없는 가격을 제시한 한 사람은 빠르게 탈락하고 노지 씨와 우키시마 씨가 남았다고 한다. 두 사람은 돈을 모아서 문통록을 함께 사려고 협상했지만 추후 우키시마 쪽에서 그 약속을 파기했다고. 그 후, 노지 씨는 돈 마련에 상당히 고심했다고 한다.

"우키시마 씨는 왜 문통록에 관심이 있으신가요?"

"역사를 느껴보고 싶어서요.

"그럼 구입을 포기한 이유는?"

"사적인 이유입니다."

이런 식으로 내가 그의 사정을 물어도 뻰질대며 대답을 피할 뿐이었다.

화장실에서 발견된 와야 씨의 사체나 첫 번째 발견자인 노지 씨의 일을 이야기하면서 물어봐도 "그렇군, 그렇군." 하며 맞장구만 칠 뿐 속마음은 드러내지 않는다. 확실히 수상한 사람이다.

"두 사람의 사정은 잘 알겠어요. 그럼 와야 씨의 객실을 확인해보죠."

우키시마가 이 자리를 정리하고 엘리베이터 쪽으로 발을 내딛었다. 나는 그의 옆을 걸으며 물었다.

"우키시마 씨는 와야 씨에게 어떤 용건이 있었나요?"

그가 '와야 씨와 약속이 있어서'라고 했던 말을 기억해냈다. 그러자 그는 호쾌한 미소를 띄워 보였다.

"사실은 말이야, 나는 이게 이번 사건의 진짜 원인이라고 생각하는데."

"그 말씀은?"

"와야는 수수께끼의 인물에게 협박을 받았어. 봐봐, 내 말대로지."

우키시마 씨가 스마트폰 화면을 이쪽을 향해 돌렸다. 보여준 화면은 SNS의 스크린샷이었다. '하이샤쿠'라는 닉네임의 누군가가 와야 씨에게 이런 말을 남겼다.

···

도명초문통록은 내가 가져야 할 것입니다. 그러니 당신은 그 책을 나에게 넘겨줄 의무가 있습니다. 만약 당신이 의무를 다하지 않는다면 피를 흘리게 될 것입니다.

···

그렇군, 확실히 협박이다.

"하이샤쿠라는 분은 누구인가요?"

"글쎄요. 물론 가명이겠죠."

엘리베이터 앞에 선 우키시마 씨가 손가락을 튕기듯 버튼을 눌렀다. 엘리베이터의 문이 바로 열렸다.

"와야 씨가 협박을 받고 있었다고 치고, 그게 우키시마 씨가 이 호텔에 있는 것과는 무슨 상관이죠?"

그는 스마트폰을 손안에서 빙글 돌린 뒤 주머니에 넣었다. 동작 하나하나가 화려한 남자다.

"나는 이 협박 건으로 와야 씨에게 상담을 해줬어요. 내가 유도를 좀 했던 놈이니까 의지할 수 있잖아. 그래서 문통록 매매가 완료될 때까지 호위를 해주겠냐는 이야기가 있어서 그런 거지."

"그런 사정이시면 와야 씨와 동행하는 게 맞지 않나요?"

"그게 말이야, 나는 그 협박을 그저 못된 장난 정도라고 생각했어. 그래서 그만 방심해서 방에서 잠깐 졸던 사이에 이런 일이."

"방이란 건?"

"이 호텔 3층에 나도 방을 잡았거든."

정확하게 꼬집을 수는 없지만 뭔가 전부 희미하게 의심스러운 이야기다. 이 우키시마 류노스케라는 남자, 겉모습부터 언행까지 모든 게 수상하다.

우리는 2층에서 내렸다. 그때 다시 맞은편 계단에서 소리가 났다. 이번에는 탁탁하는 시끄러운 발소리였다. 오늘 밤 긴세다이 산장 계단에서는 무언가 사건이 일어나고 있는지도 모른다.

미련이 남지만 노지 씨와 우키시마 씨를 끌고 한창 사건 현장 검증을 위해 가는 중간에 잠깐 확인해볼 수도 없는 일이었다. 우리는 207호로 발을 옮겼다. 그때 노지 씨가 "아!" 하고 소리를 지르며 멈췄다.

"저, 여기서 이상한 남자랑 만났어요!"

우키시마 씨도 발을 멈추고 눈에 힘을 가득 주며 노지 씨를 바라봤다.

"이상한?"

"네. 아홉 시가 되기 직전에요. 와야 씨와 약속한 시간까지 시간이 남아서 이 홀에서 기다리고 있을 때였어요."

그렇군. 아마 옆에서 보기에는 니트 모자를 쓴 장신의 남자가 엘리베이터 앞을 왔다 갔다 하는 모습이 더 수상하게 보였을 텐데. 하지만 노지 씨는 자신의 수상쩍은 모습은 잊은 채 계속해서 설명했다.

"작은 체구에 꽃다발을 든 남자예요. 엘리베이터에서 뛰어나와서 제 등에 부딪히고 곧바로 다시 엘리베이터로 뛰어들어 갔어요."

오호, 하고 우키시마 씨가 뭔가 흥미롭다는 듯 목소리를 냈다.

"혹시 하얀 턱시도를 입고 있지 않았어?"

"아니요, 머리부터 발끝까지 검은색이었어요."

"그래. 어느 쪽이든 수상하네. 그 인물이 하이샤쿠 일지도 몰라."

이걸로 이야기를 정리한다는 식으로 두 사람이 사이좋게 고개를 끄덕였다. 내가 보기엔 노지 씨도, 우키시마 씨도 각각 충분히 수상하기 때문에 현재 상황에서 수상한 남자가 한 명 늘었다고 한들 그다지 걱정되지 않았다.

"어찌 되었든 현장을 다시 살펴보죠."

나는 그렇게 말하고 다시 와야 씨의 방으로 향하기 시작했다.

207호는 잠겨 있지 않았다.

그러나 문을 열어도 쇼코의 모습은 어디에도 없었다. 이미 문통록을 찾아서 도망친 후였을까.

"그 형사님 어디 가셨나 보네요?"

"그러게요. 예정에 없던 시체를 발견했으니까 여기저기 정신없으시겠죠."

노지 씨와 내가 그렇게 말하자 우키시마 씨가 큰 목소리로 말했다.

"잠깐만, 형사라고? 이미 형사가 와 있는 거야?"

그러고 보니 그에게는 쇼코 얘기를 하지 않았다.

"네. 다른 사건으로 이쿠타 경찰서에서 오셨어요."

"아, 다른 사건."

“그런데 자리를 비우셨나 보네요.”

“형사가 살인 현장을 아무도 없이 놔둬도 되는 거야?”

꽤나 예리하군. 노지 씨는 천성이 기가 약하고 당황하기 쉬운 성격 덕에 쇼코를 형사라고 굳게 믿은 듯하지만 냉정한 우키시마에게는 우리 쪽 계획이 발각될지도 모른다.

우키시마 씨는 생각에 잠긴 듯 턱에 손을 대고 방으로 걸어갔고 넓지도 않은 싱글베드룸을 천천히 둘러보았다.

“방이 상당히 어질러졌네.”

그에 노지 씨가 대답했다.

“하지만 아홉 시에 방문했을 때는 깨끗했어요.”

지금은 짐 가방과 서랍, 옷장이 마구잡이로 열려 있고 침대 시트까지 벗겨져 있었다. 아마 쇼코의 작업일 것이다. 두 사람의 의심을 지우기 위해 나서서 상황을 둘러댔다.

“경찰은 마약 밀수범 흔적을 찾고 있다고 하셨으니까 아마 그 조사의 일환일 거예요.”

“그래도 참 요상한 이야기네. 흔적을 찾을 거면 보통은 더 많은, 예를 들면 과학수사관 같은 사람이 동행하지 않나?”

"그런가요?"

"아니. 나도 잘은 몰라."

모른다고 말하는 우키시마 씨의 목소리가 아주 자신만만하게 들렸다. 노지 씨가 숨을 삼키며 말했다.

"마약 수사라는 거, 거짓말인 걸까요?"

"그럼 형사가 여기 온 이유는 뭘까."

"설마 도난품 밀수를 알아채고 온 건……."

"그럴지도 몰라. 하지만 형사가 사정을 숨기고 거짓말을 하는 것도 이상해. 왜 당당하게 도난품 조사로 왔다고 하지 않은 걸까."

역시 우키시마 씨는 꽤나 혜안이 있다. 우리의 계획은 도난품 밀수라는 구린 뒷거래를 하는 상대를 집중 공격해 궁지로 밀어붙일 요량이었으니까. 냉정하게 뜯어보기 시작하면 위험하다. 나는 주제를 슬쩍 바꾸기로 했다.

"와야 씨가 협박을 받은 건 틀림없는 거죠?"

"응, 아까 사진을 보여준 그대로야."

"그 글을 믿는다고 치면 범행의 목적은 문통록이 되네요."

"일단은 그렇지."

"그렇다면 우키시마 씨. 당신도 용의자가 되겠네요."

"내가 뒤에서는 협박문을 보내고 앞에서는 호위를 해주겠다고 거짓말을 했다, 문통록에 가까워지기 위한 자작극을 벌였다, 이 말인가?"

"네. 그런 배경도 생각할 수 있잖아요."

실제로 우키시마 씨는 의심스럽다. 자신의 사정에 대해 말하지 않으려고 하고 이 호텔에 숙박하고 있는 이유도 불명확하다. 와야 씨의 호위가 목적이었다지만 그 역할조차 전혀 해내지 못했다.

우키시마 씨는 가볍게 끄덕여 보였다.

"확실히 당신이 보기에 의심스러울 수도 있겠군. 그렇다면 하나 더. 용의자에 쓰지의 이름도 올려야겠네."

"그건 또 누구인가요?"

"쓰지 도보. 문통록을 사고 싶다고 와야 씨에게 청했던 세 번째 사람이야. 구입 경쟁에서 어이없게 물러났지만 그녀가 강도 계획을 세웠을지도 모르지."

우키시마 씨의 목소리에는 묘한 힘이 있어서 말 이상의 설득력이 느껴졌다. 노지 씨는 그 압력에 동조되어 "그렇지." 하고 깊이 감동한 듯 끄덕였다.

"내가 부딪힌 검정투성이 남성도 작은 체구에 얼굴을 마스크로 가리고 있었어요. 여성이라고 해도 이상하지 않아요."

"역시, 쓰지도 이 호텔에 섞여 들어와 있을지도 모르지."

"사건 해결에 가까워지고 있네요."

아니, 그 어떤 진전도 보이지 않는다. 속으로 그렇게 생각했지만 노지 씨와 우키시마 씨는 명탐정이라도 된 것처럼 거창하게 말을 이어갔다.

"봐봐, 거기에 와야 씨 지갑이 그대로 놓여 있잖아. 이건 돈이 목적인 범행이 아니야. 물론 문통록이랑 연관이 없는 원한 관계에 의한 범죄일 수도 있겠지만 하이샤쿠의 협박문을 근거로 하면 역시 그 책을 훔치는 게 목적인 거지. 그렇다고 하면 노지, 자네는 무죄라고. 왜냐하면 넌 문통록 사는 것이 정해져 있었고 돈도 이미 보낸 상태니까."

"이예! 감사합니다!"

노지 씨가 환호했다. 나도 기가 약한 이 뮤지션이 범인이 아니라는 말에는 동의하는 바다. 하지만 우키시마 씨의 추측에 깔린 전제에는 의문이 든다. 협박문이 진짜라고는 생각할 수 없기 때문이다. 나는 화장실로 시선을 옮겼다.

"두 분, 혹시 아무 냄새 못 맡으셨나요?"

사실 이 방에 들어설 때부터 위화감이 느껴졌다. 나는

화장실 문에 다가갔다. 뒤에서 우키시마 씨가 말했다.

"안 돼요. 아가씨, 사체 조사는 경찰에게 맡기는 편이 나아."

"그렇겠죠. 정말 여기에 시체가 있다면 말이죠."

"무슨 의미지?"

"이 방은 역한 냄새가 나요."

킁킁거리지 않으면 확 느끼지 못할지도 모른다. 그러나 나에게는 너무나도 익숙한 냄새가 난다. 백 년 전 지겹게 맡았던 네 발 짐승의 피 냄새.

나는 화장실 문을 열면서 말을 이어갔다.

"아마 돼지 피일 거예요. 그리고 인공적인 방향제, 분명 물감이겠죠."

"그 이야기는……?"

말할 것도 없다. 나는 화장실을 가리키며 대답했다.

"와야 씨는 짐승 피를 여기저기 뿌렸지만 머리에 그걸 뒤집어쓸 마음은 들지 않았을 거예요. 감염이라던가, 이런저런 걱정이 있었을 테니까요. 따라서 피부에 닿는 부분만큼은 물감을 사용했다, 다시 말해 이건 위장 살인이에요."

화장실은 새빨갛게 물들어 있었다. 그러나 사체는 어디

에도 없었다. 그저 피투성이 속에 두 개의 물건만이 놓여 있었다. 하나는 흰 뚜껑이 달린 둥근 원통형의 물병이었고 또 하나는 쇼코의 스마트폰이었다.

나는 피투성이 속에서 스마트폰을 주워 올려 선반에 있던 수건으로 닦았다. 잠겨 있어서 안은 확인할 수 없었다.

쇼코와 와야 씨는 어디로 사라진 걸까? 쇼코의 안전이 걱정되었다. 서둘러 그녀를 찾아야만 한다.

"그럼 살인 사건은 해결된 거네요. 이 사건은 처음부터 존재하지 않았으니까요. 저는 업무로 돌아가야 해서 이만."

노지 씨와 우키시마 씨에게 말을 남기고 나는 그들을 떠났다.

그대로 씩씩하게 걸어 사라질 요량이었는데 객실을 나가기 직전 나는 발을 멈춰야 했다. 퉁, 기운 좋은 소리를 내며 열린 문에 무언가가 부딪혔다.

하얀 턱시도를 몸에 걸친 작은 체구의 남자가 복도에 옆으로 쓰러져 있었다. 그의 한쪽 옆구리에는 작지만 깨끗하게 정돈된 꽃다발과 고베후게츠도(고베시에 유명한 디저트 가게-역주)의 종이봉투가 떨어져 있었다. 그리고 턱시도의 가슴 언저리에는 핏자국이 찍혀 있었다. 묘사하자면 마치 피로연을 끝낸 신랑이 답례품을 나눠주는 와중에 갑자기 나타난 연적에게 당한 것 같은 모습이었다.

"어머, 또 사건?"

내가 중얼거리자 흰 턱시도가 튀어 올라 일어났다.

"아니요. 이건 운명입니다!"

"문에 튕겨 날아가는 게?"

그는 도대체 얼마나 비참한 운명을 짊어지고 있는 것인가.

그러나 흰 턱시도는 고개를 힘껏 저었다.

"아아, 아닙니다. 문에 걸린 건 제 잘못입니다. 마침 복도에 멍하니 있었던 것이……."

"그런데 당신, 옷에 묻은 그 피는 뭐죠?"

"네? 피요?"

흰 턱시도는 자신의 몸을 내려보고 "으악! 뭐야 이거!" 하고 소리쳤다.

"이거 빌린 건데, 어쩌면 좋아요."

어깨를 축 늘어뜨리고 투덜거리는 그에게 나는 싱긋 웃어 보였다.

"고객님의 상처에서 흐른 피는 아닌 거죠?"

"아아, 네, 아닙니다. 조금 전 피를 뒤집어쓴 남자와 부덮혔어요."

"다행이네요."

"네, 그건 그렇죠. 그 남자가 아름다운 여성을 쫓아가고 있어서 무슨 일인가 생각했어요."

"그런 큰 사건을 그냥 지나쳤다고요?"

기가 막힌 목소리로 그렇게 묻자 흰 턱시도는 쩌렁쩌렁한 목소리로 대답했다.

"그야, 오늘 밤은 제 인생이 걸린 가장 중요한 승부의 날이라고요!"

뭐 확실히 파격적으로 중요한 승부가 아니면 흰 턱시도 같은 건 입지 않겠지. 그렇다고 해도 피투성이 남자가 여자를 쫓아가는 모습을 봤다면 그 무엇보다 심각한 사건으로 느껴질 법도 한데. 그도 어딘가 떳떳하지 못한 구석이 있는지 작은 목소리로 중얼거리며 말을 이었다.

"일단 호텔 직원에게 알려야겠다는 생각은 했는데요."

"그런데 왜 복도에 멍하니 있었던 겁니까?"

"아니, 그건 객실에서 당신 목소리가 들려서……."

나는 고개를 갸웃거렸다. 이야기의 흐름이 잘 이해가 되질 않았다. 어찌 되었든 피투성이의 남자는 아마도 와야 씨고 그가 쫓아간 여성은 쇼코일 것이다. 나는 이 흰 턱시도의 사정을 차치해두고 쇼코의 행방을 물었다.

"좀 전에 말한 남자는 어느 쪽으로 갔나요?"

"계단을 뛰어 올라갔어요."

"감사합니다."

그렇게 말을 끝냈을 때 나는 달리기 시작했다.

"잠깐, 이거 분실물!"

흰 턱시도가 소리쳤지만 어쩌면 쇼코에게 큰일이 생겼을지도 모르니 나는 대답도 하지 않고 달렸다. 뒤이어 달리던 노지 씨가 말했다.

"기다리세요! 위장 살인이라는 게 무슨 의미입니까?"

"음, 놀라서 한 말일 뿐이에요."

"와야 씨는 죽지 않았다는 건가요?"

"그렇지 않으면 사체가 없어진 이유가 없잖아요."

"그런데 당신, 발이 빠르네요!"

"감사합니다. 잘 달렸던 시절이 있었거든요."

금방 숨을 헐떡거리기 시작한 노지 씨를 두고 나는 계단을 뛰어올랐다.

목적지는 4층 디럭스 더블베드룸 중 하나. 쇼코가 위로 도망쳤다면 짐작되는 목적지가 있다. 4층에 도착하자 계단 손잡이에 핏자국이 묻어 있었다. 빙고. 목적지인 객실로 달려갔다. 기세 좋게 손잡이를 당겼지만 문은 열리지 않았다. 뒤에서 쫓아온 우키시마 씨가 말했다.

"잠겨 있는 거면 다른 방 아닐까?"

"아니요. 여기가 틀림없어요."

나는 피 묻은 손바닥을 그에게 보여줬다. 문 손잡이에 남겨진 피가 내 손에 묻은 것이다.

덧붙여 말하자면 노지 씨를 이 방에 안내했을 때 나는 문을 잠그지 않았다. 열쇠는 아직 내 손에 있다. 그렇다면 이 방에 분명 누군가 들어간 뒤 안쪽에서 자물쇠를 잠갔다는 이야기가 된다.

열쇠를 다시 사용하여 문을 열자, 펼쳐진 광경은 상상한 그대로였다. 옷을 피로 물들인 와야 씨와 쇼코가 건너편에 엉켜 있었다. 와야 씨는 쇼코를 창문 쪽에 몰아붙이고 있었는데 뭔가 어정쩡한 모습이었다. 그의 왼쪽 볼이 빨갛게 부어 있었다. 한편 쇼코는 몸을 굽힌 채 분노와 저주가 가득한 얼굴로 와야 씨를 노려보고 있었다.

주먹의 대화를 나눈 기색이 역력했다. 내버려둬도 쇼코가 완승할 것 같은 모습이긴 했지만 문이 열리는 소리에 맞춰 두 사람이 이쪽을 바라봤기 때문에 나는 낭랑한 목소리로 소리쳤다.

"거기까지입니다. 와야 마사토 씨! 당신의 악행은 이미 다 밝혀졌습니다."

당연히 거짓말이다.

그의 악행 같은 건 내 머릿속에만 있는 막연한 추측일 뿐이다. 그래도 이런 대사를 외쳐주지 않으면 수습이 되지 않는다.

와야 씨가 되받아쳤다.

"악행이라니! 내가 대체 뭘 했다고!"

"당신은……."

여기까지 입에 올린 후 잠시 말을 멈췄다. 지금 이 순간 그의 악행에 관한 생각을 정리해보려는 참이었다. 시간을 벌기 위해 무거운 분위기를 연출하는 척 뜸을 들였다.

"빨리 말해!"

기다림에 지친 와야 씨가 소리치는 바람에 하는 수 없이 입을 열었다.

"당신은 도명초문통록을 넘길 생각이 없이 대금만 노지 씨에게 교묘하게 가로챈 것입니다!"

틀렸다면 헤실헤실 웃어넘기면 된다.

추측일 뿐이었지만 굳은 채 일그러지는 와야 씨의 표정을 보니 아무래도 내 말이 맞아떨어진 듯했다.

• • •

와야 나오토의 이야기

와야 나오토는 책을 사랑한다.

그의 사랑은 순수한 사랑이자 뒤틀린 편애이기도 했다. 자기 자신을 파멸로 이끌 정도로 와야는 책이라는 존재에 집착했다. 책에 대한 잘못된 욕망은 결국 그를 범죄의 세계로 이끌었다.

와야에게는 한 명의 공범자가 있다. 그 인물이야말로 막후의 인물이자 사기 수법을 생각해낸 사람이다. 우선 그 계획에 대해서 설명하겠다.

먼저 문통록을 받으러 온 노지에게 사체로 분장한 와야의 모습을 보여준다. 그리고 곧장 공범이 나타나 책을 다른 곳으로 빼돌린다.

유명인인 노지는 살인 사건과 엮이고 싶지 않을 것이다. 공범이 "경찰에는 내가 연락하지."라고 하면 말려들 것이고 "입장이 있는 너는 이 자리에 없었던 것으로 하는 편이 좋다."라고 설득하는 것도 어렵지 않으리라 예상했다.

그를 당황하게 만들면 문통록을 건네주는 일은 어영부영 넘어가게 된다. 노지도 와야가 방금 죽었으니 이래저래 불만을 말할 일은 없을 것이다.

그럼 이 계획에서 중요한 문제는 '죽은 척'이다. 와야는 시중에서 파는 가짜 피로 시험해봤지만 그건 도저히 진짜 같지가 않았다. 질감은 그런대로 나쁘지 않지만 냄새가 다르다. 진짜 피를 손에 넣을 수 없을지 고민하다가 와야는 쓰지 도보가 생각났다.

쓰지 도보. 도명초문통록을 구입하려던 세 사람 중 한 명인 그녀는 풍속화를 전문으로 하는 미대생이다. 그녀는 〈정토(번뇌의 굴레를 벗어난 깨끗한 세상이라는 불교 용어-역주)의 벚꽃〉을 원했다. 〈정토의 벚꽃〉은 문통록의 양쪽 페이지에 걸쳐 실린 풍속화의 통칭이다. 에도 시대 후기에 활약한 슌세키라는 화가의 친필화로, 먹으로 그려진 훌륭한 벚꽃에는 색이 없다. 그에 비해 배경의 하늘과 산맥은 청색 하나의 농담만으로 표현되어 있다. 그 고결한 화풍에 '정토에 핀 벚꽃과도 같다.'라는 평을 받아 현재의 통칭이 되었다.

쓰지라면 진짜 피를 손에 넣을 수 있을지도 모른다. 그녀는 에도 시대의 풍속화를 동경하고 안료도 당시의 것을 재현한다고 들었다. 그리고 에도 시대의 청색, 프러시안 블루(Prussian blue)라고 불리는 청색을 만드는 데에는 동물의 피가 사용된다. 쓰지라면 피를 손에 넣을 수 있는 루트를 알고 있을지도 모른다.

와야는 곧바로 쓰지에게 연락했다. 그는 쓰지에게 페트병 한 병 분량의 돼지 피를 받는 대신에 도명초문통록을 15분간 열람하게 해주는 것으로 협상했다.

오늘 오후 3시, 약속대로 긴세다이 산장의 한 객실에 나타난 쓰지 도보는 왼쪽 눈 아래 눈물점이 있는 아주 마른 여자였다.

그녀는 곧장 문통록에 손을 내밀지 않았다. "드디어 〈정토의 벚꽃〉을 볼 수 있게 된다고 하니까 긴장이 되네요."라는 말과 함께 우선은 방에 준비되어 있던 작은 주전자로 물을 끓여 인스턴트 커피를 탔다. 와야의 커피까지 두 잔. 그녀가 잔을 테이블로 가져오려고 했기 때문에 와야는 "멈추세요." 하고 거절했다. 만약 문통록에 커피가 한 방울이라도 떨어지면 큰일이다.

쓰지에게는 마스크와 장갑을 끼게 했다. 그녀는 머리

끈을 꺼내 검은 긴 머리를 목 뒤로 묶었다. 와야는 문통록을 꺼내면서 미리 양해를 얻었다.

"울든 소리를 지르든, 딱 15분입니다."

그러나 조금 뒤 비명을 지른 건 와야였다. 쓰지가 긴장한 얼굴로 문통록을 펼치자마자 쨍그랑하는 큰 소리가 났기 때문이다. 와야는 자기도 모르게 "으악!" 하고 소리를 질렀다. 조금 전 쓰지가 사용한 커피잔이 바닥에 떨어져 깨져 있었다.

"아아, 죄송합니다. 잔을 잘못 놨나 봐요."

쓰지가 문통록을 손에 든 채 일어서서 깨진 컵으로 달려갔다. 와야는 당황해서 제지했다.

"기다려! 뭐하는 겁니까."

"아니, 컵을 치워야죠."

"그건 제가 하겠습니다. 문통록을 더러운 곳에 가까이 가져가지 마세요."

쓰지는 자리에 앉으면서 중얼중얼 작은 소리로 투덜거렸다.

"딱히 이걸 들고 치우려고 한 건 아니에요. 책은 그 주변에 두고……"

"주변에 두지 말라고 말하는 겁니다. 역사적인 희귀

고서를 다루고 있다는 자각을 좀 가지세요. 무릇 팔백 년 전에 만들어진 종이가 지금 현대의 세상에 남겨져 있는 것이 얼마나 특별하고……"

"네네. 알겠으니까 좀 조용히요. 저도 15분밖에 없으니까요."

잔소리를 이어가는 와야의 앞에서 쓰지는 천연덕스럽게 슌세키의 〈정토의 벚꽃〉을 감상했다. 겉보기에는 여려 보이지만 심지는 대담한 여성이었던 것일까.

"일 초도 더 안 드릴 테니까 그렇게 아세요. 정말이지."

와야는 한숨을 쉬고 시계를 바라봤다.

쓰지 도보가 문통록 열람을 끝낸 후 와야는 그 유례가 드문 고서를 비단으로 감싸고 건조제와 함께 나무상자에 넣었다. 그리고 나무상자를 다시 비닐봉지에 넣어 보온 복대 속에 숨겼다. 호텔 방범 시스템을 신뢰할 수 없어서 오늘은 온종일 문통록을 몸에 지니고 다니기로 정했다.

이윽고 객실에 앞서 말한 '공범'이 나타났다. 와야는 그와 오늘 밤 협의한 일을 끝내고 난 뒤 예정대로 신주들과의 회합에 나갔다.

팔백 년의 역사를 배에 숨긴 회합은 불편했다. 고급 중화요리를 맛있게 느낄 여유도 없었고, 소흥주(보리 누룩을 넣어 만든 중국 대표 황주-역주)를 마실 생각도 들지 않았으며 당연히 대화에 집중도 되지 않았다. 그저 빨리 빠져나가고 싶은 마음뿐이었지만 예전에 신세를 졌던 신관의 환갑 축하도 겸한 자리라 함부로 일어날 수도 없는 노릇이었다. 종료 예정 시간인 오후 8시를 조금 넘긴 시각에 겨우 그곳을 빠져나왔다.

긴세다이 산장에 돌아왔을 때는 이미 노지와의 약속 시간인 오후 9시까지 30분도 채 남지 않았다. 와야는 황급히 방으로 향했다. 쓰지 도보와 만난 객실이 아니다. 그쪽은 공실로 사용할 생각으로 계획을 실행할 방을 또 하나 빌려두었다.

207호에 도착한 와야는 문을 열고 깜짝 놀랐다. 여기에서 공범과 합류할 예정이었는데 그의 모습이 보이지 않았다.

'어떻게 된 일이든 준비를 마쳐야 해.'

우선은 화장실 벽에 돼지 피를 뿌렸다. 그러자 쇠 냄새가 확 퍼졌다. 그러고 나서 와야는 욕조 안으로 들어가 앉고 머리에는 가짜 피를 부었다. 이건 인터넷에서 구매했는데 진짜 피 냄새가 진동하는 속에서 활용하면 충분히 리얼리티가 살 것 같았다.

곤란한 점은 피를 담았던 통이다. 피투성이가 된 채로 방을 돌아다닐 수는 없었다. 와야는 하는 수 없이 투명한 원통형 보틀을 등 뒤에 숨겼다. 남은 건 기분 나쁜 피 냄새 속에서 모습을 드러내지 않는 공범에게 불평을 쏟아내며 그저 숨을 죽이고 있는 일이다.

조금 뒤 노크 소리가 들렸다. 두 번, 세 번 반복됐다. 노지가 왔나 보다, 그렇게 생각한 와야는 가볍게 눈을 감았다. 시간이 지나도 대답이 없자 노지는 문을 열고 실내로 들어온 것 같았다.

"와야 씨, 계십니까?"

와야는 당연히 대답하지 않는다. 시체로 분장한 와야의 모습이 바로 보일 수 있게 화장실 문은 살짝 열어 두었다. 그러나 그는 이쪽을 보지 않고 안쪽 방으로 걸어간 듯했다.

와야는 숨을 죽인 채 식은땀을 흘렸다.

'내가 발견된 뒤에는 어떻게 해야 하지?'

흥분과 긴장으로 머리가 돌아가지 않았다. 원래는 적

당한 타이밍에 공범이 등장해서 노지를 구워삶을 순서였다. 그런데 공범이 없으니 어떻게 해야 할지 모르겠다. 만약 진짜 경찰이 온다면 죽은 척하는 연기는 그 자리에서 발각될 것이다.

실패했다. 마음만 앞섰다. 계획을 중지해야 했다. 등에 땀이 주르륵 흘러내렸다. 노지가 이쪽을 발견하지 않고 떠나기를 기대했지만 늦었다. 발소리가 다가오고 있다. 이젠 마지막까지 해내는 수밖에 없다.

와야는 눈을 감은 채 숨을 멈췄다. 노지의 비명은 생각보다 작았다. "어?" 하는 놀란 목소리가 들린 직후 필요 이상의 기세로 화장실 문이 닫혔다. 그 뒤로 잠시 정적이 이어졌다. 노지도 문 너머에서 동요하고 있을 것이다. 혹은 경찰에 신고해야 하는지 도망쳐야 하는지 끊임없이 고민하고 있는지도 모른다.

'제발 신고하지 마. 그대로 도망쳐.'

와야는 기도했다.

그때, 다른 소리가 들려왔다. 노크 소리다. 왔다. 공범이 왔다. 와야는 조용히 안도의 숨을 내쉬었지만 바로 뒤 경악할 일이 벌어졌다.

"와야 님. 계십니까, 와야 님."

들려온 소리는 귀여운 여성의 목소리다. 대체 누구? 전혀 짐작 가는 사람이 없다. 그 목소리는 와야의 이름을 계속 불렀다.

"어머, 나가신 것 같네요."

여성의 말 뒤로 문이 열리는 소리가 들렸다. "어머, 어머, 계셨었군요. 와야 님, 쉬고 계시는 중에 실례했습니다."

뭔가 복잡한 일이 벌어졌다. 목소리의 주인은 노지를 와야라고 착각하고 있는 게 분명했다. 노지가 대답했다.

"뭡니까, 갑자기."

"정말 죄송합니다. 사실은 이쿠타 경찰서에서 오셔서요."

경찰이라니, 왜?

와야는 자기도 모르게 소리를 낼 것 같아 겨우 숨을 삼켰다. 그러는 사이 이번에는 날카로운 다른 여성의 목소리가 들렸다.

"실례합니다. 갑자기 찾아와서. 협력해주시기 바랍니다. 어제 이 방에 숙박한 남자가 약물 밀수 혐의가 있었습니다."

도대체 일이 어떻게 흘러가는지 알 수가 없었다. 와야는 현실에서 벗어나 그저 시체인 척 욕조에 누워 있었다.

호텔 종업원으로 추정되는 귀여운 목소리의 여성은 노지와 함께 방을 떠나고 이곳에 남은 건 여자 형사뿐이었다. 방 이곳저곳을 살피는 기색이었다. 이윽고 화장실 문이 열렸다. 형사가 정말 작은 목소리로 "진짜야?"라고 중얼거렸다. 그다지 놀란 기색도 없는 건 업무상 시체를 자주 본 탓일까.

와야가 위화감을 느낀 것은 그 뒤였다. 찰칵찰칵 하고 스마트폰으로 사진을 찍는 소리가 들리더니 그게 끝이었다. 시체가 발견되었음에도 어딘가 전화해보고하거나 하는 일이 없었다.

'뭔가 이상한데.'

방에서 덜커덩거리며 물건을 뒤집어엎는 소리가 들렸다. 형사는 마약 밀수범의 흔적을 찾고 있다고 했는데 아무리 그래도 눈앞에 시체를 내버려두고 그쪽 업무만을 수행하는 건 어쩐지 불가사의하다.

'설마, 저 형사 가짜 아니야? 혹시 문통록이 목적인

건……'

와야는 거기까지 상상했지만 확신할 수가 없었다. 확실한 판단이 서기까지 시체인 척을 해야만 했다. 배에 숨긴 문통록에 피 냄새가 배지 않을까 불안했다.

세상에서 가장 긴 15분이 흐른 뒤 여자 형사는 다시 화장실로 들어서며 중얼거렸다.

"안 찾아본 곳은 여기밖에 없네."

나무아미타불, 나무아미타불. 와야는 긴장해서 숨을 멈췄다. 그녀는 피 같은 건 신경 쓰지 않고 철썩철썩 와야의 몸을 만졌다. 조금 간지러웠다.

"오, 있다."

복대 안에 넣은 나무상자를 알아차린 그녀는 서슴없이 배 안으로 손을 찔러 넣었다.

'틀림없다. 이 녀석, 문통록을 노리고 있다.'

그럼에도 와야는 눈을 떠야 할지 말아야 할지 곧바로 결단을 내릴 수 없었다. 망설이던 때 가짜 형사가 먼저 입을 열었다.

"그런데 말이야. 배 안이 뜨뜻미지근한데. 당신 아직 살아 있는 거 아니야?"

결정적이다. 와야는 눈을 뜨고 일어섰다. 가짜 피로

젖어 있는 욕조라 발을 헛디뎌서 미끄러질 뻔한 것을 겨우 버텨냈다. 하지만 곧바로 둔탁한 무언가에 부딪혀 넘어지고 말았다. 눈물이 뒤섞인 시야에 떨어져 있는 스마트폰이 들어왔다. 여자가 던진 것이었다.

여자는 목소리만큼이나 쿨한 외모를 가지고 있었다. 쇼트 커트에 커다란 키, 말끔한 검정 트렌치코트까지. 양손에 낀 흰 장갑만은 가짜 피로 더러워져 있었다. 나무 상자를 옆구리에 끼고 그녀는 도망쳤다.

"기다려! 문통록!"

와야는 미끄러운 욕조 안에서 어떻게든 일어나 욕조 가장자리로 비틀거리며 나와 화장실을 뛰쳐나갔다. 운동 신경이 떨어지는 몸으로 트렌치코트를 쫓았다. 그러나 방을 나와도 그녀의 모습은 보이지 않았다. 발이 상당히 빠르다.

복도 끝의 엘리베이터는 4층에서 3층으로 움직이고 있었다. 위층에서 아래층으로 내려오기 때문에 그 트렌치코트가 탔을 리 없다.

그렇다면 계단인가. 와야는 계단으로 이어진 문을 열었다. 위, 아래. 우선 아래로 향했을 것이다. 출구로 도망칠 게 분명할 테니.

발을 옮기려던 그때 위층에서 두 사람의 목소리가 들렸다. "앗!" 하는 남자의 목소리와 "으엇!" 하는 여자의 목소리. 후자는 분명 가짜 형사의 목소리다.

와야는 계단을 뛰어올랐다. 그때 2층 엘리베이터 홀에서 노지의 큰 목소리가 들렸다. "저 여기서 이상한 남자랑 만났어요!" 이제와 노지를 끌어들일 여유는 없다.

와야가 헐떡거리며 계단참을 돌자 문득 흰 무언가가 눈앞에 나타났다. 턱시도를 입은 체구가 작은 남자가 정면에서 툭 하고 부딪혀왔다.

"죄송합니다."

사과하는 남자를 난폭하게 밀어내고 와야는 계단을 뛰어 올라갔다.

트렌치코트의 여자는 미세한 흔적을 남겼다. 핏자국이 묻은 한 객실의 손잡이. 와야가 그 문을 열어젖히자 정면에서 차가운 바람이 훅 불어왔다.

검은 트렌치코트의 여자가 열린 창틀에 앉아 있었다. 창틀은 액자처럼 만들어놓은 장식이 설치되어 있어서 마치 그녀는 그림 속에서 빠져나온 것 같이 보였다. 다시 보니 아름다운 여자다. 그녀가 가짜 피로 더러워진 장갑을 던져버리며 말했다.

"얘기 좀 합시다. 이쪽으로 와요."

와야는 문을 잠그고 그녀에게 다가갔다.

"당신, 형사 아니죠?"

여자는 대답하지 않고 일방적으로 고했다.

"일을 복잡하게 만들고 싶지 않아. 진짜는 어딨어?"

"진짜?"

"이거 가짜잖아."

트렌치코트의 여자는 한 손으로 들어올린 도명초문 통록을 슝 하고 던졌다. 날아오는 그것을 와야는 새된 소리를 지르며 가까스로 피했다. 손도 몸도 피로 더럽혀졌기 때문에 역사적인 고서와 닿을 수는 없었기 때문이다. 발밑에 떨어진 문통록을 내려다보고 문득 중얼거렸다.

"가짜? 어디가?"

펼쳐진 페이지에는 슌세쓰의 〈정토의 벚꽃〉이 그려져 있었다.

"에? 진짜야?"

여자는 이제까지의 미스터리한 분위기를 깨고 새된 목소리로 내질렀다.

"잠깐만, 다시 확인시켜줘."

"절대 안됩니다."

이 무슨 행운인가. 마치 운명처럼 문통록이 되돌아왔다. 그렇기는 하지만 와야도 더러워진 손으로는 책을 만질 수 없었다.

거친 방법을 좋아하지도, 잘하지도 않지만 어쩔 수 없다. 우선은 이 여자를 침대 시트로 포박이라도 한 뒤에 천천히 피를 닦아내자. 와야는 트렌치코트의 여자에게 다가갔다.

"나는 원만하게 일을 끝내고 싶습니다. 그러니 저항은 하지 마시길."

여자는 창틀에서 내려와 방심한 모습으로 양손을 축 늘어뜨렸다. 역시 단념했겠지. 그녀에게 다가가서 손을 뻗었다. 그 직후 와야의 시선이 휙 하고 돌아갔다.

정신을 차리자 바닥에 무릎이 닿아 있었다. 볼이 아프다. 올려다보자 트렌치코트의 여자는 깔끔하게 오른손 주먹을 휘둘렀다.

맞았어? 지금 이런 현대 문명 시대에 이렇게 야만적으로 폭력을 행사한다고? 와야가 무릎을 꿇은 채 당황하는 사이 여자는 이상하게 예리한 섀도복싱을 보여주면서 말했다.

"어린 시절 「내일의 조(복싱을 주제로 한 1980년에 방영된 일본 애니메이션-역주)」를 동경한 나에게 감히 이길 수 있을 거 같아?"

확실히 무리다. 조를 동경한 것만으로 이런 복싱 실력을 가지게 되었다는 걸 보면 트렌치코트의 여자는 확실히 강한 상대다. 그에 비해 와야는 정반대의 인간이었다. 기본적으로 고서가 엮이지 않은 범주에서는 극히 평온하게 살아왔다. 이미 와야의 전의는 꺾였지만 그래도 일단은 일어났다.

"오, 의외로 근성이 있네."

즐거운 듯 말하는 여자에게 와야는 소리치듯 되받아쳤다.

"내 뒤로는 역사적 고서가 있어. 내가 무릎을 꿇을 이유가 없어!"

"근데 팔 예정이었잖아?"

"그것도 역시 책을 위해!"

와야는 큰 빚을 지었는데 그건 여름에 하늘로 간 어느 문호의 장서를 사 모은 결과다. 그러니 이 빚은 오히려 오히려 자랑이다. 부끄러울 이유가 하나도 없다. 와야는 마음 저 구석에서부터 그렇게 믿고 있다. 왜냐하면 책 컬렉션이란 것은 한 번 흩어지면 다시 돌아오는 일이 잘 없다. 또 고서를 다룰 줄 모르는 사람에게 귀중한 책이 넘어가버리면 그 책의 운명은 말할 수 없이 비참해진다. 따라서 고서에 대한 가치를 제대로 이해하는 누군가가 관리해야 마땅하다. 모든 것은 책을 위해서다. 과거의 지식을, 문화를, 사랑하는 마음을 먼 미래에까지 전해야 하기 때문이다.

그런 이유로 와야는 책을 살 때보다 팔 때 더 고민한다. 이번에 금전 마련을 위해 팔아야 하는 한 권을 문통록으로 정한 것은 그 가치가 고서의 세계에서 이미 널리 알려져 있기 때문이다. 그 책이라면 누구든 난폭하게 다루지 않을 것이라고 믿었다. 그러나 사기를 쳐야겠다 마음을 먹고 나니 역시 포기할 수 없어졌다. 생각을 계속하는 사이 여자가 말했다.

"오케이, 이리 와."

다리가 떨려서 발을 내딛을 수 없었다. 마음은 책을 위해 몇 번이고 맞을 각오가 되어 있지만 몸은 조금 전의 충격으로 말을 듣지 않았다. 억지로 강한 척하며 와야는 말했다.

"그쪽에서 오는 건 어떤지요?"

진짜 이쪽으로 와도 곤란하지만. 트렌치코트의 여자는 얼굴을 구기고 볼을 긁었다.

"졌다."

"무슨 일입니까?"

"나, 크로스 카운터 연습만 했거든. 조 팬이니까."

아니, 조는 잽이며, 스트레이트며 다 연습했다고. 어찌되었든 와야는 공포와 순수한 완력 부족에 의해, 여자는 방어 후 공격하는 카운터에 특화된 특이한 전술에 의해 서로 노려보기만 할 뿐 움직일 수 없었다. 긴 싸움이 될 듯했다. 긴장한 얼굴로 와야는 그렇게 생각했다.

방에 작은 여성이 들어온 건 대략 10분 후였다. 호텔 종업원 같은 여성은 일본 인형처럼 하얀 피부와 풍성한 검은 머리에 앞머리는 가지런하게 정돈되어 있었다.

어린 태가 남아 있는 풍모의 그녀는 예리한 눈동자로 이쪽을 노려보고 있고, 풍경 소리 같은 귀여운 목소리로 늠름하게 말했다.

• • •

"제 생각에 당신은 도명초문통록을 넘길 생각이 없이 대금만 노지 씨에게 교묘하게 가로챈 것입니다!"

틀렸다면 헤실헤실 웃어넘기면 된다.

그렇게 생각하긴 했지만 굳은 채 일그러지는 와야 씨의 얼굴을 보니 아무래도 내 말이 맞아떨어진 듯했다. 그러면 이 기세 그대로 궁지에 몰아 상대의 전의를 잃게 하자.

"덧붙여 폭행죄는 현행범입니다. 지금 뒤에 있는 젊은 여자를 덮치고 있는 이 상황, 변명의 여지가 없겠지요."

이쪽 말에는 와야 씨가 큰소리로 되받아쳤다.

"아니야! 내가 일방적으로 맞았단 말입니다."

"어느 쪽이 어느 쪽을 때렸는지는 모르지만, 부녀자를 뒤쫓았던 시점에서 이미 범죄입니다."

"그건 이 사람이 내 책을 훔쳤으니까!"

"문통록은 원래 도난품이잖아요. 그 문제는 차치하더라도 이미 노지 씨와 매매가 성립되었을 텐데요."

윽, 하고 와야 씨는 말문이 막혔다. 기세를 이어 완전히 궁지로 밀어버리기 위해 나는 더욱 강하게 말했다.

"화장실 피를 조사하면 당신이 기획한 사기의 증거가

나올 것입니다. 덧붙여 SNS에서의 협박? 그것도 분명히 가짜겠죠. 가공의 범인을 만들어 노지 씨를 속이려는 생각 아니었습니까? 누가 왜 협박문을 써 보냈는지 추적하면 재밌는 사실을 알게 되겠지요."

와야 씨는 슬프고 초췌한 모습으로 어깨를 떨어뜨리고 다 포기한 듯 말했다.

"모든 건 책 때문이에요."

"흠, 무슨 의미일까요?"

"도명초문통록, 그건 책을 사랑하는 놈을 미치게 해. 우리 마음을 그 어떤 것보다 강하게 끌어당기는 페이지를 알고 있습니까?"

"아니요, 전혀. 특별히 흥미도 없습니다만."

나의 대답에도 와야 씨는 홀린 듯 말을 이었다.

"모든 가능성이 보이는 페이지. 나쓰메 소세키와 아쿠타가와 류노스케를 뛰어넘는 가능성을 품은 페이지. 그건 바로 읽을 수 없는 페이지입니다. 도명초문통록에는 그게 있어. 고혹적인 비밀이지. 딱 붙어 절대 열 수 없는 페이지, 나는 그걸 읽고 싶은 거라고! 무슨 짓을 해서라도 읽고 싶어! 아무리 이 손을 더럽히게 된다 하더라도 포기하는 일은 없어!"

나는 후, 하고 한숨을 쉬었다.

"그거, 그저 두 장이 붙은 거뿐이에요."

"뭐?"

"신의 이름과 그럴듯한 주술 문언이 줄지어 있을 뿐입니다. 그다지 재미있는 건 아니에요."

"설마, 거짓말. 나의 영원한 수수께끼가 이렇게나 허무하게……."

와야 씨가 무릎을 꿇고 주저앉았다. 당연히 거짓말은 아니다. 그 페이지를 쓴 사람은 나니까 틀림없다.

훌륭하게 와야 씨의 마음을 꺾은 듯하여 나는 한 가지 일을 끝낸 성취감을 느꼈다. 그러나 궁금증이 남았다. 내가 나불거리면서 이야기한 추측은 일단 맞았다. 그렇다면 오늘 밤 이 사건의 등장인물 중 명백하게 의심스러운 남자가 있다. 아니, 얼굴을 마주한 그 순간부터 그는 충분히 수상했다.

"궁지에 몰렸네요, 와야 씨."

객실 입구에서부터 그렇게 말을 걸어온 사람은 우키시마 씨다. 그는 협박을 받은 와야 씨에게 부탁을 받아 이 호텔을 방문했다고 했지만 그렇다면 앞뒤가 맞지 않다. 그 협박 자체가 와야 씨의 사기였다면 사기를 벌이려고 하는 현장에 왜 관계가 없는 제3의 인물을 끌어들였단 말인가.

그의 목소리를 들은 와야 씨가 고개를 확 들고 소리쳤다.

"도와주세요! 당신은 그럴 의무가 있어요. 모든 걸 계획한 사람은 당신이니까!"

내가 시선을 옮기자 우키시마 씨는 아주 악당 같은 얼굴로 미소를 띠웠다. 상황에 맞지 않는 명랑한 웃음이다.

"들켜버렸으니 어쩔 수 없네."

"그럼 당신은 역시,"

"맞아. 예상한 대로 저는 아키군 지역진흥과 사람입니다."

지역진흥과는 또 무슨 소리일까. 우키시마 씨는 여유로운 미소를 유지하며 느긋한 걸음으로 이쪽을 향해 다가왔다.

...

우키시마 류노스케의 이야기

"여기는 아무것도 없는걸."

이 말을 남기고 첫사랑의 그녀가 떠났을 때 우키시마 류노스케에게 야망이 생겨났다. 나의 고향, 아키군에 자랑할 만한 명물을 만들어내자는 야망이다.

아키군은 히메지시(효고현에 위치한 시-역주)에 근접해 있다. 옆 동네와의 차이는 분명했다. 저쪽에는 '일본의 성 랭킹'에서 톱을 차지하고 있는 히메지성이 있다. 서쪽의 히에이산(교토시에 있는 산-역주)이라고 칭하는 쇼샤산, 엔교지(천태종에서 세운 절-역주)도, 나라 시대에 건축되었다고 하는 히로미네신사(효고현 히로미네산 정상에 있는 신사-역주)도 있다. 음식도 세토나이카이(일본 혼슈의 서부, 규슈, 시코쿠에 에워싸인 내해-역주)의 행운에 더해 어느새인가 인스턴트 식품이 되어 그 이름을 널리 알려지게 한 '마네키노 에키소바(마네키식품회사에서 운영하는 소바가게-역주)'라든가, 생강 간장을 곁들였을 뿐인데 오리지널이라고 우겨대는 '히메지 어묵' 등이 있다. 그에 비해 아키군에 있다고 할 만한 건 산과 밭과 하늘, 깨끗한 공기 정도다.

히메지시를 이기겠다고는 생각하지 않는다. 그러나 성도, 신사불당도, 음식도……. 여행지에 필요한 모든 요소를 가지고 있는 건 역시 비겁한 거 아닌가? 뭔가 한 방 먹이고 싶다.

우키시마는 히메지시와의 일방적인 그리고 무모한

투쟁에 몸을 던졌다. 그는 야망을 안고 노력하는 것을 괴로워하지 않으며 꿈을 좇는 발버둥을 미덕으로 여기는 남자였다.

예리한 눈빛으로 아키군을 분석하여 승산이 있다고 파악한 부분은 경관이다. 다른 특별한 무언가는 없지만 아키군은 자연이 곳곳에 가득 차 있다. 완만한 산의 곡선, 높은 하늘, 그리고 아름답고 다채로운 각 계절의 풍경까지. 문제는 누구도 일부러 이 자연을 다시 보러 오지 않는다는 점이다.

'그러니까 명확한 특징이 하나 있다면 좋지 않을까?'

자연 속에 무언가 하나, 가슴을 펴고 당당히 자랑할 수 있는 역사적 특징. 우키시마는 도서관의 향토자료 선반에 진열된 책을 닥치는 대로 읽었고 희망을 발견했다. 그 희망의 이름은 시카마자쿠라(鹿磨桜)다.

벚꽃은 번영과 도태가 반복되는 꽃이다. 현재 이 일본이라는 나라의 벚나무 중 80퍼센트는 왕벚나무라고 하는데 왕벚나무가 번영한 배경에는 그때까지 곳곳에 퍼져 있던 원예종의 벚나무들이 사라졌기 때문이다. 다양한 종류의 벚나무들은 장작이나 건축 재료로 사용되었고, 셀 수 없이 많은 나무가 사람의 손에 잘려나갔다.

시카마자쿠라도 이런 사정으로 '없어진 벚나무'중 하나다. 예전엔 아키군을 포함한 하리마 일대에 자생했는데, 몇몇 문헌에 그 아름다움이 기재되어 있지만 현존하는 나무는 단 한 그루도 발견되지 않았다고 한다.

시카마자쿠라는 산벚나무와 같이 나무 자체가 우산 모양이다. 또 꽃잎이 떨어진 뒤 바로 새순이 피어나는 특징은 왕벚나무와 같다. 꽃잎은 작고 순박하며 빛이 날 정도로 하얀빛을 띤다. 그 모습을 보고 유령벚꽃이라고 일컫기도 했다고 한다.

우키시마는 그 새하얀 벚나무가 아키군의 산과 들에 늘어선 경치를 상상했다. 상상 속 몇만 그루의 시카마자쿠라의 장엄함에 자연스럽게 눈물이 차올랐다.

'어떻게 이 경치를 현실로 만들 수 없을까?'

만약 시카마자쿠라가 남아 있다면. 딱 한 그루라도 좋다. 어딘가에 살아남아 있어준다면 번식이 가능할 것이다.

사람들은 이 꿈에 대해 "그 벚나무가 있을 리가 없지."라며 비웃었다. 정말 그게 그렇게 눈에 띌 정도로 아름다웠다면 지금이라도 주목을 받았을 것이다. 시카마자쿠라는 이미 사라졌거나 그렇지 않다면 다른 벚나무와 별반 다르지 않은 개성을 가진 평범한 나무일 것이다. 그러나 우키시마는 포기하지 않았다.

시카마자쿠라를 알게 된 것은 운명이다. 그렇다. 본래 운명이란 하늘에서 내려준 것이 아니라, 스스로 이름 붙이는 것이다. 마음이 끌리는 한 가지에 자신이 멋대로 운명이라고 부르면 모든 고난을 뛰어넘는 힘이 된다. 우키시마는 시카마자쿠라를 향한 가느다란 운명의 실을 계속 끌어당겼다. 식물학에 대해서 공부하는 한편 벚나무에 관한 문헌을 수없이 수집하고 근처 야산을 돌아다녔다. 그리고 『도명초문통록』이라는 진귀한 고서의 이야기를 들었다.

"문통록 안에는 지금은 사라진 벚나무의 꽃을 말려 책갈피로 만든 페이지가 있다고 합니다. 작은 벚나무의 꽃인데, 하얀 꽃잎이 여섯 장 있다고 합니다."

이 말을 들은 우키시마의 머릿속엔 꿈꾸던 '만개한 시카마자쿠라'로 향하는 뚜렷한 길이 떠올랐다.

도명초문통록에서 시카마자쿠라의 말린 꽃을 손에 넣는다. 말린 꽃을 조사하면 시카마자쿠라가 어떠한

계통에 속한 벚나무인지 알게 된다. 그리고 유전적으로 비슷한 벚나무에 말린 꽃에서 채집한 DNA를 교배하여 시카마자쿠라를 되살린다. 처음부터 성공할 수는 없겠지만 시카마자쿠라의 특징을 강하게 살려서 꾸준히 시도한다면, 그러면 순백의 벚나무가 되살아나지 않을까. 이 지역에 만개하여 자랑스러운, 여전히 우키시마 가슴속에 피어 있는 그 벚꽃이 결실을 이루게 된다.

무서울 것 하나 없다. 인류는 존재하지 않는 푸른 장미까지 만들어냈다. 존재했던 꽃을 되찾지 말라는 법은 없다. 우키시마는 어떤 고난을 겪더라도 그 말린 꽃을 반드시 손에 넣기로 다짐했다.

오늘 우키시마가 긴세다이 산장을 방문한 시간은 오후 4시다. 3층의 한 객실에서 와야를 만났고 오늘 밤에 있을 일에 대해 회의를 끝낸 후, 약속했던 시간까지 그 방에서 보낼 예정이었다.

그러나 우키시마는 생각지 못한 발견에 크게 동요했다. 테이블 한쪽에 남겨져 있던 어느 머리끈 때문이었다.

우키시마는 머리끈을 손에 들고 가만히 바라봤다. 로켓을 아이 같은 캐릭터처럼 만든 장식을 본드로 조잡하게 붙인 머리끈이었다.

"이건 어디서 난 거지?"

와야에게 물었지만 그는 배에 숨긴 문통록에만 신경을 쓰느라 줄곧 배를 만지면서 "글쎄요. 제 것이 아닙니다." 하고 대답했다.

우키시마는 이 머리끈을 알고 있었다.

'대체 무슨 일인 거야?'

우키시마는 방 안을 빙빙 돌아다니며 고민했다. 그 모습에 와야가 말했다.

"뭡니까. 침착하지 못하게."

"당황스러울 땐 충분히 생각할 것. 나의 신조입니다."

"틀린 말은 아니지만 머리끈이 뭐가 어떻다는 겁니까?"

"이건 전에 내가 만들어서 어떤 사람에게 선물한 것입니다."

"호오, 그건 기묘하군요."

와야는 말은 그렇게 했지만 우키시마와 머리끈의 재회에 전혀 관심이 없는 모습이었다. 무례한 태도로 방에 비치된 전기 포트를 가리키면서 말을 이어갔다.

"그래도 슬슬 진정해요. 봐요, 마침 거기 손 안 댄 커피가 있으니까 드시는 건 어떻습니까."

"아아, 음. 그럼 고맙게 마시지."

우키시마는 권해준 커피를 한 모금 넘겼다.

와야를 보낸 직후 굉장한 졸음이 몰려왔던 기억이 난다. 그래서 그런지 우키시마는 침대에 쓰러져 있었다. 우키시마를 깨운 건 세찬 노크 소리였다. 아직 졸음이 눌러앉아 있는 머리를 흔들면서 "네." 하고 대답했지만 상대는 아무런 대답을 하지 않았다.

"누구십니까?"

눈을 비비면서 문을 열었다.

그러나 눈앞엔 아무도 없는 복도였다.

'뭐야? 누가 방을 착각했나.'

방으로 돌아온 우키시마는 시계를 확인했다. 시곗바늘은 9시 7분을 지나고 있었다.

'9시?'

망했다. 와야와 합류 예정 시간을 이미 많이 지나 있었다. 그래도 우키시마는 포기하지 않았다. 어떠한 어려움 속에도 반드시 역전의 순간은 숨어 있다. 우키시마는 그것을 믿는지 안 믿는지에 따라 영웅과 평범한 사람이 나뉜다고 생각했다.

우선은 와야의 방으로 가자. 발 빠르게 방을 나오니 마침 엘리베이터가 움직이고 있었다. 2층에서 우키시마가 있는 3층으로. 그러나 문은 열리지 않았고 그대로 4층으로 올라갔다.

문을 사이에 두고 3층을 통과한 엘리베이터에서 희미하게 목소리가 들렸다.

"저, 음악은 들으십니까?"

지금 만나러 가는 상대, 노지의 목소리다.

와야의 방에 가야 하는 건가? 아니면 노지를 쫓아야 하는 건가? 우키시마는 순식간에 결론을 내렸다.

'헤맬 거 없다. 내 목적은 노지를 꾀어내는 일이다.'

우선은 그와 만나야 하기에 어쩔 수 없다. 4층으로 오르자 복도 끝에 노지가 있다. 그는 호텔 종업원처럼 보이는 체구가 작은 여자를 옭아매며 소리치고 있었다.

"저는 범인이 아닙니다, 진짜!"

우키시마는 그가 놓인 상황을 잘 알고 있기에 엘리베이터 앞 벽에 몸을 숨겼다.

해명하는 노지와 추궁하는 호텔 종업원과 엿듣고 있는 우키시마. 이 상황에 새로운 등장인물이 난입한 건 10분 정도 지났을 무렵이었다.

난입자는 기세 좋게 우키시마의 등에 부딪혔고 엉덩방아를 찧었다. 하얀 턱시도를 입은 작은 체구의 남자다. 몇 장의 꽃잎이 공중에서 날렸다. 흰 턱시도의 남자가 오른손에 쥔 꽃다발에서 떨어진 모양이다. 발밑에는 고베후게츠도 종이봉투. 참으로 요란한 복장의 남자다.

"아, 실례."

우키시마는 그렇게 말을 걸었고 흰 턱시도에게 손을 뻗었다. 그쪽도 "저도 정신이 없어서." 하고 대답하면서 손을 잡았다.

일어선 흰 턱시도가 종이봉투를 집어 들고 복도 끝으로 나아가려고 했다. 우키시마는 순간 그의 팔을 잡았다.

"기다려."

"네?"

"이 앞은 어수선한 것 같아. 뒤로 가지 않겠어?"

"어수선?"

흰 턱시도가 불쑥 머리를 내밀어 복도 쪽을 들여다봤다. 그리고 바로 달려나가려 했다. 우키시마는 잡은 팔을 당겼다.

"기다리라고 말했잖아."

"하지만 안 씨가 공격을 받고 있습니다. 구해주지 않으면!"

'흰 턱시도는 저 호텔 종업원의 지인인가?'

노지는 종업원의 어깨를 잡고 벽에 밀고 있었다. 그 모습은 확실히 사건처럼 보이기도 하지만 또 복잡한 남녀 사이처럼도 보인다.

"사랑싸움 아니야? 내버려두는 편이 좋아."

"그럴 리 없습니다!"

"어째서 그렇게 단언하지?"

"왜냐하면, 저는 알고 있으니까요!"

그렇군. 이 남자는 대화가 성립하지 않는 종류의 인간이다. 그래도 우키시마는 참을성 있게 말을 이어갔다.

"그렇지만 여자는 이 호텔 직원이잖아? 그러면 다른 손님이 끼어드는 건 민폐가 아니겠어? 정의감은 존경스럽지만 강요는 사랑이 아니야."

"그럼 어떻게 하라는 겁니까?"

"누군가 이 호텔 사람을 불러와 주면 좋지."

"그건 너무 소극적인 대처 아닌가요?"

"신사는 그때그때 적당한 행동을 취할 줄 알아야 하는 법이라고."

흰 턱시도는 "그렇군요!" 하고 납득했다. 몸에 두른 복장대로 본성이 어수룩한 성격인 것 같다. 그는 곧장 계단을 뛰어 내려갔다.

'자, 더 이상 쓸데없는 일이 일어나기 전에 이쪽도 이야기를 진행해보자.'

우키시마는 가볍게 어깨를 돌리고 노지와 여자가 서 있는 복도 끝으로 발걸음을 옮겼다.

노지에게 화려한 업어치기를 성공시킨 뒤 207호를 거쳐 4층의 한 객실에 다다른 우키시마는 드디어 찾아 헤매던 희망에 다다랐다. 도명초문통록이라는 이름의 희망에.

작은 호텔 종업원에 의해서 이쪽의 계획은 폭로되고 말았다.

'그렇다면 나는 결국 경찰의 신세를 지게 될 것이다.'

그래도 체포되는 건 오늘 밤이 아니야. 말린 꽃을 빼앗고 끝까지 도망친 뒤 일을 성공시켜야 한다. 그리고 모든 할 일을 끝낸 다음 자수하자. 당당히 만개하여 아름다움을 자랑하는 시카마자쿠라 아래를 걸어 경찰서로 향하자. 그렇게 가슴속으로 다짐했다.

그의 앞에 펼쳐진 것은 파멸도, 비관에 젖은 모습도 아니다. 왜냐하면 우키시마가 긴 시간 쌓아온 꿈이 바로 지금 그의 손에 들어오려고 하기 때문이다. 모두에게 알릴 것이다.

'저길 봐봐. 시카마자쿠라가 있어.'

우키시마는 미소를 지으며 문통록을 향해 다가갔다.

···

우키시마 씨는 여유로운 미소를 유지하며 느긋한 걸음으로 이쪽을 향해 다가왔다.

그러더니 문득 발을 멈추고 그 자리에 털썩 주저앉았다. 그곳에 끈으로 엮은 책 한 권이 떨어져 있었다.

"세상에, 그렇게나 함부로."

내가 중얼거리자 아직 쇼코와 마주하고 있는 와야 씨가 상황 판단이 안 된 듯 말했다.

"이 사람이 던진 거예요. 나는 손이 더러워져서 주울 수가 없었어."

"딱히 많이 더러워졌대도 상관없습니다. 원래가 좀 더러운 책이었으니까요."

"더럽다니요! 웅장한 역사가 느껴지는 장서라고요!"

아니. 정말 그렇게 정중하게 다룰 만한 책은 아니다.

우키시마 씨가 주워든 그 책의 표지는 차를 엎지르거나 끝이 말렸다거나 하는 사소한 사정으로 자주 교체되어왔다. 현재 표지는 겨우 60년 정도 전에 바뀐 것으로, 당시 우연히 가지고 있던 과자점 포장지의 옅은 보라색이 마음에 들어 교체했을 뿐이다. 깊고 복잡한 역사 같은 건 있을 리가 없다. 그런 생각과 함께 다시 책을 보는데 문득 위화감이 느껴졌다.

"혹시 이 책, 가짜입니까?"

가장 먼저 글자가 부자연스럽다. 아주 비슷하긴 하지만 뭔가 선이 미숙하고 다른 사람이 쓴 것처럼 느껴졌다. 더불어 표지의 보라색도 지나치게 고급스럽고 아름다웠다. 고풍스러운 듯 보이지만 오히려 최근에 만들어진 종이가 아닌가?

"말도 안 됩니다!" 와야 씨가 소리치고 "거봐, 역시!" 하고 쇼코가 소리쳤다. 내가 모르는 사이에 표지가 바뀌었을 가능성도 있다. 저 책은 외관만으로는 진위를 구별하기 어렵다.

책을 주운 우키시마 씨가 훌훌 페이지를 넘겼다. 그리고 어느 지점에서 손을 멈추고 큭큭 웃으면서 어깨를 건들거렸다.

우키시마 씨가 이쪽에 보여준 페이지에는 풍속화 양식의 벚나무가 그려져 있었다. 솜씨가 아주 좋지만 역시 미숙하다. 색도 선도 원숙함이 없다. 우키시마 씨가 말했다.

"내용이 있는 건 여기뿐이야. 나머지는 백지."

대체 누가 어떤 목적으로 이런 짓을.

이번엔 사기 사건의 범인 두 사람이 동시에 소리쳤다.

"쓰지!"

쓰지 도보. 문통록 구입에 손을 들었던 한 사람이라고 했다. 벚나무를 그린 사람이 쓰지라면 아주 훌륭한 재능이 있는 듯하다.

• • •

쓰지 도보의 이야기

'신이든 악마든 누구에게든 맹세컨대, 나는 이 책을 원한 게 아니야.'

쓰지 도보는 도명초문통록을 내려다보고 한숨을 쉬었다. 도보는 분명 이 책을 훔치긴 했지만 용건만 끝나면 돌려줄 생각이었다.

도보는 그저 파랑이 필요했다.

위대한 파랑. 깨끗한 파랑. 다른 무엇도 없는 파랑. 이상적인 파랑을 찾고 있었다. 새해의 첫눈처럼 순수한 파랑을.

'거 봐, 깨끗한 파랑이잖아?'

아홉 살 무렵, 엄마는 도보에게 그림 하나를 보여주었다. 우키요에였다. 그러나 '우키요에'라는 단어만 알고 있었을 뿐, 진정한 우키요에가 무엇인지는 전혀 알지 못했다.

그때 도보가 본 그림이 슌세키의 그림이었다. 아무것도 아닌 시골 풍경화였지만, 이전까지 그녀가 알고 있던 그 어떤 파랑보다 아름다운 파랑이 칠해져 있었다. 도저히 눈을 뗄 수가 없었다. 그녀는 슌세키의 파랑과 사랑에 빠져버린 것이다.

슌세키의 파랑은 눈에 띄는 색이 아니다. 강하게 자

신을 드러내지 않으면서도 고요히 그림 전체의 중심을 잡아준다. 그 파랑으로 하늘을 그린다면 세상에 존재하는 그 어떤 하늘보다 높을 것이다. 바다를 그린다면 그 어떤 바다보다 고요할 것이다.

'좋아합니다.'

그녀는 마음속으로 슌세키의 파랑에 고백했다. 아니 어쩌면 입 밖으로 나왔을지도 모른다.

도보는 슌세키의 파랑을 계속 찾아다녔다. 어쩐지 바로 찾을 것 같은 기분이 들었기 때문에 처음엔 느긋했다. 그러나 점차 가까이에 없다는 사실을 알아차리자 점점 열중하게 되었다.

그렇게 10년, 도보는 여전히 파랑을 찾고 있다.

효고현은 언제나 멧돼지의 피해가 심각한 곳이다. 사냥꾼들은 그 돼지들을 잡는다. 잡은 돼지를 처리하는 과정은 생각만큼 그리 간단한 일이 아니다. 죽은 돼지는 근처 동물병원으로 옮겨진다. 그곳에서 수의사는 돼지를 해체하고 사냥꾼은 제 몫의 고기를 할당받는다. 여기에서 나오는 피는 그냥 버려진다.

도보는 미대에 다니는 학생이라는 신분을 무기로 수

의사로부터 돼지의 피를 받았다. 그쪽에서도 피는 그다지 쓸모가 없기 때문에 서로의 상황이 맞으면 쉽게 내어준다. 그래도 매번 "다룰 때는 조심해."라는 주의를 거듭 받는다.

도보는 돼지의 피를 이상적인 파랑을 만드는 데 사용했다. 이번에는 그걸 와야에게 넘기는 조건으로 도명초문통록을 손에 넣는 기회를 얻었다.

긴세다이 산장의 한 객실에서 도보는 우선 커피 두 잔을 타고 한 잔에는 수면유도제를 넣었다. 불면증인 아빠가 의사에게 처방받은 약을 슬쩍 훔쳐왔다. 와야를 재우면 그사이에 문통록을 빌릴 수 있을지도 모른다고 생각했지만 그는 커피를 쳐다보지도 않았다.

'뭐, 약 조금 먹는다고 털썩하고 잠들 거라고는 생각하지 않았어.'

그래서 특별히 실망하지도 않았다. 준비해둔 비장의 작전이 또 하나 남아 있었다.

도보는 커피 잔을 몰래 가지고 온 코스터 위에 둔 뒤 자리에 앉았다. 도기 재질로 만든 코스터의 바닥을 약간 비스듬히 깎아 빈 공간을 얼음으로 채웠다. 얼음이 서서히 녹으면 코스터는 조금씩 기울어질 것이고 균형을 잃은 컵은 바닥으로 떨어지게 될 것이다. 컵이 깨지면서 와야의 신경이 분산되는 틈을 노릴 계획이었다. 하지만 작전은 계획과는 조금 다르게 진행되었다. 드라이아이스와 함께 넣어왔던 코스터가 이미 애매한 상태로 녹아버린 것이다.

불안정한 코스터에 도보는 무리하게 컵을 세웠다. 컵은 예상보다 빨리 바닥으로 떨어졌지만 어찌 되었든 와야의 시선을 잡아두는 데에는 성공했다. 그 찰나의 시간에 도보는 진짜 문통록과 가짜를 바꿔치기했다.

가짜를 만드는 데에는 상당히 품이 들었다. 애당초 슌세키의 그림을 재현한다는 것 자체가 가능할 리가 없는 고난이었다. 도보는 거의 포기 상태에서 '속이는 상대는 아마추어니까.'라는 마음으로 그렸다. 그렇지만 그리다 보니 작가 나름의 고집도 생겨났고 책으로 엮은 뒤에도 몇 번이고 그림을 다시 확인하는 바람에 그 페이지만 쉽게 펼쳐지게 되어버렸다.

와야에게 받은 15분간 그녀는 자신이 그린 그림을 바라보며 시간을 보낸 셈이다. 들키지 않기를 기도하며 조마조마한 마음으로.

순조롭게 문통록을 훔쳐낸 도보는 서둘러 교토로 향했다. 학교로 돌아가 〈정토의 벚꽃〉과 그림에 사용된 숀세키의 파랑을 해석하기 시작했다.

그 해석에 2시간, 긴세다이 산장과 대학을 왕복하는 데 3시간 30분. 합계 5시간 30분. 오후 9시가 될 무렵, 도보는 다시 범행 현장으로 돌아왔다.

안료의 해석만 끝내면 문통록에 볼일은 끝이다. 책을 와야의 방 앞에 두고 노크를 한 뒤, 초인종을 누르고 달아나던 어릴 적 놀이의 기억을 되살려 도망친다. 그 기세 그대로 교토까지 달려갈 생각이었다.

모든 건 계획대로 진행되고 있다고 생각했지만, 그건 커다란 착각이었다.

조마조마한 마음으로 노크를 했지만 문은 열릴 생각이 없다. 하는 수 없이 방 앞으로 돌아와 조금 더 세게 노크를 했다. 이번에도 문은 열리지 않았다.

세 번째도, 네 번째도, 두들긴다. 도망친다. 돌아온다. 두들긴다. 도망친다. 돌아온다. 점점 귀찮아진 도보는 완전히 멈춘 뒤 강하게 문을 두드렸다. 그러자 대답이 들려왔다.

"네. 누구십니까?"

남성의 목소리였지만 와야는 아니다.

누구지? 모르는 목소리. 도보는 순간적으로 문통록이 든 종이봉투를 쥐고 도망쳤다. 달리고 달려서 계단에 몸을 숨겼다. 수수께끼의 목소리가 쫓아오는 기색은 없다. 도보는 쥐고 있던 종이봉투를 내려다보고 한숨을 쉬었다.

'이건 어떻게 하면 좋지?'

신이든 악마든 누구에게든 맹세컨대, 나는 문통록을 원한 게 아니다. 그저 슌세키의 파랑을 재현할 단서를 찾고 있을 뿐이다. 오히려 이런 비싼 물건을 가지고 있으면 불안하기만 하다.

'분실물이라 하고 프론트에 맡아달라고 말할까?'

이런 생각을 하면서 계단을 내려갔다. 그리고 흰 턱시도를 입은 작은 체구의 남자와 부딪혔다.

두 사람의 입에서 동시에 흘러나온 "꺄악!" 하는 목소리가 아름답게 화음을 이뤄서 어쩐지 조금 웃음이 나왔다.

• • •

"거봐, 역시 가짜였어!"

쇼코가 그렇게 소리치고 자신만만하게 가슴을 폈다.

그와 반대로 나는 조금 곤란해졌다.

"문통록을 손에 넣지 못하면 오늘 밤은 대체 무엇에 축배를 들어야 할까요?"

책 입수는 지금이 아니라도 괜찮지만, 당장 오늘 저녁이 문제였다. 내 기준에서 약간은 사치스러운 이탈리안 레스토랑을 예약해두었기 때문이다. 고급까지는 아니더라도 평소엔 쉽게 사지 않는 가격의 샴페인도 하나 열 생각이었다. 쇼코는 늘 '샴페인에는 모름지기 축하가 있어야 하는 법'이라고 말했다.

그녀가 방을 스윽 둘러보고 고개를 갸우뚱했다.

"와야 씨는 알겠는데, 이 사람들은 다 누구야?"

그러고 보니 쇼코와는 정보를 공유할 시간이 전혀 없었다. 하지만 길게 설명하는 것도 조금 귀찮아서 그녀의 이해력을 믿고 대략적으로만 정리했다.

"와야 씨는 문통록을 이용해서 사기를 계획했고 죽은 척을 했습니다. 그것을 기획한 공범이 아무래도 우키시마 씨인 듯합니다."

"그렇군."

"그리고 그 사기 사건의 피해자가 이쪽의 노지 씨."

"노지?"

쇼코는 방 입구로 눈을 향했다. 그곳엔 숨을 헐떡거리며 서 있는 장신의 남자, 노지 씨가 있다.

"우와, 진짜 노지? 노지 피스우드?"

"저를 아시나요?"

"그럼, 꽤 팬이라고. 악수해주려나?"

"부탁하면 해줄 것 같아요."

솔직히 인기를 의심했는데 어쩌면 노지 씨가 말한 20대부터 30대 여성에게 압도적인 지지를 자랑한다는 말은 사실일지도 모르겠다. 나도 나중에 사인이라도 부탁해볼까?

"좋은 게 생각났다."

쇼코가 묘한 웃음을 띠었다. 그리고 그 자리에 감돌던 팽팽한 긴장감을 한순간에 끊어버릴 선언을 했다.

"우리 모두가 문통록을 원하지만 쓰지라는 사람한테 당한 거잖아? 그럼 전부 손을 잡고 그 쓰지 씨에게서 책을 빼앗아 되찾는 거 어때요?"

진심인지 묻는 나의 질문에 물론 진심이야, 하고 쇼코는 대답했다. 생각해보면 그녀는 이전부터 자주 "「오션스 11」(여러 도둑이 힘을 합쳐 큰 보물을 훔치는 내용의 헐리우드 영화-

역주) 같은 거 해보고 싶었어."라는 말을 했었다.

쇼코가 바란다면 나도 반대는 하지 않겠지만 문제는 저쪽 세 사람이다. 그들을 대표하는 우키시마 씨가 입을 열었다.

"나는 전혀 상관없어. 대찬성이야."

아니, 방금 한 말 취소. 저쪽의 멤버로 우키시마 씨를 대표자로 정하면 안 되는 것 아닌가. 쇼코와 장단이 너무 잘 맞는 기분이 들었다.

아직 놀란 상태로 있는 두 사람, 노지 씨와 와야 씨에게 내가 연민의 눈길을 보내고 있는 사이에도 쇼코와 우키시마 씨는 악수를 나누고 있었다.

"잘 부탁해."

"나야말로. 그런데 한 가지 묻고 싶은 게 있는데."

"응. 뭐?"

"너는 대체 누구야?"

"그냥 도둑. 가끔은 카레 가게에서 일하고."

"아아, 그렇군. 도둑질을 하는데 도둑이 있는 건 든든하네."

노지 씨와 와야 씨를 두고 뛰어난 기질의 두 사람이 거침없이 대화를 이어나갔다. 나는 단지 지금 나눈 악수를 핑계로 이 뒤에 있을 식사에서 축하 건배가 가능하다면 그걸로 괜찮다고 생각했다. 그러나 식당 예약은 두 명이다. 만약 쇼코가 "함께 궐기대회라도……." 같은 말을 꺼낸다면 조금 곤란하다.

쇼코가 방 입구에 서 있는 노지 씨의 옆을 가리켰다.

"그런데 한 사람, 소개에서 빠진 거 같은데?"

그녀의 손가락 끝에 있는 사람은 수수께끼의 흰 턱시도였다. 나에게 있어서도 수수께끼의 인물이라 소개할 것도 없다. 애초에 그가 여기에 있었다는 사실도 쇼코의 말을 듣고 알아차렸을 정도로 전혀 몰랐다.

배턴을 넘겨받았다고 생각했는지 흰 턱시도가 새된 목소리를 높였다.

"이제 이야기는 끝난 건가요?"

아무래도 상황을 살피고 순서를 기다렸나 보다. 나름 센스가 있는 사람이다.

대략적으로 끝났어, 하고 쇼코가 대답하자 그는 어색한 웃음을 지은 채 이쪽으로 걸어왔다. 그 모습에는 기묘한 긴장감이 감돌았고 아무도 입을 열지 않았다.

흰 턱시도는 내 앞에서 걸음을 멈추고 큰 심호흡을 쉰 뒤 손에 든 고베후게츠도 종이가방을 내밀었다.

"여기, 분실물입니다."

그는 정말 분실물을 건네주기 위해 여기까지 따라온 것일까. 그렇다면 순수하게 선량한 사람일 테지만 어딘가 약간 핀트가 어긋난 기분이 들었다.

"제 물건이 아닌 것 같습니다만……."

"아니요. 어느 투숙객이 흘린 물건입니다."

"아아, 네."

그러고 보니 나는 호텔종업원 복장을 하고 있었다. 내가 후게츠도 종이봉투를 받아들자 그는 안심한 듯 미소지었다.

"다행입니다. 안에 오래된 책이 들어 있던데, 꽤 귀한 것 같아 보였거든요."

그 발언이 불러올 어마어마한 파장을 알아채지 못한 흰 턱시도는 이어 작은 꽃다발을 내밀었다. 그는 지금까지의 목소리보다 두 배는 더 큰 소리로 말했다.

"오늘은 사랑을 전하기 위해서 찾아왔습니다. 좋아합니다. 후루가와 씨. 저의 애인이 되어주세요!"

꽤나 막힘없는 고백이었지만 후루가와는 또 누구인가. 대체 그는 누구에게 사랑을 전한 것인가.

· · ·

고즈카 다케히코의 이야기

크리스마스까지 앞으로 2주.
흰 턱시도를 입은 남자, 고즈카 다케히코는 오늘 밤 사랑의 성취를 목표로 열심히 달리고 있다.
결코 평탄한 길은 아니었다. 다양한 사람들에게 부딪혔고, 심지어는 문에도 부딪혔다.
자전거를 굴려 자신의 발로 달리고 계단을 반복해서 오르락내리락했다. 그래도 이 노고는 결실을 맺었다.
고즈카는 끝내 인생의 큰 무대에 서서 사랑하는 그녀에게 마음을 보여준 것이다.
여기에 이르기까지 땀과 눈물의 과정이 파노라마처럼 지나갔다.

가장 먼저 떠오르는 장면은 애용하는 전동자전거를 이용한 질주다. 산노미야역에서 사랑하는 그녀가 택시에 올라타는 모습을 목격한 것이 계기였다. 예상외의 일이었지만 오늘 밤 고백하기 위해 만전의 준비를 해온 고즈카는 맹렬하게 그 뒤를 쫓았다. 택시를 놓쳐도 포기하지 않았고, 산길에도 지치지 않고 열심히 페달을 굴렸다.
그리고 도착한 이 호텔. 그녀를 찾아 돌아다니는 사이에도 여러 가지 일이 있었다. 아니, 여러 사람에게 부딪혔다.

우선은 2층 엘리베이터 홀이다. 니트 모자에 마스크를 쓴 마른 남자와 부딪혔다.
수상한 녀석, 그런 생각을 담아서 그를 바라봤는데 그쪽도 완전히 같은 눈으로 이쪽을 보고 있었다. 생각해보니 고즈카는 일할 때 입는 옷을 그대로 입고 있었다. 결코 고백에 적절한 복장이 아니었다.
이거 큰일이다! 고즈카는 당황해서 1층으로 다시 내려갔다. 긴세다이 산장에서는 결혼식 피로연도 열리기 때문에 의상대여 서비스가 있었다. 의상대여 서비스 안내 포스터에 찍힌 신랑 신부의 모습에 감명을 받고 곧장 같은 것으로 주문했다. 이렇게 고즈카는 흰 턱시도를 몸에 두르게 되었다.

두 번째로는 흰 피부에 눈물점이 있는 여성이다. 그때 고즈카는 느린 긴세다이 산장의 엘리베이터를 기다리다 지쳐서 계단을 뛰어 올라가고 있었다.
여성은 "분실물이에요."라고 말했고 고베후게츠도 종이봉투를 내밀었다. 생각해보니 여기 종업원의 유니폼도 흰색이었다. 아마 그녀는 고즈카의 복장을 보고 종업원으로 착각한 것 같다.
고즈카는 오해를 풀려고 했지만 눈물점이 있는 여성은 매우 빠른 동작으로 계단을 뛰어 내려갔다. 해명을 할 틈도 없었다.
'뭐, 봉투는 나중에 프런트에 전해주면 되겠지.'
그때의 고즈카는 그렇게 생각했다.

세 번째 부딪힌 사람은 진한 남색 슈트를 입은 커다란 남자였다. 장소는 4층 엘리베이터 홀이고 바로 앞 복도에서는 경악할 만한 사건이 일어나고 있었다.
바로 사랑하는 그녀가 니트 모자를 쓴 수상한 남자에게 붙잡혀 있었다. 덧붙이면 그녀는 호텔종업원 복장을 하고 있어서 그 또한 고즈카를 놀라게 했다.
고즈카는 당연히 궁지에 몰린 그녀를 도와줄 생각이

었다. 그러나 진한 남색 슈트의 커다란 남자는 "신사는 그때그때 알맞은 행동을 취하는 법이다."라고 가르쳐주었고 고즈카는 생각을 바꿨다. 신사. 멋진 말 아닌가. 사랑하는 그녀와 백년해로할 남자는 당연히 신사여야 한다.

호텔종업원에게 도움을 구하러 간 고즈카에겐 또 다른 문제가 발생한다. 1층 로비 카운터에는 상냥하고 연약해 보이는 여직원 두 명이 서 있었던 것이다.

'아무리 업무라고 해도 난폭한 상대를 여성에게 부탁하는 것이 과연 맞는 행동일까. 그것이 신사가 할 일인가?'

고민하고 있을 여유가 없다. 바로 지금 이 호텔 4층에서 사랑하는 그녀가 위험천만한 상황에 빠져있다. 지금 당장 결단을 내려야만 한다.

'아아. 내가 이 호텔종업원이라면 좋을 텐데. 지금 바로라도 그 괴한과 싸울 텐데. 차라리 지금부터 여기에 취직해버릴까?'

그러다가 문득 생각이 났다. 바로 조금 전 눈물점이 있는 여성이 나를 호텔 직원으로 착각하지 않았나.

'그러니까, 내가, 바로 내가 종업원 행세를 하면 되

잖아!'

순백의 턱시도로 "손님!" 하고 말을 걸면 그건 훌륭한 호텔리어다. 화려하게 그녀를 구해내고 위험이 사라진 뒤 정체를 밝힌다. 뭐야, 얼마나 극적이야! 완벽하잖아! 신사적이면서 인간적이기까지 하다. 고즈카는 장밋빛 미래를 그리며 가슴이 부풀어 올랐고 다시 계단을 뛰어올랐다.

4층에 도착한 고즈카가 목격한 것은 뜻밖의 광경이었다. 사랑하는 여성이 눈앞에서 엘리베이터에 올라탔고 말을 걸 틈도 없이 문이 닫혀버린 것이다.

대체 무슨 일인 거지? 이미 문제는 해결됐나?

그렇다면 당연히 기뻐야 할 일이다. 그러나 고즈카의 타오르는 마음의 행선지가 사라져버렸다. 정말 그녀를 마구마구 구해주고 싶었다. 한 열댓 명의 괴한이 순서대로 나타나길 바랐다. 그러나 싸워야 할 적이 없다면 바로 고백해버리고 싶은 마음이기도 했다.

그녀를 태운 엘리베이터를 쫓아 고즈카는 다시 계단을 뛰어 내려갔다.

그 직후 눈앞에 한 미녀가 나타났다. 검은 트렌치코

트를 입은 쇼트 커트의 여성이 손잡이를 지지대로 삼아 화려하게 계단참을 돌았다. 그 바로 앞에 있던 것이 고즈카였다.

또 부딪힌다. 네 번째다. 그렇게 생각했지만 이번에는 부딪히지 않았다.

고즈카가 "우앗!" 하고 비명을 지름과 동시에 미녀가 "우옷!" 하고 장단을 맞춰 소리쳤고 이쪽으로 양손을 뻗었다. 그녀는 고즈카의 어깨를 짚고 공중제비를 돈 후 소리도 없이 등 뒤에서 착지했다.

"미안. 내가 도망 중이라서."

그렇게 속삭이는 그녀의 미소는 너무나도 상큼했다. 만약 좋아하는 사람이 없었다면 사랑에 빠졌을지도 모른다.

'뭐지? 방금 이 여자는. 마치 천사 같아.'

고즈카가 두근거리는 마음으로 계단을 내려가려 하자 이번에야말로 네 번째 사람과 부딪혔다. 상대는 온몸을 피로 물들인 중년의 남성이었다.

정말이지 천국과 지옥이 따로 없다. 평소였다면 피칠갑을 한 남자와 부딪히자마자 비명을 질렀을 것이다. 그러나 조금 전 트렌치코트의 여성과 만나 올라

갔던 감정과 상쇄되어 오히려 마음의 상태에 균형이 잡혔다.

고즈카는 묘하게 냉정해진 마음으로 "죄송합니다."하고 사과했지만 남자는 대답하지 않았다. 아무 말도 없이 고즈카를 밀어두고 서둘러 계단을 뛰어 올라갔다.

'아아, 그렇구나. 미녀는 이 남자한테서 도망친 거였구나.'

대체 무슨 일이지? 큰 사건이겠지만 어쩐지 위험한 느낌은 들지 않았다. 왜냐하면 미녀는 절대 잡히지 않을 것 같았기 때문이다.

오늘 밤 마지막으로 고즈카와 부딪힌 건 207호의 딱딱한 문이었다. 그때 고즈카는 사랑하는 여성의 목소리를 들었고 문 앞에 우뚝 섰다.

'드디어. 이제 엇갈릴 일은 없다. 내가 이 문 앞에서 움직이지 않으면 반드시 그녀가 나타난다.'

그렇게 생각하자 고즈카는 떨렸다. 고백의 공포가 뭉게뭉게 부풀어 올랐다. 대체 어떻게 말을 걸면 좋을까. 최대한 자연스럽게. 가능한 긴장하고 있다는 사실을 들키지 않게. 그러자 고즈카는 손에 든 종이봉투를 떠올렸다.

그렇다. 엉겁결에 받은 분실물.

사랑하는 그녀가 이 호텔 종업원이라면 이걸 계기로 하면 좋겠다. "분실물입니다." 정말이지 사랑이 시작될 것 같은 관용구가 아닌가.

뭔가 로맨스의 정석 같은 멘트와 지금 상황이 어울리는 것 같지는 않았지만 어쨌든 순조롭게 대화를 시작할 수 있게 되었다.

좋아, 이거다. 작은 승리 포즈를 취하자마자 갑자기 문이 열렸다. 그리고 고즈카는 가볍게 튕겨 나간 뒤 엉덩방아를 찧었다. 올려다보니 문 너머에 사랑하는 여성이 불쑥 얼굴을 내밀었다.

"어머, 또 사건?"

아름다운 눈동자로 이쪽을 바라보며 그녀가 그렇게 중얼거렸다. 고즈카의 머릿속은 하얗게 변했다. 자기도 모르게 소리쳤다.

"아니요. 이건 운명입니다!"

오늘 밤 긴 시간 헤맨 끝에 겨우 그녀의 앞에 도착했다. 그러니까 분명 이 사랑은 이뤄진다. 고즈카는 그렇게 믿었다.

고백 당시 고즈카는 한심하게 떨고 있었다. 각오를 단단히 했다고 여겼는데, 가슴속에서 뜨겁게 일렁이던 두근거림이 꺼지고 눈물이 차올라 도망치고 싶은 기분이 들었다.

고즈카는 심호흡을 크게 하고 우선은 사전에 계획한 대로 '분실물'을 내밀었다. 그리고 문득 깨달았다.

'그러고 보니 나는 그녀의 이름을 모른다.'

성은 몰라도 이름은 알고 있다. 안. 그녀와 만났던 카레 가게에서 그렇게 부르는 걸 몇 번이나 들었다.

그러나 교류를 시작하기 전부터 '안'이라고 허물없이 불러도 괜찮을까. 경박한 남자라고 생각하는 건 아닐까. 하지만 이 문제는 가볍게 극복할 수 있다. 그녀의 옷에 붙어 있는 명찰을 발견했기 때문이다. 당당히 큰 목소리로 고즈카 다케히코는 드디어 고백했다.

· · ·

"좋아합니다. 후루가와 씨. 저의 애인이 되어주세요!"

대체 그는 누구에게 사랑을 전한 것인가. 곧이어 바로 떠올랐다. 내 가슴에는 쇼코가 만들어준 가명 명찰이 달려 있다. 거기에 새겨진 이름이 바로 흰 턱시도가 말한

'후루가와'다. 나는 명찰을 떼어 주머니에 넣으면서 대답했다.

"사실은 이건 제 이름이 아닙니다."

"네? 어째서죠?"

"음, 복잡한 사정이 있어서요."

놀라서 눈이 커진 흰 턱시도의 표정이 순식간에 어두워져 갔다.

"이름을 틀린 남자에게는 고백할 자격이 없나요?"

"아니요, 딱히. 대체로 고백엔 필요한 자격 같은 건 없겠죠."

"다행이다. 그럼 다시 고백하겠습니다. 안 씨, 저의 애인이 되어주세요."

성은 몰라도 이름은 알고 있는 건가. 그럼 초면이 아닐지도 모른다. 그러나 안타깝게도 나에게는 그에 관한 기억이 전혀 없다. 무언가를 기억한다고 해도 대답은 바뀌지 않겠지만.

나는 형식적인 미소를 지었다.

"호감을 보여줘서 정말 감사합니다."

"저야말로 이렇게 만날 수 있어서 너무 감사합니다."

"하지만 죄송해요. 거절하겠습니다."

흰 턱시도의 표정은 감정과 함께 이리저리 확연하게 달라졌다. 최악의 끝. 이미 바닥으로 추락해버린 표정으로 그는 말했다.

"대체 저의 어디가 안 되는 건가요?"

"당신의 문제가 아니라 저의 개인적인 문제입니다. 연애나 사랑 같은 건 이미 충분합니다."

정말로.

나는 지금의 내 삶에 더할 나위 없이 만족하고 있다. 더 이상 바라는 것이 없다. 굳이 꼽자면 곧 있을 이탈리안 레스토랑 예약에 늦지 않는 것뿐이다. 거기에 만약 요시다 씨가 마음을 바꿔서 최상의 카레 레시피를 알려준다면 특별히 더 행복할 것이다. 내 소원은 이게 전부다.

그와 나는 잠시 아무 말 없이 서로를 바라보았다. 이윽고 저쪽에서 입을 열었다.

"도저히 안 되는 걸까요?"

"뭐가 말인가요?"

"저의 마음을 받아들이는 것."

"제가 결정해도 되나요?"

"네, 우선은요."

"그럼 답해드리죠. 도저히 안 됩니다. 하루빨리 손 놓으세요.”

“아아, 역시 안 되겠어. 내 마음은 내가 정하고 싶어.”

“네. 그것도 괜찮죠.”

흰 턱시도가 후, 하고 숨을 내쉬고 그 뒤 쓸쓸하게 웃었다. 꽤 좋은 얼굴이구나 하고 생각했다.

긴 침묵 뒤에 입을 연 사람은 우키시마 씨였다.

“얘기는 끝났나?”

그 말에 흰 턱시도가 절규하며 대답했다.

“내 사랑은 끝나지 않아!”

그리고 그는 눈물을 흘리며 달려 나갔다. 손을 세차게 흔드는 바람에 손에 든 꽃다발이 조금 흩어졌다. 짝짝, 쇼코의 박수소리가 들렸다.

나는 마음속으로 탄식했다. 아주 멋진 이야기였지만 이 스토리에서 그렇게 중요하지는 않은 이야기다. 본론은 지금 내 손 안에 있다.

저 흰 턱시도에게서 받은 고베후게츠도의 종이봉투. 내용물은 확실히 도명초문통록이다. 이 한 권이 어떤 운명을 거슬러왔는지는 알 수 없지만, 어찌되었든 이건 쇼코와 우키시마 씨의 악수를 날려버릴 폭탄이다.

우키시마 씨가 예리한 발걸음으로 다가왔다. 나는 종이

봉투에 든 문통록을 쇼코에게 던지면서 우키시마 씨가 이쪽으로 뻗은 손을 재빨리 빠져나갔다. 그의 배에 손을 얹고 꾹 누르자 커다란 몸이 공중에서 춤을 추며 퀸사이즈 침대로 떨어졌다.

짧은 일련의 일들이 일어나는 중에 와야 씨 역시 움직이고 있었다. 문통록을 받은 쇼코에게로 달려들었고, 격렬한 카운터를 받아 옆으로 쓰러졌다.

고베후게츠도 종이봉투를 잡은 채 쇼코가 소리 없이 바닥을 찼다. 그녀의 몸은 가볍게 떠올랐다가 열려 있는 창문틀을 한 번 더 차는 동시에 그대로 밤하늘로 날아갔다.

와야 씨의 비명이 들렸지만 당사자인 쇼코는 아무렇지 않게 미소 짓고 있었다. 푸르스름한 달빛을 받은 창문 너머의 하늘 위로 떠오르면서.

당연하게도 쇼코는 공중에 떠 있을 수 없다. 정확하게는 한 손으로 와이어를 잡고 있었다. 호텔 정원에는 거대한 크리스마스트리가 있는데 그것을 고정하기 위해 와이어가 네 방향으로 묶여 있었고 그중 하나가 바로 옆 벽에 고정되어 있었다.

쇼코가 이 방 창문에서 지나치게 열심히 야경을 바라보고 있을 때부터 수상함을 느꼈는데 역시나 그녀는 이 와이어를 도주 경로로 삼을 생각이었다. 창문으로 뛰쳐나가거나 공중에 떠 있는, 너무나도 괴도스러운 방식을 좋아하는 그녀였다.

이것으로 이제 누구도 쇼코에게 손을 댈 수 없다. 이곳은 4층이고 15미터나 되는 높이의 공간이다. 그녀를 잡고 싶다면 서둘러 계단을 내려가는 방법밖에 없다.

쇼코가 와이어를 타고 트리를 내려가는 것보다 먼저 정원에 도착할 수 있을까? 지금부터 그 레이스가 시작될 예정이다.

'대충 형세는 정해졌네.'

그렇게 생각했을 때 갑작스러운 일이 일어났다.

노지 씨가 창문으로 달려가더니 몸을 내밀어 그대로 창틀에 발을 딛고 뛰어내렸다.

나도 모르고 입에서 "어?" 하고 작은 소리가 흘러나왔다. 너무나도 느닷없이 목숨을 거는 행동이었다.

그의 도약은 아주 짧아서 쇼코에게도, 와이어에도 닿지 않았다.

• • •

노지 피스우드의 이야기

왜 창문에서 뛰었는가. 왜 목숨을 걸었는가.
아무리 열심히 설명해도 그 누구도 이해할 수 없을 것이다.
하지만 노지는 뛰었다. 각오를 다하기 위해, 포기하기 위해, 어쩌면 둘 다의 이유로 그는 몸을 던졌다.
도명초문통록에는 「설화몽견절」이라는 제목의 샤미센을 위한 독주곡이 실려 있다. 그리고 백 년이나 전에 생겨난 이 곡은 노지의 「터틀백」과 매우 유사하다고 한다.
'「터틀백」은 표절인가.'
이건 커다란 문제다. 노지에게 있어서는 목숨을 걸만한 큰 문제였다.

아직 노지 피스우드가 되기 전, 노데라 가즈키였을 때부터 그의 모든 것은 음악이었다. 더 나아가 말하면 「터틀백」이라는 단 한 곡이 그의 모든 것이었다.
그 음들은 노데라가 태어났을 때부터 머리카락이나 배꼽처럼 당연히 있어야 할 곳에 있듯 마음 한 편에 자연스레 자리 잡고 있었고, 특별히 가치가 있는 음이라고도 생각하지 않았다.

음의 가치를 깨달은 건 일곱 살 무렵이다. 교육열에 불탔던 엄마가 어딘가에서 '도쿄대 학생 중에는 피아노를 배운 학생이 많다'는 도시 전설 같은 이야기를 듣고는 그 길로 피아노를 배우러 다니게 된 것이다.

상황은 엄마의 기대대로 흘러가지 않았다. 피아노 교실은 소년 노데라의 성적 향상에는 기여하지 못했고 그는 음악에 빠져들어 중고 전자 피아노 앞에서 기웃대는 아이가 되었다. 그리고 마음 속에서 계속 울려왔던 그 음들을 건반으로 재현해냈을 때 그의 운명이 정해졌다.

처음으로 노지의 손으로 만든 음악인 「터틀백」, 극히 심플한 열여섯 소절의 반복. 그러나 그 음은 당시 유행한 팝뮤직보다도, 그 어떤 유명한 밴드의 연주보다도, 엄마에게 안겨 듣던 자장가보다도 아름다웠다.

'나는 이걸 연주하기 위해 태어났을지도 몰라.'

일곱 살의 노데라 가즈키는 그런 식으로 생각했다.

중학생이 되자마자 노지는 기타를 샀다. 묵묵히 독학을 했고 고등학교에 들어가서는 밴드를 만들었다.

그즈음 그의 음악적 재능은 이미 결실을 맺고 있었

다. 꾸준히 연습한 피아노 실력은 상당히 복잡한 곡을 칠 수 있을 정도였고, 큰 발표회에서도 언제나 가장 마지막을 장식하는 역할을 도맡았다. 기타 실력은 아직 평범한 수준이었지만 노래에도 능력을 보여 3옥타브까지 올릴 수 있는 가창력을 갖추게 되었다.

그의 음악 활동에 고난이 없지는 않았다. 대학 시절 만든 밴드는 인디 밴드로서 무대에 올랐고 이미 메이저 데뷔 이야기도 오고 갔다. 그러나 그 밴드는 아주 사소한 이유로 와해되었고 결국 혼자만 레코드 회사에 발탁되었다.

스물세 살의 가을, 노데라 가즈키는 노지 피스우드가 되어 「터틀백」으로 강렬하게 데뷔했다. 이제까지 스물 한 번의 퇴고를 거쳐 만들어진 「터틀백」의 최종 버전이 세상에 공개되었다. 당시 한 음악 잡지 인터뷰에서 그는 이렇게 말했다.

"나에게는 어린 시절부터 「터틀백」이 들렸습니다. 이상한 일이지만 마치 전생에서부터 계속 들어온 것처럼 뚜렷하게 이 음들이 머릿속에서 계속 울렸어요."

이때까지 노지에게 있어서 「터틀백」은 축복이었다.

그러나 그것은 곧 저주로 바뀌었다.

노지 피스우드의 인기는 눈 깜짝할 사이에 타올랐다가 사그라들었다. 그 이유는 그도 잘 알고 있었다. 「터틀백」 이후 신곡을 내지 않았기 때문이다. 데뷔곡을 뛰어넘는 일도, 어깨를 나란히 하는 일도, 심지어 비슷한 수준조차도 만들지 못했다. 마치 이 한 곡이 노지의 모든 것을 흡수하여 아무것도 남기지 않은 듯했다.

스물일곱 살의 어느 밤, 만취한 그는 계단을 헛디뎌 굴러떨어졌고 아스팔트에 머리를 세게 부딪쳤다.

눈물이 그렁그렁한 채 밤하늘을 올려다보았다. 두꺼운 구름이 도쿄의 빌딩 숲의 조명으로 빛나고 있을 뿐인 별것 없는 밤하늘이었다. 괜스레 한심함을 느낀 노지는 "나는 천재가 아니었구나." 하고 인정했다. 그는 아스팔트에 쓰러진 채 작은 소리로 노래를 불렀다. 오랜만에 「터틀백」을.

'아아. 역시 좋은 노래다.'

일곱 살부터 스물세 살까지. 중고 전자 피아노의 건반에서 시작해, 꿈에 그리던 데뷔까지. 16년간 이 곡과 보낸 시간을 떠올리고 노지는 감동했다.

'아니야, 달라.'

사실은 추억 같은 건 상관없이 순수하게 「터틀백」이라는 곡에 감동하고 있었다.

'나의 결승점은 「터틀백」이었다.'
패배를 인정하자 이상하게 되살아난 기분이 들었다.
흔해 빠진 음을 연주하는 것이, 진부한 노래를 부르는 것이 더는 고통이 아니었다.
'나는 이 정도다. 그래도 음악이란 건 좋다.'
흔한 곡이라도 좋다. 아무것도 아닌 음을 연주해도 좋다. 후세에 이름을 남기지 못하더라도, 대단한 돈을 벌지 못하더라도.
무대에 서면 관객은 흥이 오른다. 그들과 나는 아주 짧은 시간이지만 삶의 고통과 괴로움을 잊어버린다.
그리고 「터틀백」의 도입부를 연주하면 역시 큰 환호성이 들려온다.
그래서 지금의 노지는 당당하게 이렇게 말할 수 있다.
나는 「터틀백」의 노지 피스우드입니다.
다른 무엇도 아닙니다.
그렇다고 해서 다른 곡을 연주할 수 없는 것은 아닙니다.

이런 곡도 있구나, 정도의 마음으로 즐겁게 들어주세요. 저도 즐겁게 하겠습니다.

그리고 가장 좋을 때에 「터틀백」을 부를 테니 그때는 마음껏 즐겨주시면 저 역시 기쁠 것입니다.

2년 전, 「터틀백」이 표절이 아니냐는 소문을 들었을 때, 노지는 상대조차 하지 않았다. 그 곡의 성립은 노지의 성립과 마찬가지였다. 단 한 음도 훔치지 않았다고 당당하게 단언할 수 있다.

그러나 비슷하다는 곡이 「설화몽견절」이라는 샤미센 독주곡이라는 소문의 상세한 내용을 듣고 문득 불안이 생겨났다.

「터틀백」은 어린 시절부터 내 가슴속에서 울려왔다. 마치 전생에서 반복적으로 들어온 것처럼.

물론 정말 전생의 기억이 있을 리 없다. 그러나 어린 시절, 태어나서 기억도 못한 시기에 계속 들어왔던 음이라면 어느 정도의 가능성이 있진 않을까?

노지는 네 살에 도쿄로 이사를 했는데 그 전까지 할아버지의 집에서 자랐다. 지금은 돌아가셨지만 할아버지가 건강하셨을 땐 샤미센을 연주했다고 한다.

노데라 가즈키는 노지 피스우드이고 노지 피스우드

는 곧 「터틀백」이다.

만약 이 「터틀백」이 표절이라면 대체 어떻게 되는 것인가? 노지는 마치 자기 자신이 사라져버릴 것 같은 공포를 느꼈다.

「터틀백」의 표절 의혹은 권리, 권리에 의한 피해 문제가 아니다. 프라이드의 문제도 아닌 더 깊은 노지의 근본을 침범한다.

'나는 진짜인가, 가짜인가.'

노지 피스우드는 실존하는가, 그렇지 않은가. 어떤 식으로 설명해도, 아무도 이해할 수 없다. 비유가 아니다.

문통록을 쫓아 창문에서 뛴 노지는 죽음을 각오하진 않았다. 그러나 살아갈 의미 역시 없었다.

• • •

그의 도약은 아주 짧았다. 어디에도 닿지 못할 것이라 생각했는데, 쇼코가 노지를 향해 손을 뻗었다. 쇼코는 와이어에 발을 감고 거꾸로 매달린 자세로 노지 씨를 잡고 있었다. 결과적으로 서커스 공중 그네 같은 자세로 두 사람은 일단 안전했다. 그러나 이 상태를 계속 유지하긴 힘들다. 곧 낙하할 것이다. 노지 씨 혼자 떨어지거나 쇼코와 함께 떨어지거나. 어느 쪽이든 무사하게 끝나지 않을 터였다.

와야 씨가 휴대전화를 꺼내면서 "구급차, 아니 소방차일까요?!" 하고 소리치고 우키시마 씨는 "상황에 맞는 건 구급차겠지." 하고 대답하면서 침대 매트리스를 들었다. 창문으로 던져서 쿠션으로 만들 생각이다. 공중에 매달린 노지 씨가 이제야 공포가 피어났는지 커다란 목소리로 비명을 질렀다.

정체불명의 도둑을 업으로 하는 쇼코는 고쓰조 카레의 베테랑 홀 스태프이기도 하다. 그리고 그녀는 새로운 접대인지 심심풀이 장난인지 모를 기묘한 기술을 만들어냈다. 그녀 자신이 유령 시중이라고 이름 붙인 이 기술은 손님이 카레를 다 먹은 직후 상대가 눈치채지 못한 사이에 테이블 끝에 식후 커피를 두는 기술이다.

창가로 뛰어간 나는 바로 옆 가죽 의자 구석에서 한 권의 책을 꺼냈다. 도명초문통록. 유령 시중 기술을 응용해 쇼코는 이곳에 책을 숨겨두었다. 나에게만은 유령 시중이 통하지 않기 때문에 나는 쇼코가 책을 숨겼다는 것을 눈치채고 있었다.

쇼코의 원래 의도는 이러했을 것이다. 그녀는 문통록을 갖고 도망치는 척하지만 고베후게츠도의 종이봉투는 이미 비어 있다. 그 사실을 모르는 우키시마 씨, 와야 씨가 그녀를 쫓아 나가면 나는 아직 방에 숨겨져 있는 문통록을 유유히 회수한다. 나도 이 의도대로 일이 진행되리라 예상하고 '형세는 정해졌네.' 하고 생각했는데, 노지 씨의 무모한 도약으로 계획이 모두 무너졌다.

나는 재빨리 문통록을 넘겨서 목적인 페이지, 두 장이 딱 붙어서 읽을 수 없는 페이지를 펼쳤다. 그리고 그 두 장을 강하게 힘주어 열었다.

"아! 무슨 짓을!"

와야 씨의 눈은 이쪽을 보고 있었다. 그는 이렇게나 혼란한 와중에도 책이 파손되는 소리는 전혀 흘리지 않고 있었나 보다.

나는 달라붙어 있던 두 장의 페이지 중 한 쪽을 찢었다. 문통록은 의자 옆으로 던지고 찢은 페이지만을 잡은 채 가죽 의자에 발을 올렸다. 의자를 밟고 앞으로 걸어가 창가에 섰다. 호텔종업원 복장이라 차가운 밤공기가 뼈에 사무쳤다.

손안의 페이지를 반으로 가르자마자 슈웅 하고 바람이

불었다. 내가 양손에 갈라진 페이지를 손에서 놓자 종이 파편이 바람에 나부꼈다. 빙빙, 휙휙. 곧이어 바람은 격렬한 회오리가 되었고 종이 파편은 아주 작은 먼지가 되었다.

이윽고 먼지가 소용돌이치는 중심에 사람의 형태가 나타났다. 일본 전통 의상을 입은 남자다. 키만큼이나 긴 백발은 달빛 아래에서 은빛으로 보였다. 머리카락이 회오리바람에 춤추고 거센 파도와 같이 흐트러졌다. 그의 체구는 호리호리했고 피부는 투명해 보일 정도로 하얗다. 그에 비해 째진 눈은 탁한 노란색이었다. 그 노란 눈의 중심에 찢어진 듯한 검은 눈동자. 밤보다도 검은, 모든 빛을 다 지워버린 듯한 눈동자가 있다.

나는 그에게 말했다.

"오랜만입니다. 이치 씨."

천 년 전 물의 신은 한 여자를 연모했다. 그러나 여자는 신을 버리고 본인이 사랑하는 남자와 부부의 연을 맺기로 선택했다. 화가 난 신은 강을 범람시켰다. 강은 남자를 집어삼켰고 남자를 구하러 몸을 던진 여자도 함께 삼켜버려 두 사람은 사이좋게 손을 잡은 채 목숨을 잃었다. 사건의 발단이 되는 물의 신은 두 사람의 영혼에 윤회의 저주를 걸었다. 혹은 구원을 주었다. 이 귀찮은 물의 신이 바로 지금, 눈앞에 있는 이치 씨다.

신의 영혼은 두 가지의 측면을 가진다. 한쪽은 황혼(荒魂)이라 불리는 신의 용맹한 면을 가리킨다. 또 한쪽은 화혼(和魂)이라고 불리는 신의 온화한 면을 가리킨다. 같은 신의 앞뒤이지만 때에 따라 각각의 다른 신앙의 대상이 되고 다른 신처럼 불린다.

긴세다이 산장의 상공에 떠 있는 물의 신은 하리마고센(하리마나다 연안에 유입되는 강 중 가장 큰 다섯 개의 강을 가리킨다-역주)을 지배하는 뱀 신의 황혼이다.

그는 언젠가 황혼의 성질을 유감없이 발휘하는 탓에 난동을 부려 도명초문통록에 갇혔다. 더 정확하게는 이 신을 봉인한 두 장의 종이를 내 손으로 문통록에 더했다.

한편, 그의 봉인으로 인해 불행히도 함께 말려든 것이 같은 신의 화혼, 구월의 어느 밤 흰 뱀의 모습으로 나타난 가코 씨다. 근간은 같은 신이라 함께 봉인될 수밖에 없는데 저쪽이 뚜렷하게 모습을 드러냈기 때문에 이쪽도 이제 슬슬 시작되겠구나, 하고 생각하고 있었다. 그래서 문통록을 찾기로 한 것이다.

나는 이 황혼인 이치 씨를 봉인해두고 싶지 않다. 단순하고 폭력적인 얼굴을 가진 신이지만 본성은 그리 나쁜 녀석도 아니다. 그러나 그가 뚜렷하게 모습을 드러내면 약간의 문제가 일어날 우려가 있었다.

'이치 씨의 봉인을 푸는 건 여러 가지 일을 끝낸 다음으로 미뤄두고 싶었습니다만.'

목숨이 걸린 비상사태가 일어났기 때문에 신에게 매달리는 것이 당연하다.

과거 어느 시대에는 인간의 목숨이 하찮게 여겨지기도 했었다. 그러나 지금 이 시대의 인간은 귀하다. 나는 그 목숨의 가치에 기대고자 한다.

이치 씨는 주변을 슥 둘러보고 시선을 다시 나에게로 향했다.

"너, 잘도 내 앞에 서 있는구나."

"이쪽도 딱히 바라는 바는 아닙니다만. 긴급 상황입니다. 신이시여, 비나이다. 도와주소서."

"장난치지 마! 너는 나에게……."

신의 목소리를 흘려듣기란 참 힘든 일이지만 시간이 없다. 모습을 드러낸 이치 씨에게 기를 빼앗겼는지 쇼코의 다리가 점점 와이어에서 떨어지려고 했다. 나는 토끼처럼 양발을 모아서 땅을 걷어차 밤하늘을 향해 뛰었다.

"사랑했던 여자의 목숨입니다. 이러니저러니 하지 마시고 구하십시오."

"네가 말하지 마! 열받아."

나는 한 손으로 와이어를, 또 다른 한 손으로 쇼코의 발을 잡았다. 그러나 연약한 이 몸으로는 오래 버틸 수 없을 것이다. 쇼코가 소리쳤다.

"안!"

"왜요?"

"포트 타워, 보여!"

"그거 잘됐네요!"

활짝 갠 달밤의 하늘에서 한 방울의 비가 떨어졌다. 빗방울은 내 얼굴을 지나치고 지면으로 떨어졌다. 마치 그것에 이끌려가듯 우리의 몸도 낙하했다. 한계를 넘은 나의 손은 와이어에서 미끄러지고 쇼코의 발도 와이어에서 풀려버렸다. 그녀가 떨어지자 노지 씨도 함께 떨어지기 시작했다.

공중에서 쇼코를 끌어안았다. 그녀는 땅을 지긋이 응시하고 있었다. 그 표정에는 어떤 비장함도 없이 그저 해맑았다.

'죽지 않을 것이라는 확신이라도 있는 걸까.'

나는 알 수 없었다. 천 년의 생을 반복해왔어도 모르는 건 모르는 거다. 따라서 아직은 삶이 계속되어도 그리 나쁘지는 않을 것이다.

한 방울의 비가 떨어진 지면에서는 콸콸하는 소리와 함께 물줄기가 솟아났다. 작은 물줄기는 순식간에 강이 되었고, 크리스마스트리 주위에서 똬리를 틀며 점점 더 그 크기가 커졌다. 폭포를 거꾸로 세운 듯한 그 물줄기는 사방으로 흩뿌려졌다. 물보라 방울들이 눈부시게 빛났다.

"세상은 설렘으로 가득하구나."

쇼코가 말했다.

"실로 그러하지요."

나는 대답과 함께 그녀의 머리에 손을 두르고 물 속으로 뛰어들었다.

잔물결이 일어난 수면에 크리스마스트리의 빛이 반사되어 반짝였다.

빨강, 파랑, 노랑, 초록, 보라. 인공의 빛은 밤하늘의 별들 못지않게 아름다웠다. 전기료로 따지자면 고작 수십 달러겠지만 고베의 가로등에도 뒤지지 않는다.

물 위에 누워 있던 나는 주변을 둘러보았다. 쇼코는 반짝임 속을 천천히 헤엄치고 노지 씨는 필사적인 얼굴로 크리스마스트리에 달라붙어 있었다.

이윽고 물이 사라져갔다. 마치 꿈처럼, 환상처럼, 끝내 웅덩이 하나도 남지 않고 흔적이 지워졌다. 우리는 트리 아래 섰다. 노지 씨는 입을 열었다가 그대로 다물었다. 말도 안 되는 광경을 표현할 적절한 단어를 찾지 못했는지 아무런 말도 하지 못했다.

먼저 이야기를 꺼낸 건 쇼코였다.

"이건 안에게 감사를 전하면 되나?"

"아니요. 신께."

"어디에 있어?"

"그게 문제입니다."

내가 4층 창문을 올려보았을 때 마침 "돌려줘! 도둑아!"라고 소리치는 와야 씨의 목소리가 들렸다. 창문에서는 문통록을 손에 든 이치 씨가 날아왔다. 신을 도둑이라고 부르다니 와야 씨도 꽤나 대담하다.

나는 목소리를 높였다.

"기다려주세요. 당신도 아시다시피 이건 우리들 모두의 것입니다. 부디 이쪽으로 전해주세요."

이치 씨는 트리 꼭대기의 별 모양 오너먼트에 멈춰서 나를 내려다보았다.

"나는 아주 오랜 시간 이 책에 봉인되어 있었다. 다시 같은 일이 벌어지지 않으란 법이 없잖느냐. 그렇다면 이건 내가 갖고 있겠다."

"또, 뻔한 변명을 하시는군요."

이치 씨를 봉인한 건 문통록의 힘이 아니다. 두 종이의 힘이고, 더 자세히 말하면 다른 쪽의 종이에 깃든 어느 신의 힘이다.

"시끄럽다. 신의 말이다. 불만은 없겠지?"

"당연히 불만입니다. 부끄럽지도 않습니까? 하리마고센을 통하는 위대한 물의 신이면서 어찌 스토커 흉내를 내십니까."

잠시 기다려봐도 신은 대답이 없다. 아마 신의 어휘에 스토커라는 단어가 없는 것 같다. 옆에서 쇼코가 물었다.

"안, 무슨 일이야?"

"저 신은 그저 문통록을 읽고 싶을 뿐인 거예요. 책의 절반은 사랑한 상대의 일기니까요."

"일기?"

"도명초문통록이란 즉, 저희의 교환일기에요."

도명초문통록에는 글자만 있지 않다. 화가가 되면 그림을 그리고, 음악을 하면 악보를 남기고, 마음이 내키면 벚꽃을 말려 넣었다. 내용에 관해서는 규칙이 없다. 하나의 생에서 상대를 위해 조금씩, 페이지가 정해져 있지는 않았지만 대체로 펼친 양쪽 페이지 정도로 충분했다.

이제까지 팔백 년 정도 이어져왔고 앞으로도 아직 조금은 더 이어갈 생각이다. 남들보다 느린 속도로 주고받는 이 이야기는 한 쌍의 남녀가 하루하루 일어난 일을 번갈아가며 쓴 일기일 뿐이다. 따라서 그 내용이 대단히 중요하거나 큰 비밀을 가지고 있지도 않다. 이치 씨가 책을 원하는 이유는 그저 사랑하는 상대의 일기를 훔쳐 읽고 싶은, 사춘기 아이와 같은 부끄러운 마음 정도에 지나지 않는다.

쇼코가 별 모양 오너먼트에 서 있는 신을 향해 소리쳤다.

"구해주셔서 감사합니다! 그렇지만 사람이든 신이든, 프라이버시를 지키는 분별력은 갖는 편이 좋아요!"

이치 씨는 프라이버시라는 단어도 알지 못할 것이다. 그러나 이야기의 흐름에서 어느 정도의 의미는 알아차렸는지, 얼굴이 빨개져서 소리쳤다.

"알 바냐! 신이란 원래 제멋대로인 거다!"

저 한심한 신은 별 모양 오너먼트를 박차고 오르더니 그대로 서쪽 하늘로 사라졌다. 별 모양 오너먼트가 땅으로 떨어졌고 그것을 쇼코가 잡았다.

"오, 잘됐다. 갖고 싶어 했잖아요."

"근데 나, 의뢰받은 것조차 훔쳐주지 못했으니까."

호텔에 돌려주러 갑시다, 하고 쇼코가 말했다.

이치 씨가 모습을 드러냈을 때 내가 가장 두려워했던 또 다른 이유가 바로 이것이다.

만약 그가 바보 같은 이유로 도명초문통록을 가져가버린다면 쉽게 돌려주지 않을 것이다. 나는 가능한 이번 생에서도 그 책에 페이지를 더하고 싶다. 이건 이른바 운명의 상대와 한 얼마 되지 않는 약속이기도 했다.

그러나 보다 객관적인 시선으로 이 상황을 바라보면 더 큰 문제는 이쪽이다. 일찍이 이치 씨를 봉인했을 때, 우리는 어느 신의 힘을 빌렸다.

그녀는 바쓰(魃)라는 이름의 신으로 대륙에서 갈 곳을 잃은 가뭄의 신이었다. 물의 신인 이치 씨와 반대되는 힘으로, 서로의 힘이 상쇄되게 페이지를 붙여 봉인시켰다. 그러나 이치 씨가 모습을 드러냈으니 바쓰 신도 다시 힘을 되찾을 것이다.

가뭄의 신은 마음씨 착한 여신인데 그녀가 있으면 주변이 말라붙는다. 다른 나라의 신을 아무렇게나 함부로 둘 수는 없다. 어서 그녀가 있을 곳을 준비해야 하는 것이 급선무다.

그렇다고는 해도 이건 나의 일이 아니다. 신의 문제를 인간의 손으로 처리하기는 어렵다. 모든 사태의 원인이 대륙에서 초대된 신이라면 이 나라의 신들이 힘을 합쳐 해결해야 한다.

나의 목표는 어디까지 문통록 탈환이지만, 사실 언제가 되어도 상관없다. 가능하면 이번 생이 이어지는 동안에 손에 넣고 싶은 정도다.

한바탕 사건이 끝나고 어느새 오후 10시, 나와 쇼코는 긴세다이 산장의 주차장에 서 있었다. 트리에서 떨어진 별 모양 오너먼트를 프런트에 가져다주며 요청한 택시를 기다리는 중이었다.

쇼코가 말했다.

"그런데 말이야, 예언이 있었잖아?"

"예언?"

"봐봐, 점술가 그 사람이 그랬잖아. 안이 오늘 밤 운명의 상대와 재회한다고."

"아아, 그러고 보니 그랬지."

완전히 잊고 있었는데 분명 누군가 그런 말을 했었다. 고쓰조 카레를 나온 직후였다.

"그 흰 턱시도가 안에게 고백했을 때는 드디어 왔나, 하고 생각했는데 말이야. 규칙을 생각하면 그 사람은 절대 아니야."

"그래요?"

"왜냐면 운명의 상대가 안을 사랑했다면 윤회의 기억을 떠올렸겠지? 하지만 그 사람은 천 년을 살아온 느낌이 아니었어."

전생에는 규칙이 있다.

남자는 다시 태어날 때마다 윤회를 잊지만, 다시 태어난 여자를 사랑하는 순간 모든 기억을 떠올린다. 여자는 반대로 윤회를 기억한 채 태어나지만, 다시 태어난 남자를 사랑하는 순간 모두 잊는다.

"그러면." 쇼코가 이어갔다. "안이 운명의 사람과 만나고 싶지 않은 건 천 년만큼의 추억을 잊고 싶지 않은 거 아니야?"

"어머, 로맨틱한 이야기네요."

"그렇게 생각할 수밖에 없잖아. 이미 상대를 아무것도 아니라고 생각하면 문통록도 필요 없을 테니까."

쇼코의 어조가 의외로 강했다. 그래서 겨우 그녀가 화를 내고 있다는 걸 알아차렸다. 쇼코는 계속했다.

"안은 지금도 그 상대를 많이 좋아하지만 추억과 미래 둘 중 하나밖에 고를 수 없으니 추억을 선택한 거 아니냐고. 그러니까 사랑하는 사람과 쉽게 재회할 수가 없어서 무관심한 척을 하고 있는 거 아니야?"

나는 그 말에는 대답할 수 없다.

모리하시 쇼코는 본성이 냉정하고 예절을 차리는 사람이다. 다시 말하면 '너는 너, 나는 나'라는 가치관을 강하게 가지고 있는 사람. 따라서 평소의 그녀였다면 더는 이야기하지 말아달라는 나의 표정을 읽고 가볍게 다른 이야기로 돌렸을 것이다. 그러나 오늘 밤의 쇼코는 '통행금지' 표정을 보고도 한 발 더 나갔다.

"오늘 밤 이 호텔에 안의 운명의 상대가 있었어?"

대답할 생각이 없었던 질문에 나는 대답했다.

"있었어요. 틀림없이."

곧 그녀는 표정을 바꿨다.

구름에 가려져 있던 달이 모습을 드러내듯 어두워 보였던 얼굴에 호기심이 가득 차서 목소리를 높였다.

"뭐! 진짜?"

"네. 누군지 알고 싶어요?"

그녀는 흠, 하고 낮은 소리를 내며 생각에 잠긴 뒤 대답했다.

"엄청 알고 싶지만 괜찮아. 혼자 생각할래."

"부디 그렇게 해주세요."

"힌트는?"

"없습니다, 그런 거. 소녀의 직감을 구사하면 알지 않을까요."

쇼코는 팔짱을 끼고 어려운 얼굴로 생각에 잠겼다. 샤프한 검은 트렌치코트를 입은 그 모습은 풀기 어려운 사건을 만난 형사의 모습 같기도 했다.

이윽고 드라이브 코스의 급커브 너머에서 헤드라이트 불빛이 다가왔다. 우리가 탈 택시다. 팔짱을 낀 채 쇼코가 말했다.

"있잖아, 운명의 상대와 재회하고 싶은 적 없어?"

"없어요. 지금의 제가 된 뒤로는 한 번도."

"왜?"

왜냐하면 지금의 나로도 충분하니까.

"천 년간 있었던 일들보다 곧 먹으러 갈 이탈리안 음식을 즐기는 쪽이 더 중요하니까요."

택시가 주차장에 들어왔다. 나는 다시 생각에 잠긴 쇼코의 옆에서 "오늘 밤 샴페인은 무엇에 건배를 해야 할까요?" 하는 고민을 하고 있었다.

2부

우리들의 천 년의 기록

'좋은 제안'과 '아무래도 좋을 제안'이 함께 날아든 건 긴세다이 산장에서의 우당탕탕 한바탕이 일어난 후 5일 뒤인 12월 14일이었다.

그날 약속이 있던 쇼코는 고쓰조 카레의 영업이 끝나자마자 바로 가게를 나갔다. 남은 건 나와 점주인 요시다 씨 둘 뿐이었는데 이건 정말 좋은 기회였다. 나란히 설거지를 하는 동안 이런저런 잡다한 이야기로 흥이 올랐고 우연한 한마디에 요시다 씨가 "그런 거라면 우리 집 레시피 알려줄까?"라는 말을 꺼냈다.

갑작스러운 행운에 너무 기뻐서 어쩔 줄 모른 나는 잔뜩 신이 나버렸다. 남은 설거지를 가벼운 마음으로 마무리하면서 카레 관련 노래를 생각나는 대로 흥얼거렸고 핵심 가사가 기억나지 않는 바람에 막힌 부분은 허밍으로 화려하게 장식했다. 그러고는 드디어 요시다 씨의 카레 사전 준비 과정을 볼 수 있었고 설명을 착실하게 노트에 적어나갔다. 이 이야기가 '좋은 제안'이고, 이어서 '아무래도 좋을 제안'이 시작되었다.

기분이 좋아진 나는 가벼운 발걸음으로 고쓰조 카레를 나와 12월의 차가운 밤바람에 몸을 맡기고 걸었다. 그때 아래쪽에서 목소리가 들렸다.

"그간 격조하였습니다."

내려다보니 하얀 실이 떨어져 있었다. 실은 매끈한 움직임으로 몸을 구불거리며 기어왔다. 흰 뱀의 가코 씨다.

나는 발을 멈추고 웅크리고 앉았다.

"어머, 오늘은 어쩐 일이십니까?"

"알려드릴 게 있어서요. 혹시 시간 괜찮으실까요?"

신이 하는 말을 흘려버릴 수도 없거니와 오늘 밤은 한가했다. 아르바이트 후의 낙이라곤 쇼코와 함께하는 만취의 시간인데, 쇼코는 오늘 대학 시절 친구의 자동차를 저렴한 가격에 구매하기로 했다며 외출을 했다.

나는 가코 씨에게 손을 내밀며 대답했다.

"괜찮으시면 저희 집까지 함께해주세요. 누추하겠지만

찬바람은 막아줄 것입니다."

"그건 참 감사한 일입니다만, 지난번 일로 당신의 파트너에게 미움을 받은 것 같아서……."

"그 부분이라면 안심하세요. 쇼코는 오늘 밤 약속이 있습니다. 만약 그녀가 일찍 귀가하더라도 그녀는 뱀을 싫어할 뿐입니다."

"아아, 그렇다면."

가코 씨는 내 손바닥 위로 기어 올라왔고 몸을 말아 똬리를 틀었다. 그리고는 몸이 오그라들더니 동그란 달걀형태가 되었다. 곧이어 발이 생겼고, 입이 찢어지고 눈이 튀어나오더니 대략 3센티미터 정도의 아주 작은 흰 개구리로 변신을 완료했다. 그는 의기양양하게 가슴을 펴면서 말했다.

"이 모습은 어떠십니까?"

"훌륭하십니다. 더할 나위 없네요."

나는 흰 개구리의 가코 씨를 어깨에 올리고 집으로 향했다. 한큐전철(교토, 고베 등 간사이 지역을 잇는 철도회사-역주)에서 약 7분. 고베 산노미야역에서 롯코역으로 이동한 뒤 완만한 언덕길을 느긋하게 오르면 드디어 나와 쇼코가 사는 임대 맨션, 쁘띠메종 히라타가 보이기 시작한다.

뻬띠메종 히라타는 3층 건물로 뻬띠라는 이름대로 자그마한 맨션이다. 주거형태의 임대 가구는 2층과 3층에 두 가구씩이고, 가게 자리인 1층에는 꽤 맛있는 빵집이 영업 중이다. 덕분에 아침에 갓 나온 바게트를 만나기까지 도보 30초라는 경이로운 점이 우리 집의 최대 강점이다.

집에 도착한 나는 거실의 낮은 테이블로 가코 씨를 안내했다. 그러고 나서 냉장고를 열고, 고민 끝에 쇼코와의 만취를 위해 준비해둔 저알콜 준마이겐슈(알코올을 넣지 않고 쌀과 누룩만으로 만든 일본 전통주-역주)와 후쿠니시키(효고현에 위치한 양조회사에서 나온 비교적 낮은 도수의 달콤한 맛이 나는 일본 술-역주)를 꺼냈다. "어서, 어서." 혹은 "아이, 이거 참."이라는 술자리 암호와 같은 말을 나누면서 가코 씨의 술은 간장 종지에, 내 술은 와인 잔에 따르며 건배를 했다.

흰 개구리 가코 씨는 자신의 몸보다도 큰 간장 종지를 두 잔이나 마신 뒤 슬쩍 본론으로 들어섰다.

"그런데 이와노오카미에게 전갈을 받았습니다. 먼저 도명초문통록에 관한 것인데, 여러 보고를……."

가코 씨의 이야기는 이러했다. 문통록에는 두 신이 서로의 힘을 상쇄시키면서 봉인되어 있었다. 한쪽이 하리마고센을 통솔하는 물의 신 황혼, 이치. 또 다른 한쪽이 중국에서 초청된 가뭄의 신 바쓰. 그러나 이치 씨의 봉인이 풀렸기 때문에 곧 바쓰 씨도 나타날 예정이다. 여기까지는 아는 얘기다.

바쓰 씨를 봉인하는 데에는 이치 씨가 꼭 필요한 존재다. 물의 신과 가뭄의 신, 양과 음의 관계로서 중요한 건 물론이고 이에 더해 바쓰 씨의 마음에도 이치 씨가 필요하다. 이 가뭄의 여신, 바쓰 씨는 이치 씨를 사랑한다. 그러니 바쓰 씨는 이치 씨와 함께한다는 조건이면 선뜻 재봉인에 응할 용의가 있다.

반대로 이치 씨는 가뭄의 신과 거리를 두고 싶어 한다. 그는 여전히 천 년 전 사랑을 마음에 두고 있다. 게다가 기본적으로 가뭄은 강의 큰 적이다. 바쓰 씨가 근처에 있으면 이치 씨는 힘을 계속 잃어간다. 이건 바쓰 씨에게 있어서도 같은 작용을 하는데, 둘의 힘은 본질적으로 상충하기 때문이다. 로미오와 줄리엣보다도 비극적인 사랑이 아닐 수 없다.

신들의 입장에서 보면 바쓰 씨의 가뭄은 큰 문제이기도 하고 그녀를 초대한 이상, 결례를 범해서도 안 된다. 그러니 이치 씨가 가능한 양보를 했으면 하는 거다. 아무도 원하지 않는 이 연애사에 굳이 나서서 해결해야만 하는 이가 필요했다. 그리고 그 역할에 보기 좋게 선택된 신이 이와노오카미다.

나는 와인 잔에 담긴 술에 입을 대고 후 하고 숨을 내쉬면서 웃었다.

"이와 님도 상당히 고생이 많으신 분이네요."

"신의 세계는 엄격하니까요. 씨족 신을 모시는 이들에겐 가까이하지도 않으면서 그 뒤치다꺼리만 맡깁니다."

나는 "핫핫." 하고 큰 소리로 웃었고 가코 씨의 불평을 농담처럼 넘겼다. 천 년 전, 이치 씨가 연모한 여자는 이와노오카미를 모시는 지역에서 태어났다.

"대략적인 흐름은 잘 알겠습니다. 그런데 어째서 제게 이런 이야기를 하시는지요."

"이와노오카미는 이치와의 교섭을 위해 집회 장소를 마련해두었습니다. 자세한 내용을 당신에게 전달해두라는 내용입니다."

"그러니까, 저도 얼굴을 비추라는 말씀이신가요?"

"아뇨, 아뇨. 반드시 참석하란 것은 아니지만 문통록은 이치가 소지하고 있으니까요. 원하신다면 오시라는 말씀입니다."

"그렇군요. 마음 써주셔서 감사합니다."

나는 간장 종지에 세 번째 잔을 와인 잔에 두 번째 잔을 각각 따랐다. 일부러 가코 씨를 이용해서 이야기를 전하려 했다는 것은 내심 도와주길 바란다는 걸 이와노오카미가 알리고 싶은 것이다. 그러나 괜히 도우려 나섰다가 해를 입을지도 모른다. 바쓰 씨의 일이 정리될 때까지 문통록에는 가까이 가지 않는 편이 현명하다.

이런 생각을 하고 있었는데 가코 씨의 이어진 다음 말에 나는 마음을 바꿔 먹었다.

"이치와의 교섭은 기노사키에서 진행됩니다. 차분히 앉아 담론을 진행하기에 적당한 온천 료칸을 빌렸으니 괜찮으시면 여분의 방을 이용해주세요."

"호오, 그건 감사하네요."

뭐니 뭐니 해도 온천은 기노사키(효고현 북부에 위치한 오래된 온천마을-역주)다. 신들의 여러 가지 일은 성가시지만, 남는 방을 채우는 정도의 일에 그다지 인색하게 굴 필요는 없다.

'쇼코에게 제안해볼까?'

와인 잔을 기울이면서 나는 고민했다.

온천? 좋지. 가자, 가자! 쇼코의 적극적인 찬성으로 스케줄을 맞춰보기로 했다. 여행을 가더라도 고쓰조 카레 일정에 구멍이 생겨서는 안 된다. 스마트폰 달력을 보니 다음 연휴는 12월 24일, 25일 이틀이었다. 24일 크리스마스이브는 마침 고쓰조 카레 정기휴일이었다. 요시다 씨는 다음 날 25일도 가게를 닫고 가정에 충실한 면모를 보임으로써 출산 이후 계속 가정을 지키고 있는 부인에게 소소한 여유를 선물할 계획이라고 한다.

나는 이브에 정해둔 일정이 없었고 케이크도 준비해두지 않아서, 이대로라면 아무것도 없이 크리스마스를 맞이해야 했다. 쇼코와 함께 기노사키 온천을 즐길 수 있다면 뜻밖의 행운인 셈이다. 이제 불안한 건 이와노오카미가 예상과 달리 깔끔하게 이치 씨의 설득을 끝내고 숙박 예약을 마무리 짓는 전개였다. 제멋대로 구는 이치 씨의 성격을 기대하며 "제발 이야기가 잘 진행되질 않길. 그렇다고 헤어질 정도로 싸워서도 안 되며, 부디 적당하게 일이 틀어지길 바랍니다." 하고 기도하며 지냈다. 풍문에 의하면 이치 씨는 내 기대처럼 충분히 토라져서 말도 듣지 않고, 술만 주야장천 마시며 소득 없는 날들을 보내고 있다고 한다.

한편 쇼코는 봐뒀던 자동차를 아주 싼 가격에 구매하게

되어 기분이 좋았다. 코펜세로라는 이름의 어두운 파란색 경차였다. 2인승 오픈카에 동그스름한 형태의 세련된 느낌이 너무나도 쇼코의 취향이었다.

24일, 크리스마스이브의 이른 아침. 우리는 아직 어두운 공기가 깔린 주차장에서 코펜세로에 올라탔다. 오픈카지만 살을 에는 한기에 도저히 지붕을 열 수가 없었다. 지붕을 닫고 난방을 세게 튼 채 어둑어둑한 새벽을 달렸다. 롯코산을 관통하는 고속도로에 들어선 코펜세로는 부드럽게 속도를 올렸고 쇼코는 "이얏호오!" 하고 탄성을 질렀다.

이대로 기노사키 온천으로 달릴 예정이라면 효고현 북쪽과 이어진 바다를 향해 달리면 되지만 오늘은 기노사키 온천을 가기 전 들릴 곳이 한 군데 있다. 시소시(효고현 중서부에 위치한 도시-역주)의 신사에 잠시 얼굴을 비춰 이와노오카미에게 인사를 할 예정이다.

산다시(효고현의 남동부에 위치한 도시-역주) 주변에서 서쪽으로 진로를 바꾸자 마침내 산기슭 언저리에서 모습을 드러낸 아침 햇살을 등 뒤에 두고 달렸다. 우리는 한 차례 코펜세로를 극찬한 뒤 이어서 「도토리 데굴데굴」의 3절 가사(일본의 전래동요인 「도토리 데굴데굴」의 원래 가사는 2절까지 있었지만 슬프게 끝나는 내용이라 나중에 3절의 가사가 만들어졌다.-역주)를 지어가며 시간을 보냈다. 쇼코가 "도토리는 해피 엔딩을 맞이해야 해!"라고 말했기 때문이다.

이 곡은 가사가 속도감 있게 전개되는 편이라 실력을 겨루기에 노력이 꽤나 필요하다. 30분이나 공을 들여 서로의 아이디어를 섞어 완성한 가사를 쇼코와 내가 번갈아 가며 불렀다.

"도토리 데굴데굴 통통통."

"친구가 모여서."

"개구리 등에 올라 연못을 나왔더니."

"떡갈나무 엄마가 부르고 있네."

만족스러운 듯 쇼코가 고개를 끄덕였다. '데굴데굴'이라는 의성어에 제대로 된 의미를 넣지 않은 점이 조금 마음에 남지만, 전체적인 구성은 그런대로 괜찮지 않은가. 처음의 계획대로 도움을 받아 연못을 나온 도토리는 엄마의 곁으로 돌아가리라는 예측이 가능하면서 정 많은 미꾸라지가 이미 연못 친구들과 친한 사이라는 상황을 엿볼 수 있는 점도 좋다.

우리는 간사이 휴게소에 들러 새로운 가사의 탄생을 기념하여 테이크 아웃 잔에 담긴 뜨거운 커피로 건배했다.

그 후 시소시에 들어가면서 고속도로를 빠져나와 이보강(효고현 서부의 위치한 강-역주)을 따라 위로 올라갔다. 이윽고 이와노오카미가 있는 신사, 그 이름도 역시나 이와노인 신사가 나타났다.

이와 신사 주차장은 국도 휴게소와 공유하고 있다. 그곳에 코펜세로를 세우고 트렁크에서 꺼낸 무거운 종이봉투를 들고 신사로 향했다. 주차장 바로 옆에도 참배를 위한 길이 마련되어 있지만 나는 북측에 난 작은 길로 들어갔다. 이와 신사는 그런대로 큰 신사였고, 작은 숲의 옛 모습을 그대로 경내에 잘 모아두어 그 정취 또한 잘 느껴진다. 오솔길은 그 숲을 통과하는 길이라 쾌적한 삼림욕을 느끼기에 좋아서 쇼코에게 소개해주고 싶었다.

늘어선 삼나무와 노송나무는 높이가 50미터를 웃돌았다. 나무들이 몹시도 커서 마치 소인국 사람이 된 듯하여 유쾌해진다.

나무 그늘 사이에 작은 신들의 모습이 듬성듬성 보였다. 신장은 40센티미터 정도에 두 발로 서 있는 레서판다와 닮았는데 얼굴에는 나뭇잎 가면이 붙어 있다. 열 명 내지는 스무 명이 되지 않는 그들은 색이나 형태가 조금씩 다른 가면을 붙이고 나무 그늘에 몸을 가린 채 이쪽을 바라보고 있었다.

쇼코가 몸을 약간 구부리고 내 귓가에 다가와 물었다.

"저거, 뭐야?"

"여기 나무들의 신격화예요."

"신이란 건 저렇게 많아?"

"이 나라에서는 모든 것이 신격을 가지고 있으니까. 사실 사람보다 신이 훨씬 더 많아요."

"고베가 아니면 만나지 못했겠지만."

"몸을 숨기고 있는 거예요. 여기도 평소엔 차분하죠."

작은 신은 겁이 많다. 지금도 이쪽에 다가오지 못하고 있다. 그럼에도 인간보다 더 큰 호기심을 가진 탓에 시선만큼은 대담하여 간질거릴 정도로 이쪽을 바라보고 있다.

"안을 만나고 싶어서 나온 거야?"

"만난다고 해야 할지, 견학이라고 해야 할지. 천 년 동안 윤회를 반복한 인간은 신에게도 도시 전설 같은 거니까요."

"오, 입이 귀까지 찢어진 여자가 온다는 소식을 들으면 아무래도 얼굴이 보고 싶어지는 그런 거군."

"아주 틀린 비유는 아니지만, 이왕이면 좀 좋은 느낌으로 예시를 들어주세요."

"좋은 느낌의 도시 전설이 있어?"

"예를 들면 케사란파사란(오랜 시간 동안 전해 내려온 일본의 수수께끼 생물로, 발견하면 행운이 찾아온다고 전해진다-역주) 같은 거?"

"그건 뭐야?"

나는 쇼코에게 케사란파사란을 설명하면서 미소 띤 얼굴로 작은 신에게 손을 흔들었다. 순간 그쪽 방향에 있던 작은 신들이 뿅, 하고 튕겨 나가듯 사라졌다. 잡아먹힐 거라고 생각한 걸까. 그렇다면 나는 케사란파사란보단 입이 찢어진 여자 쪽에 더 가까운 걸지도 모르겠다.

오솔길을 빠져나오자 부드러운 샤미센 음악이 들렸다. 배전(절을 올리는 본전 앞에 지은 건물-역주) 앞에 일본 전통의상을 입은 아름다운 여성이 서 있었다. 이와노오카미와 함께 이 신사에서 모시는 신, 시타테라히메(일본 신화에 나오는 신-역주)다. 그녀는 와카(일본 고유 형식의 시-역주)의 선조가 되고 경내에서 연주되고 있는 곡의 작곡가로서도 알려진, 재색을 겸비한 신이다.

우리가 발을 멈추자 시타테라히메는 손에 든 샤미센에 익숙한 손놀림으로 채를 대면서 시원시원한 눈매로 이쪽을 바라봤다.

"당신을 만날 때는 언제나 인사를 망설이게 되네요. '처음 뵙겠습니다.'라고 해야 할지, '오랜만입니다.'라고 해야 할지요."

내가 오카다 안이라는 이름과 육체로 시타테라히메와 만나는 건 처음이다.

"도리를 지키지 못해서 죄송합니다. 다음엔 반드시 환생 전에 뵈러 오겠습니다."

시타테라히메는 생기발랄하게 웃었다.

"농담이야. 이름도 몸도 뭐든 상관없어요. 우리와 말을 섞을 수 있는 인간이 많지 않으니 가끔은 만나러 와요."

"네. 마음에 새겨두겠습니다."

나는 반성하는 척, 손을 마주하고 고개를 숙였다. 만나러 오라고 해도 이와 신사는 고베에서 꽤 떨어져 있고 이 근처는 전철도 다니지 않아서 불편하다. 애당초 이와노오카미가 하리마에서는 유수의 신인데도 존재감이 그다지 없어서 접근성이 떨어지는 곳에 모셔진 게 문제다.

"이쪽은 저의 동거인, 모리하시 쇼코라고 합니다."

그렇게 소개하자 쇼코가 고개를 꾸벅 숙였다.

"처음 뵙겠습니다. 모리하시입니다. 신에게 인사를 드리는 일이 익숙하지 않아 어딘가 어색할 수 있으니 먼저 죄송하다는 말씀을 드리겠습니다."

시타테라히메는 살짝 어이없다는 듯 웃으며 미소를 지으며 말했다.

"신경 쓰지 마세요. 대부분의 신은 너그러워요. 그렇지 않았다면 저기 오카다 안처럼 하늘의 심판을 받고 있겠죠. 신을 상대하면서도 무례한 태도가 몸에 밴 사람이니까요."

엄청난 비난이다. 나에게도 신을 존경하는 마음이 있기는 있다. 그러나 천 년이나 살다 보면 무릇 신의 성질도 알게 되는 법이다.

그들의 기본적인 태도는 '신은 신, 인간은 인간'이다. 아무리 인간이 절실하게 도움을 구하더라도 본인이 내키지 않으면 거들떠도 보지 않고, 그런 신을 원망하고 비난하고 업신여기더라도 딱히 벌을 주지도 않는다. 신은 인간에게 생각만큼 관심이 없다는 사실을 깨닫고 나니 어쩐지 나도 모르게 가볍게 대하게 된다.

나는 주제를 돌릴 요량으로 종이봉투에서 술병을 꺼냈다.

"이거, 약간의 성의인데 거두어주세요."

"어머, 고마워. 그래서 오늘은 무슨 일로?"

"저의 부주의로 이와노오카미께서 수고롭게 되었다는

이야기를 들었습니다. 그래서 기노사키에 마련된 료칸에 초대를 받아 방문과 함께 예를 겸하여 인사를 드리러 왔습니다."

"그래. 나도 아빠 대리로 오늘 밤 기노사키에 얼굴을 비출 생각이야."

"이것 참. 수고를 끼치게 되어 죄송합니다."

"괜찮아. 어차피 심심했으니까. 아빠는 쓰루이시(학바위라는 뜻의 바위 이름-역주)에 있어."

시타테라히메의 아빠는 오쿠니누시노카미이자 이즈모타이샤(시마네현에 있는 신사-역주)의 제신이기도 한 아주 중요한 신이다. 그리고 오쿠니누시노카미는 앞서 말한 이와노오카미와 같은 신이라 일컫는다. 정리하면 그녀는 이와노오카미를 아빠라고 부른다.

일본의 신들은 관계가 아주 복잡해서 전혀 다른 이름인데 사실은 같은 신이라는 이야기가 종종 있다. 일설에서는 같은 신, 다른 설에서는 다른 신, 이런 식의 이야기가 너무 많아서 신들의 정체성마저 흔들린다.

실제로 이와노오카미에게 "당신은 오쿠니누시노카미신가요?"라고 물어봤을 때, "그건 네 신앙이 결정하는 것이다."라는 답변을 받았다. 본인도 잘 몰라서 대충 그런 식의 말로 얼버무리는 통에 어리둥절한 적이 있다.

우리가 머리를 숙이고 자리를 뜨려고 하자 시타테라히메가 이어갔다.

"기다려. 아빠가 당신 혼자 오라고 말하셨어요. 이야기가 복잡해질지도 모르니까."

"마음 써주셔서 감사합니다."

아무리 쇼코라도 시타테라히메라는 초면의 신 앞에 혼자 남겨두는 건 불안하지 않을까? 하는 마음에 쇼코의 안색을 살폈다. 그는 아무렇지 않게 대답했다.

"그럼 안의 몫도 새전(신에게 받치는 돈-역주)에 넣어둘게."

"고마워요. 그럼 잠시 다녀올게요."

역시나 내가 쇼코에 대해서 이러니저러니 추측하는 건 쓸데없는 걱정이었다. 그녀는 바로 편안하게 시타테라히메에게 말을 걸었다.

"그래서 신과 만나면 여쭙고 싶은 게 있었습니다."

"네, 무엇이든지."

"신과 사람, 어느 쪽이 먼저 태어났습니까?"

곤란할 수 있는 이 질문에 시타테라히메는 여느 신들이 그러하듯 한 발 빼는 식의 고정 멘트로 대답했다.

"그건 당신의 신앙이 결정하는 것입니다."

신화에 의하면 태초에 신이 먼저 존재했다. 그러나 신화 자체가 인간의 창작물이라는 견해도 어느 정도 이해가 된다. 시대의 흐름에 따라 신들도 유동적인 입장을 취한다. 이 유동성을 긍정적으로 받아들이는 것이 바로 이 나라 신들의 장점이다.

"딱히 상관없지 않나요? 모르는 건 모르는 대로."

시타테라히메는 깨달음, 혹은 단념 같은 단어를 떠올리게 하는 멜로디를 샤미센으로 연주했다.

배전 옆 오솔길을 빠져나오면 안에는 쓰루이시가 있다. 쓰루이시는 봤을 때 특별할 것 없는 그저 앉기 딱 좋은 크기의 단순한 바위지만 여기에는 이와 신사 설립의 유래가 있다.

어느 날 이와노오카미의 '서쪽 영지가 있으니 나를 그곳에서 숭배하라'는 계시가 있어 그곳으로 가보니 하룻밤 사이에 장엄한 숲이 만들어져 있었다. 숲 중앙에는 바위가 있었는데 그 바위 위에 두 마리의 학이 북쪽을 바라보며 쉬고 있었다. 그리하여 그곳에 이와 신사의 신정을 북향으로 짓게 되었다…….

뭔가 살짝 설명이 부족한 느낌의 이 에피소드가 너무나

도 일본 신화 같아서 나는 좋아한다.

쓰루이시 앞에는 돌계단이 있어서 그 앞으로 가려면 계단을 지나야 한다. 그 돌계단에 한 남자가 앉아 있었다. 고풍적인 외투를 어깨에 걸친 그는 은으로 만든 20센티미터의 담뱃대를 손에 들고 담배를 피우고 있었다. 이 남자가 이와노오카미이다.

신의 머리보다 위쪽에서 말을 거는 건 아무래도 무례한 행동일 것이다. 돌계단 밑으로 내려가자 그가 먼저 입을 열었다.

"신이란 놈들은 멋대로 굴어서 안 되는 거야. 생각해보니 절도를 배울 기회가 없었어."

나는 곤란한 표정에 아첨하는 웃음을 섞어서 대답했다.

"그리 말씀하시는 당신도 신이시잖아요."

"나는 동료 관리직 같은 거지. 이쪽을 처리하면 저쪽이 난리고, 정말 지겹다니까."

"이치 씨의 건으로는 여러 가지 수고를 끼쳐 정말 죄송합니다."

"그러면 자네가 둥글게 잘 정리해주게나."

"글쎄요. 제가 관여한다고 해도 더 틀어지기만 할 것 같습니다만."

"아냐, 아냐. 이러니저러니 해도 이치는 자네들한테 약해. 지금 세상에서 이렇게 관계를 맺고 있는 인간이 그렇게 많지가 않다니까."

"저는 그저 미움받고 있을 뿐입니다."

이와노오카미는 한쪽 팔꿈치를 무릎 위에 올리고 가볍게 이쪽으로 몸을 내밀었다.

"마침 아주 적절할 때 왔어. 어떻게 우리랑 공동작전을 펼쳐보지 않겠어?"

할 수만 있다면 싫다고 말하고 싶었다. 존재의 차원이 다른 입장에서 신과 인간이 손을 잡는다면 불이익을 당하는 쪽이 인간이라는 사실은 불 보듯 뻔했다.

그러나 신의 말을 처음부터 거절할 수도 없는 노릇이니 나는 다음을 재촉했다.

"그렇게 말씀하시는 건?"

"자네가 문통록을 뺏어 다시 가져가면 이치는 그 뒤를 쫓을 거야. 이치가 성질은 급해도 일단은 신이잖아. 힘을 비교하면 자네가 이길 승산이 없지. 그래서 내가 안전지대를 제공하려고."

"안전지대요?"

"말 그대로야. 거기로 도망치면 자네들은 안전해."

감사한 말이지만 일방적인 은혜라는 느낌에 의심부터 들었다.

"그러니까, 그 말씀대로라면 어디 부분이 공동작전인 건가요?"

그렇게 묻자 이와노오카미는 담뱃대를 입에 물고 후, 하고 연기를 내뿜었다.

"사실 바쓰 씨와 이치를 같이 봉인할 방법이 있어서 말이야. 돗토리사구(돗토리현에 있는 센다이강 하구에 펼쳐진 해안 모래 언덕-역주)에 이치를 불러오면 솜씨 좋은 주술사에게 결계를 펼치라고 할 거거든."

"아, 돗토리사구."

"그곳의 건조한 모래가 사람을 윤택하게 해. 관광 자원이라는 놈 말이야. 또 관광은 신에게도 이득이 되지. 많은 사람들이 여행지에서는 신에게 합장을 하니까. 그런데 최근부터 사구에서 풀들이 자라나기 시작해 모래 언덕이 사라진다면서 이나바(돗토리현의 옛 이름-역주) 놈들이 불평을 토로하고 있어. 그래서 돗토리사구라면 가뭄의 신의 힘이 흘러나오니 오히려 더 좋다는 거지."

그렇군. 그래서 기노사키 온천. 기노사키에서 돗토리사구는 비교적 가까운 편이다. 두 지역은 관광 코스로 종종 같이 묶일 정도다.

"그러니까 우리가 미끼가 돼서 이치 씨를 사구에 불러오라는 말씀이시군요?"

"이치 봉인에 모든 책임은 내가 질게. 녀석은 자네에게도 귀찮은 존재니 봉인되어도 상관없잖아?"

"지당하신 말씀입니다."

"그럼."

"하지만 거절하겠습니다."

나와 아무 관계없는 일로 이치 씨가 다시 봉인된다고 하면 괜찮을지도 모른다. 그러나 그 인과관계에 직접 뛰어든다면 그건 이야기가 달라진다.

사람에게도, 신에게도 자유의지는 마땅히 존재해야 한다. 이치 씨가 바쓰 씨와 함께 묶이고 싶다면 흔쾌히 신의 등을 떠밀어주겠지만, 그렇지 않으면 무리하게 강요할 수는 없는 법이다. 나의 마음은 나의 것이고 이치 씨의 마음은 이치 씨의 것이다.

"이해가 안 되네. 그 녀석은 너의 원수잖아?"

"원망은 풍화되기 마련이지요."

"그렇지. 원망이나 분노는 빨리 잊는 것이 좋지."

이와노오카미는 과장되게 고개를 끄덕이며 재빨리 말

을 이어갔다.

"그런데 말이야. 자네가 나의 의견에 함께해주면 기노사키 숙소에 대게 전골을 넣어주지."

정말이지 혹하는 제안이다. 나의 가치관이라든가, 윤리의식 따위는 아무런 맛이 나지 않지만 대게는 확실하게 맛있으니…….

"아니요. 오늘 밤에 갈 주점은 미리 찾아놨습니다."

내가 이를 악물고 고개를 젓자 이와노오카미가 웃었다.

"기특하네. 그럼 이 제안은 잊어주게."

이렇게 간단하게 물러나지 않아도 좋으련만. 다시 한두 번 더 찔러주었으면 했다. 이런 나의 기대를 알아차린 것인지 그가 다시 말을 꺼냈다.

"자, 다음 제안은 말이지."

"그쪽에도 대게 전골이 붙습니까?"

"대게 삼매경 코스를 붙여주지."

"계속 들어보겠습니다."

내가 몸을 내밀자 이와노오카미는 가볍게 고개를 끄덕여 보였다.

"아무리 나라고 해도 이치에게 너무 과한 일을 강요할 생각은 없어. 그래서 말이야 녀석이 10년만 바쓰와 봉인되어준다면 나는 그사이 가뭄의 신을 중국으로 돌려보낼 준비를 할 예정이야. 그러니까 이치에게 포상을 약속하고 10년만 참아달라고 말하는 거지."

"그렇군요. 포상이란 건?"

"녀석의 천 년 전 사랑을 성취시켜주는 건 어떨까?"

뭐야. 완전히 말할 가치도 없는 소리다. 대게에 대한 마음이 순식간에 차가워졌다.

"이야기는 여기까지로 해도 되겠습니까?"

"아이, 기다려봐. 그렇게 화내지 말고 들어줘. 자네들에게는 상당히 긴 인생이 주어졌잖아. 이미 천 년, 앞으로도 더 이어질 거고. 그중에 딱 지금의 생만, 게다가 10년이나 지나서라고. 이치의 마음을 받아주기만 하면 다음 생에서는 저주를 조금 줄여주는 것도 약속하지."

"바란 적 없습니다."

"만약 내가 억지로 일을 진행한다면?"

"전력을 다해서 저항할 것입니다."

나는 불쾌함을 숨기지 않고 이와노오카미를 노려보았다. 그는 익살을 부리듯 손에 든 담뱃대를 빙글 돌렸다.

"이제 슬슬 식을 때도 됐다고 생각했는데 말이야. 천 년이나 지났는데도 여전히 사랑으로 살아가나?"

"그럴 생각은 없습니다. 그러나 연약한 인간의 몸으로도 지켜야 할 의지는 있는 것입니다."

"도명초문통록, 그 케케묵은 책 위에서만 정담을 나누는 건 허무하잖아?"

"아니요. 저는 충분히 만족합니다."

"정말?"

이와노오카미는 몸을 앞으로 굽히고 이쪽을 바라봤다.

"정말로 진심이야? 내가 하는 말은 바로 이런 거야. 너희가 이어지고 싶다고 하면 다음 생에서는 그 소원을 이뤄줄게. 나는 결혼과 출산을 관장하는 신이기도 하니까."

사랑의 성취란 어떤 모습일까. 정확하게는 모르겠지만 그래도 사랑이란 건 시간의 흐름과 함께 형태를 바꾼다고 생각한다.

천 년 전, 사랑의 성취라고 한다면 그건 자식을 낳는 것이었다. 사랑하는 사람의 피를 가계에 더해, 다음 시대로 이어지게 하는 것. 그러나 지금의 세상에서 사랑의 형태는 다양하다. 더는 케케묵은 가치관 안에서 고통스럽게 몸부림치는 일은 없다.

"피의 연결이 시간을 뛰어넘듯 글도 역시 시간을 뛰어넘습니다. 우리가 서로를 서로라고 알고 있으면 문통록

안에서만의 대화라도 구슬프지 않습니다. 이 변변치 않은 책이야말로 우리 두 사람의 정이자 인연의 증거이기 때문입니다."

이와노오카미가 담뱃대를 돌계단에 탁 때리며 불을 껐다.

"아무리 떠들어도 나에게는 허세로 들릴 뿐이야."

나는 마음속 놀라움을 한숨으로 뱉어냈다.

"애초에 천 년 동안 일어난 이런저런 일들은 그리 중요하지 않습니다. 고귀한 대신께는 하찮아 보일지라도 미천한 저에게 있어서 지금 생은 충분히 만족스럽습니다."

"흐음, 인간의 생은 재밌어?"

"네. 예를 들자면, 이런 거?"

나는 아무것도 없는 하늘을 가리켰다.

"이런 거?"

"샤미센입니다."

조금 전부터 징, 징징, 하고 샤미센을 열심히 연주하는 소리가 들렸다. 강하지만 폭력적이지 않은 어딘가 연민을 느끼게 하는 음이다.

나의 말을 증명하듯 이와노오카미와 같이 배전의 앞으로 돌아가 보니 쇼코가 시타테라히메의 샤미센을 연주하면서 평온한 목소리로 열창을 하고 있다. 곡은 페니실린(1996년 데뷔한 3인조 남성 록밴드-역주)의 「로맨스」다. 그녀의 정면에는 시타테라히메가 앉아 있고 주위를 작은 신들이 둘러앉아서 내가 가지고 온 술을 나눠 마시면서 시끄럽게 떠들고 있었다.

이와노오카미가 뿜어내듯 웃었다.

“이건 또 굉장히 진귀한 광경이네.”

나는 애써 진지한 얼굴로 대답했다.

“그러니까, 아시겠습니까? 이런 풍경이 일상인 지금 저의 생에는 부족함이 없습니다.”

뭐, 나도 잠시 눈을 판 사이에 쇼코가 신을 상대로 록밴드의 음악을 열창하고 있을 것이라고는 생각하지 못했다. 모리하시 쇼코는 언제나 이런 식이다. 어디에 있어도 그 자리의 공기를 한 번에 바꾸고, 그녀의 색으로 물들인다. 나 혼자로는 지루했을 날을 그녀가 함께함으로써 눈부시게 만든다. 따라서 천 년 동안의 사랑 따윈 제쳐두고 그녀와 함께 있는 이 시간이 그저 즐거울 뿐이다.

이와노오카미가 질렸다는 식으로 투덜거렸다.

“뭐, 알았어. 그럼 조금 전 제안, 당장은 철회하지. 오늘은 온천을 충분히 즐기고 와.”

"감사합니다."

"정말이지. 나도 나를 모시던 이들의 자손이 행복하길 바란다고."

"네. 조금의 의심도 없습니다."

그럼에도 이번 기노사키 여행은 평화롭게 끝나지 않을 것 같다는 생각이 들었다. 기노사키에는 이치 씨가 있고, 그 사실을 이미 쇼코에게도 말해두었다. 그리고 그녀는 자신이 받은 의뢰를 포기하지 않았다.

다시 코펜세로에 올라탄 우리는 부드럽게 속도를 올려 기노사키로 향했고, 정오에는 온천에 몸을 담글 수 있었다. 이 온천 마을에는 일곱 개의 노천탕이 있는데 우리는 그중 하나인 고노유(기노사키의 온천마을엔 외부에 일곱 개의 온천을 만들어 호텔이나 료칸에서 다 함께 사용하는 독특한 문화가 있다-역주)에 있다.

머리에 수건을 올린 쇼코가 욕조 안에서 바위 표면에 손발을 뻗으며 "아아." 하는 노인 같은 탄성을 토했다.

"지금 내가 마쿠라노소시(일본 고대후기 궁녀인 세이 쇼나곤의 수필집-역주)를 쓴다면 겨울은 대낮의 노천탕이 최고라는 내용으로 할 거야."

옆에 있는 나는 턱까지 온천에 담근 상태로 대답했다.

"'겨울 단풍, 떨어지며 온천면을 흔드네.'도 아름답겠네요."

"온천면?"

"수면(水面)의 온천 버전이에요."

"그런 단어가 있었나?"

"글쎄요. 들은 적은 없지만 마쿠라노소시에 쓰면 사전에 올랐을 겁니다."

"그럴지도."

쇼코는 "봄은 여명, 여름은 밤, 가을은 해 질 녘……." 마쿠라노소시의 모두를 나열하다가 갑자기 얼굴을 찡그렸다.

"겨울이 이른 아침이면 '봄은 여명'이랑 시간대가 겹치는 거 아니야?"

확실히 잘 모르겠다. 아침 새벽과 어둠이 거치는 새벽녘이니까 비슷비슷하긴 한데.

"뭐, 겹쳐도 특별히 상관없지 않나요?"

"어둠이 거치는 새벽녘, 밤, 해 질 녘까지 와서 다시 아침 새벽이라니 아무래도 석연치 않잖아. 세이 쇼나곤은 낮을 싫어했나?"

"그럴지도 모르죠. 열심히 일하는 사람이었으니까."

"아아, 직장인이 낮을 좋아하기란 아무래도 쉽지 않지."

"반은 아침을 거론했으니까 꽤 긍정적인 거죠."

"그렇게 생각하면 귀한 사람이네."

천 년 전 인물을 이런 무책임한 말로 평가하면서 즐거운 시간을 보내고 있는데 퐁, 하고 물방울 소리가 들렸다. 아주 작은 흰 개구리가 수면을 거침없이 헤엄쳐서 다가오고 있었다. 나는 등을 곧게 펴면서 자세를 바로잡은 뒤 개구리를 향해 손을 뻗었다.

"여기는 가코 씨. 오늘은 좋은 날이네요."

손바닥 위로 흰 개구리 가코 씨가 기어올랐다.

"긴 여행, 고생하셨습니다."

"부녀자의 입욕 중에 행차해주셔서 대단히 감사합니다. 상당히 급한 용무가 있으신 듯합니다만?"

내가 가코 씨를 꽉 쥐는 흉내를 내자 그는 당황한 모습으로 퐁, 하고 튀어 올라 물속으로 돌아갔다.

"이거 실례했습니다! 제가 아무래도 인간 세계의 도리에는 어두워서, 바로 나가도록 하겠습니다."

"농담입니다."

천 년이나 살다보면 성별에 관한 의식이 없어진다. 이

몸이 여성이기 때문에 우선은 스스로를 여성으로서 취급하고 있을 뿐이다.

그러나 쇼코는 그렇지 않을 것이다. 내가 눈길을 주자 그녀는 양손으로 그릇을 만들어 물에 떠 있는 가코 씨를 퍼 올렸다.

"저도 특별히 신경 쓰지 않아요. 신이시기도 하고, 개구리기도 하고."

가코 씨가 쇼코를 올려다보며 무서운 듯 조심스레 물었다.

"개구리는 좋아하시나요?"

"응. 도토리를 구해주기도 했으니까."

"도토리요?"

불안해하는 가코 씨에게 나는 "신경 쓰지 않으셔도 돼요."하고 알려주었다.

그는 목도 없는 개구리의 몸으로 갸웃거렸지만 어쨌든 전하려던 이야기를 계속 진행하려는 듯했다. 쇼코의 손바닥에서 내 어깨로, 다시 머리 위로 튀어 올라 자리를 옮겼다.

"두 분께 숙소 안내를 해드리려고 왔습니다."

"그거 정말 감사한 일이네요."

이치 씨를 설득하기 위해 이와노오카미가 빌린 숙소는 요이마치테라고 했다. 기노사키까지 오는 내내 열어둔 구글맵에 의하면 고노유 노천탕에서 북서방향으로 300미터 정도 떨어진 곳이다.

“요이마치테에는 어느 분이 계시는지요?”

내가 그렇게 묻자 가코 씨는 목 주변을 조금씩 부풀렸다가 울리면서 대답했다.

“오늘은 두 분 외에 네 명의 신과 세 명의 인간이 묵을 예정입니다.”

“조금 더 자세하게 말씀해주시면요?”

“신은 이치 씨를 포함해서 이 주변 지역 신인 유카마누시노카미, 이와노오카미의 대리인 시타테라히메. 그리고 오모이카네노카미(일본 신화에 등장하는 신-역주)가 계십니다.”

“아아……. 그렇군요. 오모이카네 씨입니까?”

“이치의 설득에는 적임이시니, 꼭 와주시길 청하였습니다.”

여기에 쇼코가 끼어들었다.

“오모이카네?”

나는 물을 퍼 올린 손으로 목 근육을 문지르면서 대답했다.

"일단은 책사로 알려진 신이에요. 이와토가구레 설화는 알고 계시나요?"

"그건가. 아마노이와토(전설 속 동굴로 미야자키현에 있는 것으로 여겨진다-역주)에 태양신이 숨어버려서 세계가 암흑이 되었다는 거."

"맞습니다."

"내 기억으로는 이와토 앞에서 누군가가 야한 춤을 췄고 그걸로 다른 신들이 폭소하는 바람에 궁금해진 태양신도 나왔다는 그 설화지?"

"맞아요. 대략적인 줄거리는 말한 대로. 그리고 그 방법을 생각한 자가 오모이카네 씨입니다."

쇼코가 "그렇구나." 대답했지만 곧이어 고개를 갸웃거렸다.

"응? 책사라고?"

"그게 왜요?"

"그 이야기 말이야, 그다지 현명한 느낌은 아니지 않아?"

그렇다. 이와토가구레의 해결방법은 현대적 관점에서 보면 코미디다. 지적인 인물이 진지한 얼굴로 제안이나 아이디어를 생각하여 주위의 격찬을 받는 종류의 방법은 아니다. 그러나 그 때문에 이 신은 현자라고도 불린다.

“확실히 오모이카네 씨의 일화는 한결같이 그다지 지적인 느낌은 없습니다. 일이 원만하게 진행되는 모습도 보이지 않죠. 그러나 반드시 최후에는 성공합니다.”

“끈기가 있는 건가?”

“아니요. 제 생각에 그 신은 유달리 현명해요. 그래서 최선의 결과를 위해서라면 언뜻 보기에 바보 같은 수단도 이용합니다.”

오모이카네 씨가 등장하는 신화에서 이와토가구레 전설과 나란히 유명한 것이 ‘나라 양도’ 에피소드다. 신의 나라인 다카마가하라의 신들이 당시 오쿠니누시노카미가 통치하고 있는 지상을 양도받으려고 하는 이야기이다. 교섭을 위해 다카마가하라에서 지상으로 파견될 신을 고른 자가 오모이카네 씨다.

그 이야기를 살펴보면 이렇다. 오모이카네 씨가 첫 번째로 파견한 신은 오쿠니누시노카미에게 잡혀 수하가 된다. 그리고 두 번째로 파견된 신은 지상을 양보할 생각이 없는 오쿠니누시노카미의 딸, 시타테라히메와 결혼을 해버린다. 즉 오모이카네 씨가 선택한 두 명의 신 모두 오모이카네 씨를 배신한 것이다. 그리고 드디어 세 번째 신을 내려보내게 되고, 그의 활약으로 오쿠니누시노카미는 지상을 다카마가하라에게 양보하기로 결정했다.

앞서 계획에 실패한 두 신을 파견한 것은 오모이카네 씨의 실수였을까? 나는 아니라고 생각한다. 그는 보다 확실하게 나라를 양도받기 위해 오히려 성공 확률이 낮은 신부터 지상에 보내기로 생각한 것이다.

실제로 첫 번째로 파견한 신은 그 후에도 오쿠니누시노카미를 섬기고 이즈모노쿠니노미야쓰코(이즈모 지역을 지배했던 씨족-역주)의 초석이 된다. 오쿠니누시노카미를 온건하게 이즈모에 앉히기 위한 중요한 수를 둔 것이었다. 그리고 다음에 파견한 신은 앞서 파견된 신이 적의 수하가 된 모습을 보고 계획을 성공시킬 의지가 꺾인 인물이었다. 즉 배신할 만한 인물을 미리 골라 내보낸 것이다. 오모이카네 씨는 이런 준비를 만반에 갖춘 뒤 마지막으로 세 번째에 유력 후보를 파견하여 다툼 없이 오쿠니누시노카미를 설복시켰다.

쇼코가 재밌다는 듯 눈을 가느다랗게 떴다.

"오모이카네라는 신은 멍청함을 연기하는 수완가 캐릭터인 건가?"

"네. 제가 보기에는요."

"그렇구나. 우리 편이 되어주었으면 좋겠네."

그녀의 말에 가코 씨가 불안한 듯이 끼어들었다.

"무슨 의미입니까?"

그게 비해 쇼코는 아무렇지도 않게 대답했다.

"말 그대로예요. 봐요, 우리는 이제부터 그 이치라는 신에게서 문통록을 훔쳐 와야 하니까 우수한 신을 동료로 두고 싶다고요."

"있을 수 없습니다! 그런 건!"

내 머리 위에 앉아 있다는 사실을 잊은 것인지 가코 씨가 크게 소리쳤다.

"그분은 이치를 어떻게든 달래서 설득시키기 위해 부른 분입니다. 이치의 기분을 상하게 하는 일에 손을 빌릴 수는 없지 않습니까!"

확실히 진영을 이쪽과 저쪽, 두 가지로 나눈다면 오모이카네 씨는 틀림없이 저쪽이다.

"그럼 문통록을 훔치기 위해서는 엄청 똑똑한 그 신의 허를 찔러야 한다는 말씀이군요."

쇼코가 부적절하게 웃었다. 그녀가 즐거운 듯하여 다행이다. 가코 씨는 여전히 야단법석이었다.

"심하십니다! 그분은 지식을 관장하는 신입니다. 지혜로는 사람이 절대 이길 수가 없습니다!"

머리 위의 흰 개구리에게 나는 물었다.

"신들의 상황은 알았습니다. 그럼 숙박한다는 세 명의 사람은 누구신지요?"

가코 씨는 아직 말을 다 끝내지 못했는지 잠시 몸을 떨었다. 그러나 곧 더 이상의 대화는 의미가 없음을 깨닫고 불평을 품은 채 토라진 모습으로 대답했다.

"이치의 봉인을 위해 도쿄에서 오신 굉장한 솜씨의 주술사와 그 조수 두 분이 머무르십니다."

그렇다면 오늘 밤, 요이마치테에 숙박하는 멤버는 이러하다.

신은 하리마고센을 주관하는 물의 신 중 하나인 황혼, 지혜를 관장하는 책사의 신, 기노사키의 토착신, 오쿠니누시노카미의 딸인 음악과 노래의 신. 사람은 실력 좋은 주술사와 그 관계자 두 사람, 덧붙여 문통록을 노리는 도둑 쇼코와 천 년의 기억을 가진 나. 상당히 다양한 면면이다.

가코 씨가 한숨 섞인 말을 중얼거렸다.

"모처럼 온천 여행입니다. 무모한 도둑질은 생각하지 마시고 천천히 피로를 푸시는 편이 좋지 않겠습니까?"

그에 비해 쇼코는 가볍게 대답했다.

"하지만 저는 피곤하지 않은걸요."

이건 농담이다. 그러나 그 말을 듣는 쪽은 '진심인가' 하는 의문과 함께 두려움을 느끼게 되는데, 바로 그 부분이 모리하시 쇼코의 무서운 점이다.

고노유를 나온 우리는 점심 식사로 오코노미야키를 먹고 케이블카 정거장 근처 매점에서 날달걀을 구입했다. 이는 껍질째 기노사키 온천에 넣어서 온천 달걀(온천에 달걀을 넣어 만드는 반숙 요리-역주)로 만들어 먹는 용이다.

모처럼 여기까지 왔으니까 로프웨이에 타고 올라가서 마쓰다이산온천절(기노사키 온천마을의 수호 절, 기노사키 온천을 연 승려에 의해 만들어진 절-역주)에서 합장을 하고 안쪽 사원에 있는 '대게총'(대게의 제사를 지내는 무덤-역주)에서는 매일 밤 냄비 속에서 빨갛게 익어가는 대게를 상상했다. 하산하고 나서도 보리 짚 세공 가게를 견학하고 크리스마스 시즌에 맞춰 여기저기 걸려 있는 장식으로 일본풍과 서양풍이 섞인 지역 특산물을 구경하면서 충분히 여행지의 정취를 만끽했다. 숙소에 도착한 건 오후 4시 무렵이었다. 숙소에 도착하긴 했지만 온천에 들어가지 않을 수도 없는 노릇.

여행에 완전히 지친 우리는 요이마치테의 한 객실 다다

미 위에 누웠다. 쇼코는 정말로 피곤하지 않은 모양인지 가코 씨를 끌고 다시 기노사키 거리로 나갔다.

요이마치테는 객실이 1층에는 여섯 개, 2층에는 네 개뿐인 작은 료칸이다. 2층은 신들로 채워졌고 우리가 배정받은 건 1층 구석의 객실이었다. 나는 태평하고 한가롭게 천장의 나뭇결을 바라보고 "이런 무익한 시간이야말로 온천 여행의 묘미지." 하고 흡족해하던 차에 목이 말라 객실에 준비된 냉장고를 열었다.

그 안에 있던 병 사이다를 홀짝대며 창문 밖으로 시선을 옮기자 창문 너머에는 작지만 잘 정돈된 정원이 있었다. 슬슬 해가 지기 시작했다. 어스름한 어둠 속에서 석등 옆 바위에 한 명의 남자가 앉아서 손에 든 휴대 게임기를 즐기고 있었다. 온천 숙소에서 혼자만의 시간을 어떻게 지내는지는 자기 마음이지만 그가 걸치고 있는 것은 얇은 유카타뿐이라 열린 앞섶으로 하얀 피부가 보였다. 12월의 저녁에 보는 그 모습은 몹시도 추워 보였다.

남자는 게임 조작에 따라 몸을 오른쪽, 왼쪽으로 크게 움직였다. 이윽고 "아아, 젠장." 하고 소리치고 머리를 쥐어뜯었다. 나는 순간 웃음을 터뜨리고 창문을 열어 말을 걸었다.

"이치 씨. 현실 세계에 꽤 익숙해지셨네요."

그는 위협적인 눈으로 이쪽을 한번 언뜻 보고 다시 게임으로 시선을 돌렸다. 나는 유카타 위에 더블 코트를 걸치고 현관 디딤돌에 놓인 구두를 들었다. 창가에 앉아서 구두를 신고 정원으로 폴짝 뛰어내렸다.

"크리스마스이브인데 혼자서 뭐하고 계십니까?"

이치 씨는 "뭐?"라고 날카롭게 대답했지만 나는 신경 쓰지 않고 그쪽으로 걸어갔다. 석등 옆에 서서 그의 손에 들린 게임기를 들여다보니 마침 어슬렁거리며 부딪힌 마리오가 양손을 들고 뛰어오르고 있었다.

기분 나쁜 듯이 이치 씨가 말했다.

"이브인지 크리스마슨지 알 게 뭐냐."

"어머, 알고 계셨나요?"

그가 봉인된 시절에도 일본에 크리스마스는 있었지만 '이브'라는 말은 전혀 알려져 있지 않았을 터였다.

"오모이카네가 오늘 밤 잔치라며 떠들썩거리고 있어. 바보 같아. 옆 나라 신에게 비는 날인 걸 알면서도."

"하지만 다른 사람의 일이니까 가볍게 술도 마실 수 있잖아요."

"흥, 네놈들은 신을 선택하지도 않으면서 축제다 싶으

면 그저 떠들어대기만 하지."

"아, 거기. 하얀 판 위에서 웅크리면 뒤쪽으로 갈 수 있어요."

"뒤?"

이치 씨가 게임기를 돌려 뒤를 확인했다. 귀여운 동작이다. 나는 가까스로 웃음을 참고 옆 바위에 앉았다.

"어떻게 된 건가요? 게임 같은 걸 하시고."

이치 씨는 얼굴을 찡그렸지만 나를 내쫓을 생각은 없는 듯했다. 시선은 게임기에 고정되어 있지만 말 상대는 해주고 있기 때문이다.

"온천이랑 술만으로는 질리니까. 달리 재미있는 것도 없어서 시간을 때우려는 거다."

"그저 시간만 때우셔도 소용없죠."

"시끄러워. 너는 좀 나를 무서워할래?"

"이제 와서 무서워해봤자 뭐가 달라지나요?"

"무서워하지 않는 것치고는 오래 살아남았다."

"어차피 죽어도 다시 다음이 시작된답니다."

"뭐야. 이번 생에는 미련이 없냐?"

"뭐 있기는 있죠. 지금까지 모든 생에서 언제나 어느 정도의 미련은 가지고 죽어왔다고요."

"알 바냐. 고작 재미없는 책 한 권 정도잖아."

"아아, 맞다. 그 재미없는 책 돌려주시지 않겠어요?"

이치 씨의 손안에서 마리오가 다시 적을 해치우고 양손을 올리며 뛰어오른다. 땅거미 진 어둠은 순식간에 깊어졌고 그 화면만이 빛나고 있었다. 이치 씨는 잠시 고민한 뒤 내 말을 못 들은 체하고 물었다.

"네 동행은 어디 갔어?"

"이브니까 케이크 같은 걸 적당히 고르고 있을 거예요."

"뭐? 케이크?"

그는 아무래도 크리스마스는 알지만 케이크는 모르는 듯하다.

"물 건너온 과자인데 그 시작점을 찾아 올라가면 카스테라입니다."

"그렇군. 그럼 일단은 맛있겠네."

"한번 먹어보세요. 가까운 시일에 헌상하겠습니다. 그런데 문통록 말인데요."

내가 끈질기게 주제를 돌려놓자 이치 씨는 품위 없이 혀를 찼다.

"너, 끈질기다."

"그건 이치 씨도 마찬가지입니다. 당신은 위대한 신이

시니까 이제 그만 미친한 저희와의 관계는 끊으시고 바쓰 씨와라도 함께 지내시는 게 좋지 않으시겠습니까?"

"적당히 까불어라."

탁한 노란 빛의 눈동자가 번득이며 이쪽을 노려보았다.

"신 앞에서 말을 뱉을 땐 고심하면서 뱉어라. 부수어버릴 테니까."

이제는 신에게 위협을 받는다고 한들 떨지도 않게 된다. 지금에 와서 이 신이 나를 죽일 거라고 생각되지 않기 때문이다.

"방금은 제가 무례했습니다."

말뿐인 사과를 하고 나는 다시 이야기를 이어갔다.

"그건 그렇지만 바쓰 씨를 계속 내버려둘 수도 없지 않겠습니까?"

그는 흠, 하는 콧소리를 내고 다시 시선이 게임으로 돌아갔다.

"뭐야. 너 이와노오카미 꼬드김에 넘어가서 나를 설득이라도 하려는 거냐?"

"아뇨, 아뇨. 권유를 받긴 했습니다. 당신을 돗토리사구로 데리고 오는 데 저를 미끼로 쓰고 싶다고 하셨어요."

"뭐야? 나한테 왜 그걸 얘기해?"

"물으셔서 대답한 것뿐입니다."

"이와노오카미를 배신할 생각이냐."

"어머, 제가 걱정되십니까?"

"바보냐. 비웃고 있을 뿐이다."

"연약한 이 인간을 조금이라도 가여워하신다면 문통록을 돌려주세요. 저희는 그걸 가지고 얼른 돌아가서 복잡한 일에서 멀리 도망치고 싶습니다."

"닥쳐. 입 다물고 꺼져."

나는 이치 씨의 옆얼굴을 바라봤다. 눈앞에 있는 이 신은 예사롭지 않은 힘을 가졌으면서도 눈동자에는 언제나 억눌린 분노가 비친다. 나는 그 속에 담긴 이유를 추측하지 않기로 했다. 이 신에게 동정의 마음을 가질 입장이 아니기 때문이다.

내가 아무리 건방지게 굴어도 이치 씨가 진심으로 화를 낸 적은 없었다. 그는 겉으로는 이런저런 협박을 하지만 늘 말뿐이었다. 그러나 만약 나의 건방짐이 빗나간 애정을 향한다면 이 신은 격분할지도 모른다.

나는 밤바람에 몸이 떨려 차가운 바위에서 일어났다. 그래도 방으로 돌아가기 전 다시 한번 그에게 물었다.

"왜 이렇게 문통록에 집착하시나요?"

이치 씨는 게임 화면을 바라본 채 대답했다.

"이거랑 똑같아. 전부 다 재미없는 일밖에 없고 시작하면 멈출 수가 없지. 신은 지는 걸 싫어하는 족속이거든."

과연 그러할까. 그는 오히려 패배를 원한다. 그의 손에 들린 게임처럼 자신의 실패에 분노하며 즐거움을 발견하고 있다.

"그게 무엇이든 문통록은 돌려주세요. 반드시 쇼코가 당신을 뵈러 갈 것입니다."

"그 녀석이 걱정이냐."

"아니요, 설마요."

하늘은 완전히 까매졌다. 메리 크리스마스, 하고 말한 뒤 나는 그를 떠났다.

방에 돌아와 보니 스마트폰에 쇼코의 메시지가 와 있었다.

'밥 시간이다!'

그 문장 뒤에 가게 이름이 적혀 있었다. 나는 '바로 가겠습니다.' 하고 답장을 보낸 뒤 옷을 갈아입고 숙소를 나왔다.

기노사키의 가운데를 흐르는 오타니강을 따라 터벅터

벅 걸어서 도착한 곳은 지역 맥주를 파는 레스토랑이었다. 적당한 가격으로 타지마(효고현 북부 지역의 옛 이름-역주)산 소를 먹을 수 있다고 해서 출발 전부터 찾아두었다.

크리스마스트리가 번쩍거리는 가게 안으로 들어서자 벽을 따라 늘어선 소파 자리에 쇼코의 모습이 보였다. 테이블에는 지친 모습의 가코 씨와 그 옆으로 목적이었던 타지마산 소의 다타끼, 해산물 샐러드, 모둠 소시지에 피자 두 판까지, 아주 풍성한 요리들이 놓여 있었다.

내 모습을 발견한 쇼코가 싱긋 웃었다.

"미안, 먼저 주문했어. 건배는 아직이야."

"아니요. 그건 전혀 상관없는데……."

나는 그녀의 옆자리에 앉으면서 테이블 맞은편에서 시선을 떼지 못했다.

"어쩐지 수상쩍은 멤버들이 앉아 계시네요."

맞은편 자리에는 익숙한 얼굴의 남자들이 나란히 있었다. 왼쪽부터 우키시마 류노스케, 노지 피스우드, 와야 나오토 세 사람이었다. 왼편에 앉은 우키시마 씨가 메뉴를 이쪽으로 내밀었다.

"야아, 오카다 씨, 다시 만나서 기뻐요. 그럼 드링크 먼저 골라. 대신 술은 한 잔만이야. 뒤에 있을 일정에 지장이 있으면 안 되니까."

일이 어떻게 흘러갔는지 상상은 가지만 나는 일단 쇼코에게 물었다.

"이건 대체 무슨 모임일까요?"

"도둑 산타 궐기대회."

"산타?"

"오늘 밤 안의 머리맡에 문통록을 두기 위해 모두 일부러 기노사키까지 와주었어."

"그렇군요. 양말을 준비하는 걸 잊어버렸네요."

나는 일단은 받아들인 뒤 메뉴에 실린 네 종류의 지역 맥주를 정독했다. 그러나 소개 문구를 읽어가던 나의 집중력은 와야 씨의 불안한 목소리에 방해를 받았다.

"저기, 잠깐만요. 나는 어느 정도의 몫을 받을 거라고 들었는데……. 봉사활동으로 도둑질을 하진 않습니다!"

쇼코가 내 옆에서 같이 메뉴를 보면서 대답했다.

"그럼 문통록을 찢어서 나눠줘?"

"무슨 소리를 하시는 겁니까!"

"농담이야. 그건 안의 책이기도 하고. 역할 분배도 아직 확실하지 않으니까 그에 따른 공평한 나누기도 지금은 정할 수 없잖아."

이 말에 끼어든 건 테이블 위에 있던 가코 씨다.

"신이 가진 물건을 훔쳐오는 건 역시 단념하시는 편이 어떠신지요?"

의견 정리에 다소 시간이 걸릴 것 같지만 어쨌건 술집에 왔으니 가게의 규칙을 따르는 것이 당연지사. 손을 들어서 점원을 불렀고 각각의 지역 맥주를 주문했다. 떠나는 점원의 뒷모습을 확인한 뒤 노지 씨가 쭈뼛거리며 말했다.

"저, 역할이라고 해도 제가 할 수 있는 일이란 게 그리 많을 것 같지 않습니다."

쭈뼛거리는 그에 비해 쇼코는 가벼운 어조로 말했다.

"노래를 할 수 있잖아."

"노래로 뭘 할 수 있습니까?"

"신과 친해지지. 나 경험자야."

그런 바보 같은, 이라며 투덜거리는 노지 씨의 옆에서 우키야마 씨가 샐러드를 나누면서 웃었다.

"들었어, 오카다 씨. 자네, 천 년이나 살아왔다며?"

"살았다가 죽었다가 다시 태어나거나 합니다."

"자네가 문통록을 원하는 이유, 확실히 알았어. 뭐라 해도 천 년 만큼의 추억이니까. 꼭 돌려주고 싶어."

이 남자의 웃음은 언제나 너무나도 발랄해서 사기꾼처럼 보이는 건 어쩔 수 없다.

내 쪽도 익숙한 가짜 웃음으로 "감사합니다." 하고 대답하자 그가 이어서 말했다.

"저쪽에는 꽤 똑똑한 신이 있다고 하던데 걱정하지 마. 노지 군은 음악을, 와야 씨는 고서를, 그리고 모리하시 씨는 도둑질에 관한 전문적 지식을 갖고 있어. 이 정도로 훌륭한 멤버가 모였으니까 우리는 뭐든 가능하다고."

"흠, 구체적으로 어떻게 할 건가요?"

"그건 이제부터 생각해야지. 나는 도둑님의 의견을 묻고 싶군."

물로 향하던 쇼코의 손은 작은 접시로 옮겨가다 비어버린 샐러드 접시를 옆으로 치웠고, 그러면서 말했다.

"대략적인 플랜은 있어. 우선은……."

쇼코가 말한 계획은 대단히 대략적이었다.

내가 노지 씨와 우키시마 씨를 데리고 신들의 주의를 끌면 그사이 와야 씨가 객실에 찾아가서 문통록을 훔쳐낸다. 이게 전부였다.

이야기를 들은 와야 씨가 새된 목소리로 크게 말했다.

"내가 실행범이라고? 그게 가장 위험하잖아!"

그 옆 노지 씨가 "저도 위험해요! 신의 주의를 끌다가 일이 밝혀지면 가장 먼저 잡힌다고요!" 하고 대응했다. 그대로 두 사람은 누가 더 위험한지, 이렇게 위험한 일에 얼마나 익숙하지 않은지를 두고 토론을 시작했다.

한편 우키시마 씨도 쇼코와 2인조를 결성했다.

"그래서? 본 직업이 도둑인 자네는 뭘 하지?"

"멍이나 때려야지."

"뭐, 멍?"

"문통록을 갖고 싶다는 생각을 하면서 그 주변에서 멍하니 서 있을 거야."

"계획은 있는 거야?"

"저쪽 신들은 상당히 머리가 좋으니까 우리가 이래저래 계획해도 분명 바로 들킬 거란 말이지. 그러니까 계획은 대충 적당하게, 나머지는 그 자리의 기세와 순간적인 아이디어로 덤벼보는 거지."

몹시도 엉망진창인 주장이다. 이 말을 들은 노지 씨와 와야 씨는 곧바로 무모한 토론을 끝내고 손을 맞잡으며 소리쳤다.

"더 제대로 생각하세요!"

"본업이 도둑인 사람이 가장 큰 위험을 자처해야 합

니다!"

테이블 한구석에서 토라져 있던 가코 씨마저 "애당초 계획을 멈추세요!" 하고 말을 얹었다. 그러나 우키시마 씨만은 호쾌하게 웃어 보였다.

"역시. 신 앞에서 주사위를 던지는 것인가."

"응. 아무리 똑똑한 신이라도 간파할 수 없는 계획을 만들어 보이겠어."

"훌륭해. 그럼 나는 자네의 그 자신감에 걸도록 하지."

이 두 사람, 상식이 가지 않는 차원에서 통하니 위험하다.

그렇다고 해도 내가 쇼코의 계획에 이러쿵저러쿵 참견할 생각은 없다. 마침 점원의 손에 들린 주문한 맥주가 보였고 나는 빠르게 이야기를 매듭지었다.

"그럼 계획이 정해졌으니 건배합시다."

기가 약한 2인조, 노지 씨와 와야 씨의 격렬한 반론이 예상된다. 그러나 술자리에서의 첫 잔은 그 무엇보다 중요하다. 각각의 표정으로 각자의 맥주를 손에 쥐고 우키시마 씨의 "메리 크리스마스!" 구호에 맞춰 잔을 들었다.

꿀꺽하고 맥주를 넘긴 쇼코가 코 밑에 하얀 수염을 묻히고 말했다.

"그런데 하나 더, 오늘 밤 메인 테마가 될 것 같은 얘기가 있는데."

여기에 "엥? 뭐?" 하고 우키시마 씨가 반응했다.

"안의 연애 이야기."

내 쪽은 그럴 때가 아니다. 건배로 '기다려'가 해제된 지금 내 눈동자 속엔 오로지 타지마산 소고기 다타키뿐이다.

"들어봤자 재밌지도 않은 이야기입니다."

대답하면서 노렸던 고기 한 점을 젓가락으로 집어 올렸지만 쇼코는 물러나지 않았다.

"환생한 안의 애인이 이 중에 있잖아? 이치 씨도 그 사람이 누군지 알 테니까 우리도 알아두는 편이 좋지."

"음, 말하고 싶지 않아요."

"그래?"

그럼 하는 수 없지, 라며 쇼코가 대답했다. 억지로 강요할 만한 이야기도 아니라고 생각했을 것이다.

덕분에 나는 타지마산 소고기 다타키를 입에 넣었지만 곧이어 우키시마 씨가 추격했다.

"우리는 이제부터 신을 상대로 문통록을 훔쳐올 예정이야. 우리야 각자의 몫을 받을 생각이니 자네에게 은혜를 갚으라고 할 마음은 없지만, 생각지도 못한 정보가 가치를 가질 때도 있다고. 말할 수 있는 범위 내라도 좋아. 조금이라도 알려주지 않겠어?"

나는 입에 남아 있는 타지마산 타다키의 여운을 맥주로 넘겨 몸속 깊은 곳으로 흘려보냈다.

"예를 들면 무엇이 듣고 싶으신가요?"

"그렇지. 그럼 자네와 그 애인의 만남 같은 거."

"뭐 그 정도라면."

내가 감추고 싶은 건 현생에서의 상대이지 그 외에는 특별히 감출 이유가 없다. 케케묵은 사랑이니 연심이니 하는 걸 이제 와 다시 꺼내는 것이 부끄럽기도 하지만, 술자리에서 이런 이야기는 안줏거리로 제격이니까.

"상대의 상황 같은 건 전언이나 추측이 섞이겠지만, 길어질 한담을 용서해주시길."

천 년 전 헤이안 시대에 우리에게 일어난 일은 대략 이러하다.

• • •

천 년 전 그 남자와 그 여자의 이야기

대략 천 년 전, 여자는 하리마국(현재 효고현 남서부에 해당하는 지역-역주) 군사 집안의 피를 물려받아 대범한 성격을 가지면서도 애지중지 자란 규수였고, 남자는 귀족 정실의 아들이었지만 복잡한 권력 싸움에 가담하고 싶지 않아 출가를 결심한, 깨달음에 이를 생각은 없는 스님이었다.

두 사람은 가을이 깊어질 무렵 잎이 떨어지는 벚나무 아래에서 만났다. 태양이 이제 막 산기슭에서 떨어진 이른 아침이었다. 절에 들어서자마자 남자는 석단을 청소하고 있었는데 애써 모은 낙엽이 바람에 흐트러졌고, 그 모습을 본 여자가 "도와드릴까요?" 하고 말을 건넨 것이 첫 만남이었다.

여자는 머리에 쓰고 있던 큰 삿갓을 가리키며 말했다.

"저에게 마침 좋은 통이 있습니다. 바람이 또 제멋대로 불기 전에 청소한 낙엽을 여기에 모아서 옮겨요."

남자는 곤란한 얼굴로 대답했다.

"아뇨, 괜찮습니다. 저는 당신과 말을 섞어서도, 시를 읊어서도, 얼굴을 마주해서도 안 됩니다."

여자의 큰 삿갓에는 얼굴을 가리는 용도의 비단이 축 늘어져 있었다. 남자가 태어나고 자란 도성의 귀족들 사이에서는 여자가 이성에게 얼굴을 드러내는 건 구혼을 받아들인다는 뜻이었다.

여자는 빙긋 웃으며 대답했다.

"제가 이 손으로 직접 삿갓을 벗고 그쪽에서 퇴짜를 놔주시면 되지 않겠습니까."

"아니, 그게 아닙니다."

"이 주변에 얼굴을 가리고 걷는 여자는 아무도 없지 않습니까. 도성 귀족들이 정한 이상한 규칙일 뿐입니다."

"그러니까 그렇게 말씀하셔도."

"제 얼굴은 가릴 만한 얼굴도 아닙니다. 보신다고 해도 4, 5일만 지나면 완전히 잊어버릴 거예요."

여자는 머리의 삿갓을 무거운 듯 벗고는 봐요, 하듯 웃어 보였다.

남자는 그 얼굴을 천 년 후에도 떠올리게 될 것이란 사실을, 이 인연이 죽음조차 뛰어넘어 길게 이어지리라고 알 리가 없었다. 남자는 까슬까슬한 머리를 슥슥 문지르면서 대답했다.

"하지만 곤란합니다."

"제 얼굴이 그렇게나 민폐인가요?"

"아니요, 그게 아니고요."

"그럼 뭔가요?"

"잎이 모이면 다음은 걸레질을 해야 합니다. 그런데 지금은 물이 차가워서 해가 조금 더 높아질 때까지 미루려는 겁니다."

"설마 그래서 잎을 바람에 맡긴 건가요?"

남자가 애매하게 끄덕이고 여자는 더욱 눈을 동그랗게 떴다.

"스님인 주제에 태만이라니!"

남자는 아무렇지 않게 받아쳤다.

"주지 스님께선 하루하루의 생활이 본디 모두 수행이라 하셨습니다. 그러니 태만도 역시 수행 중 하나입니다."

"그럼 그래서 깨달은 건 있나요?"

"깨달음은 번뇌입니다. 나는 그 번뇌를 불문에 들어오기 전에 버렸습니다."

"뭐, 훌륭하네." 하고 여자는 웃었다.

"그럼 이렇게 합시다. 잎의 절반은 바람에 날려버리고, 절반은 불태워버리지요."

"당신은 정말이지 저에게 청소를 시키고 싶으신가 보군요."

"저는 뒷산에 밤을 주우러 갈 생각이에요. 그런데 불

이 없으면 밤을 구워먹을 수 없을 테지요."

잠시 생각하는듯 하더니 남자가 말했다.

"그 밤, 저도 같이 주워도 될까요?"

여자는 싱긋 웃으며 대답했다.

"물론이죠. 이것도 인연이니."

그로부터 여자는 하루가 멀다 하고 절에 다녔고 매일 남자와 만났다. 그 이유는 남자를 향한 마음 때문도, 구운 밤 때문도 아니었다. 더 절실한 이유가 있었다. 당시는 여자가 밖을 돌아다닐 자유가 없던 시기라, 여자의 아버지가 유일하게 허락한 곳이 토착 신을 참배하는 절뿐이었다.

여자는 머리 위로 하늘이 있고 발밑에는 밟을 땅이 있으며 풀과 꽃 냄새를 맡고 바람 따라 이쪽저쪽으로 어슬렁대는 삶을 자신의 방식이라고 정했다. 매일 아침 "신께 인사 올리러 가겠습니다."라는 말과 함께 뛰쳐나왔다. 그 당시 일본에선 신불습합이 진행되던 시기여서, 여자 집안의 토착 신의 사당도 절 경내 한편에 자그마하게 설치된 사당이 가장 가까운 곳이었다. 여자가 신을 뵙는다면 이어서 남자의 얼굴도 보게 되었다.
핑계였다지만 여자와 남자의 인연에 아무런 색이 물들지 않은 것은 또 아니었다. 맑아진 찬 공기에 눈이 흩날리기 시작할 무렵, 두 사람은 만날 때마다 글을 나누는 사이가 되었다. 여자는 시를 잘 읊었고 남자는 절 생활을 하면서 눈치껏 기억해둔 명문을 젠체하는 얼굴로 내밀어 맞섰다. 닮은 구석이 많은 두 사람은 이 시대에는 흔치 않은 자유연애의 묘미를 느꼈다.
"봄이 되면 이 벚나무에서 피는 꽃을 구경하러 와요."
그렇게 두 사람은 약속했다.

따뜻한 기후에도 불구하고 정강이까지 쌓일 정도의 눈이 내린다. 그 눈이 녹고 벚나무에 꽃봉오리가 맺힐 무렵 여자는 갑자기 구혼을 받았다. 아쉽게도 상대는 깨달음에 관심 없는 스님이 아니었다. 심지어 사람도 아니었다. 여자를 연모한 건 크고 멋진 한 마리의 뱀이었다.
초봄 아침, 마을과 절 사이를 가르며 흐르는 강에 놓인 다리를 여자가 건너고 있을 때 한 손에 철썩, 하고 물이 달라붙었다. 내려다보니 수면에서 거대한 기둥이 솟아 올라왔다. 그 기둥이 구부러지듯 꺾여 쓰러지는가 싶더니 문어 다리와 비슷한 움직임으로 여자의 몸을 휘감았다. 삿갓에 붙은 얼굴 가리개 비단 안으로 큰 뱀의 코끝이 밀고 들어왔다.

뱀은 말라비틀어진 나무의 갈라진 틈 같은 입을 활짝 벌리고 있었고 여자는 비명을 질렀다.

"나는 하리마고센의 신이다. 이 일대의 물과 밭을 지배하고 산의 뒤편까지도 내가 다스리고 있지."

여자는 어색한 미소를 띄웠다.

"뭐, 그 부분은 돌봐주셔서 감사합니다."

상대가 신이라면 당신의 축축한 비늘이 기분 나쁘네요, 라는 말 같은 건 하기 어렵다.

"나는 네가 마음에 들었다. 검은 눈동자는 밤하늘 같고 하얀 뺨은 백합 같구나."

"사람은 대개 그러합니다."

"오늘 밤 내 너를 부인으로 삼고자 한다. 좋다고 대답하거라. 그렇지 않으면 너를 한 번에 집어삼키고 분노에 휩싸여 강을 범람시킬 것이니라. 그 후에 논을 마르게 할 것이다."

"그렇군요. 거절하겠습니다."

여자는 웃고 있었지만 속으로는 화가 치밀어 올랐다. 아주 무례하고 일방적인 신의 말에 걷잡을 수 없는 저항감이 끓어올랐다.

"내가 신이란 걸 믿지 못하는 것인가?"

"아니요. 뱀은 영력을 가졌다고 들었습니다."

"그럼 신의 힘을 믿지 않는 것인가?"

"신의 힘은 알지 못합니다만, 그 커다란 입이라면 아마 저를 손쉽게 삼킬 수 있을 것이지요."

"그러면 죽는 것이 두렵지 않은가?"

"두려운 건 두렵습니다. 지금은 화가 나서 두려움을 분간하지 못하고 있습니다."

"왜 그렇게 화가 난 것이냐."

"그야 말 한마디 섞어보지 못한 사이면서 멋대로 손을 잡고……"

"으음, 그래도 나는 신이잖아?"

"신이든 사람이든 남자든 여자든, 예절을 잊어서는 안 됩니다."

뱀 신은 잠시 생각에 잠겼지만 아무래도 다음 말을 찾지 못한 듯했다. 그러자 얼굴을 들이밀고 "이놈!" 하며 위협을 가했다. 이에 맞서 여자는 "어흥!" 하며 소리 질러 대응했다.

사실 뱀 신이 진짜 사랑에 빠진 건 이 순간이었다. 이제까지 수많은 인간과 마주했지만 그들은 신을 두려워하거나 받들려고 할 뿐, 제대로 대화를 나누려 하지 않았다. 그래서 이 여자도 마찬가지일 것이라 생각했다. 두려움에 떨며 신의 명령에 굴복할 것이라고. 이런 식으로 신을 얕잡아 보는 태도는 처음 겪어보는 일이었다. 여자에게 혼이 나면서도 어쩐지 묘하게 마음이 편했다.

"내 너에게 사흘을 주지. 그동안 잘 생각해보거라."

말은 이렇게 했지만 시간이 필요한 쪽은 뱀 신이었다. 여자를 포기하고 싶지 않았지만 이야기를 계속하기에는 창피해서 빨리 어딘가로 도망치고 싶었다.

"만약 나를 거절한다면 너의 목숨은 끝이라는 것을 기억해라!"

그 말을 남기고 뱀 신의 모습은 빙그르르 일그러지다가 펑 하고 사라져버렸다. 남은 건 비릿한 물뿐이었다. 여자는 축축하게 젖어 그 자리에 주저앉았다. 강한 척했지만 사실은 이미 모든 기력을 소진해버린 것이었다.

이 이야기를 들은 남자는 "이게 대체 무슨 일인가요." 라며 걱정하는 목소리를 냈다. 그러나 그 걱정은 흉내일 뿐 남자는 이미 마음속으로 대책을 세우고 있었다.

남자와 여자는 심지가 아주 비슷했다. 둘 다 용모는 온화했지만 그 피부 아래에는 순수한 고집불통의 피가 흐르고 있고 특히 도리에 어긋난 이야기를 강요받는 것은 참을 수 없는 성격이었다. 특히 남자는 신분과 권력보다는 자신의 뜻대로 살기 위해 출가를 결정한 사람인만큼 그 성질이 보통내기가 아니었다.

"오늘부터 3일간 밤에 당신의 곁을 찾아가겠습니다."

"왜죠?"

"당신의 아버님은 도성의 규범을 좋아하시니까요. 당신에게도 그럴 마음이 있으시다면 떡을 준비해주세요."

사흘 밤 떡이라는 관습이 있다. 혼인할 때 남자는 3일 연속으로 여자의 침소에 드나들고 3일째에 작은 떡을 먹는다. 여자는 자신의 집에서 직접 만든 먹을 것을 제공함으로써 남자를 동거인으로 받아들이고, 남편을 맞이한다는 의미를 가진다.

"신이 만약 방해를 하면요?"

"하신다면 좋죠. 신이 어느 정도까지 가능한지 이쪽이 시험해보겠습니다."

"당신은 신을 두려워하지 않는군요?"

"신을 차버린 당신만큼은 아니지."

신이 노리는 여자에게 손을 뻗는 남자라니. 그러나 그에게서 받은 청혼이 싫지 않았다.

"최상의 떡을 준비해두죠."

여자는 대답했다.

첫째 날 밤, 여자의 침소 주위에서는 태풍이 거세게 불었다. 나무들은 겨울을 견뎌내고 겨우 틔워낸 잎을 잃었고 지붕에 꽂아둔 나무판은 벗겨져 날아갔고, 정원의 석등도 쓰러져 부러졌다. 그 바람은 밖에 얼굴을 내밀면 숨을 쉬기도 어려울 정도였으며 거센 비는 땅을 뚫을 기세였다. 남자는 강을 헤엄쳐온 듯한 모습으로 여자의 침소에 겨우 도착했고 이마에 싱싱한 잎을 붙인 채 쓰러져 잠들었다.

둘째 날 밤은 벼락이 추가되었다. 그 빛은 칠흑 같은 어둠을 하얗게 밝혔고 그 소리는 꼭 신이 떼를 쓰는 것 같았다. 번개로 인해 나무가 깨지고 바위가 부서졌다. 지난밤보다 기세가 더욱 강해진 비가 없었다면 여기저기에서 화재가 일어났을 것이다. 남자는 기모노의 소매를 태워 먹은 모습으로 침소에 도착했다. 그는 한기인지 두려움 때문인지 몸을 조금씩 떨며 잠에 들었다.

그리고 드디어 셋째 날 밤, 여자는 준비해둔 작은 떡을 향 단지 상자에 넣고 남자를 기다렸다. 그런데 아무래도 뭔가 이상하다고 느꼈다. 침소의 밖은 묘하게 조용했다. 태풍도 번개도 구름조차도 없이 상현달이 온화하게 비추고 있었다.

남자가 포기하고 신에게 목을 내놓은 것일까. 그래서 신은 그를 용서하고 태풍이니 번개이니 하는 소란스러움을 멈춘 것인가. 그렇다면 그것대로 괜찮다. 그러나 만에 하나 남자가 의지를 꺾지 않았다면 어떻게 되고 있는 것일까. 신이 벌써 그를 집어삼켜 버렸을지도 모른다. 여자는 침소를 뛰쳐나갔다.

남자는 아직 살아 있었다. 여자가 뱀 신과 만났던 그 강 근처에 서 있었다. 어디에도 상처는 보이지 않았다. 그러나 강의 모습이 이상했다. 강은 광광 소리를 내면서 사나운 모습으로 다리를 부수고 대지를 가르고 있었다. 구렁이처럼, 아니 용처럼 사납게 날뛰는 강이 남자를 에워쌌다.

여자의 모습을 발견하자 남자는 소리쳤다.

"오래 기다리셨습니다! 지금 곧 그쪽으로 갈게요!"

"어떻게?!"

여자도 큰소리로 대답했다. 강폭은 넓었으며 심지어 남자의 주위를 에워싸고 있었다. 돌아서 오는 길은커녕 원래 자리로도 가기 어려워 보였다. 남자가 대답했다.

"뛰어넘겠습니다."

"가능해?"

"글쎄요. 가능할 것 같다고 생각은 하는데."

거짓은 아니었다. 남자는 건너편이 묘하게 가깝게 보였다. 수면에 비친 달빛은 여자에게로 가는 길을 가리키는 듯 했다. 남자는 짧은 도움닫기 후 "이얏!" 하고 소리치며 지면을 차고 올랐다. 여자를 향해 손을 뻗었다.

잠시 공중에 뜬 남자의 몸은 건너편에 닿지 못하고 싱겁게 물속으로 빠져버렸다. 남자의 도약을 보고 떨어질 거라고 예상한 여자도 즉시 지면을 차고 올랐다. 날뛰는 강 속에서 서로를 껴안은 두 사람은 이리저리 물살에 휘둘리면서 위아래도 분간하지 못한 채 얼굴과 얼굴을 마주했다. 여자는 자신의 입에 작은 떡을 넣었다. 남자는 그걸 자신의 입으로 맞이했고 그렇게 세 번째 날 밤, 남자는 떡을 받았다.

· · ·

“그래서? 그래서?”

쇼코가 천진난만하게 다음을 재촉했지만 이렇다 할 다음은 없었다.

“우리가 죽어가는 중에 이치 씨가 이러니저러니 불만을 토로했고 그 이후 환생이 시작되었습니다. 자, 여기까지로 마무리하겠습니다.”

여하튼 혼자만 말하면 요리를 즐길 틈이 없다. 쇼코가 고개를 끄덕이며 건너편에 있는 세 사람에게 시선을 옮겼다.

“자, 지금 이야기에 뭔가 느낌이 온 사람 있어?”

아무래도 그녀는 아직 환생 찾기를 포기하지 않은 듯하다. 노지 씨와 와야 씨는 곤란한 얼굴로 입을 열지 않았다. 아무래도 상식적인 보통 사람의 입장에서 이 두 사람은 가코 씨를 직접 만났어도 전생이니 하는 이야기가 와닿지 않을 것이다. 딱 한 사람, 나의 황당무계한 사정을 받아들인 우키시마 씨가 대답했다.

"지금 딱 생각나는 점은 없네. 대신 오카다 씨가 받은 저주의 해결법은 생각해봤어."

그 말에 당연하게도 쇼코가 물었다.

"정말? 어떻게?"

"남자는 다시 태어난 여자를 사랑하는 순간 윤회의 기억을 떠올리고 여자는 다시 태어난 남자를 사랑하는 순간 그걸 잊는다. 그렇다면 오카다 씨는 운명의 상대를 사랑하지 않은 채 그 상대만 오카다 씨를 사랑하면 되는 거잖아. 그걸로 두 사람 모두가 과거의 기억을 되찾은 채로 있을 수 있어."

"아아, 응. 그건 그렇긴 하지만……."

쇼코는 팔짱을 끼고 진지한 표정으로 중얼거렸다. "하지만 그건 뭔가 어긋나 있지 않아? 왜냐하면 특별히 두 사람이 기억을 되돌리는 것이 성공이라고 할 수는 없잖아? 서로 사랑하는 쪽이 좋잖아."

쇼코의 말에 우키시마 씨가 고개를 갸웃거렸다.

"오카다 씨는 다시 태어난 연인을 보면 바로 알 수 있는 거지?"

우키시마 씨가 물었지만 때마침 나는 나폴리 피자를 잔뜩 입어 집어넣은 참이었다. 이미 식은 치즈는 굳어서 늘어나지 않았지만 도우가 쫀득하니 맛있다. 입을 우물거리면서 끄덕이자 우키시마 씨는 이어갔다.

"다시 태어난 상대를 알고 있어도 아직 오카다 씨에게 기억이 남아 있으니까 그 사람을 좋아하지는 않는 거지. 사랑이라는 건 주변에서 강요할 순 없잖아?"

"하지만 나는 어쩐지 안이 그 사람을 정말 좋아하는 거 같단 말이야."

"그럼 규칙에 위배되지."

"알고는 있지만, 그냥 어쩐지."

여전히 이해가 되지 않는 듯한 쇼코의 옆에서 나는 소시지를 한입 베어 물었다. 단맛을 가득 품은 육즙과 기름이 흘러나왔다. 맛있다. 강한 소금기가 씁쓸한 맥주와 잘 어울렸다. 고민을 포기했는지 쇼코가 남은 맥주를 털어 넣었다.

"그럼 우선 모두가 안을 사랑해보는 건?"

"나는 이미 시험해보고 있어. 제발 전생의 기억을 꺼내

오고 싶다고."

정말이지 웃기지도 않는 사랑이다. 이 무익한 이야기를 끝내고 싶은 마음이 굴뚝같았지만 와야 씨마저 대화에 합류했다.

"하지만 나와 오카다 씨는 나이 차이가 아주 많이 납니다. 연애가 가능합니까?"

"나이는 상관없지. 안은 천 년만큼의 기억이 있으니까."

그렇게 대답한 쇼코의 눈이 과묵하게 앉아 있는 한 사람에게로 향했다.

"노지 씨는? 안을 사랑하는 마음이 아직이야?"

노지 씨만큼은 나와 같은 생각이라 분명 차분히 이 상황을 부정해줄 것이다. 하지만 오히려 노지 씨는 더한 폭탄 발언을 꺼냈다.

"모리하시 씨 쪽이 더 내 스타일이에요."

우키시마 씨와 와야 씨, 그리고 내가 부들부들 떠는 사이 당사자인 쇼코는 여유로운 웃음을 지으며 말했다.

"오? 고백?"

"아아, 아니요! 아직 그거까지는!"

"그래? 덧붙이면 나는 지금 애인을 만들 생각이 없어서 고백할 거면 앞으로 2, 3년 뒤를 추천할게."

"기억해두겠습니다."

입안에 남아 있는 해산물 샐러드를 넘기고 조심스러운 얼굴로 말했다.

"죄송합니다. 요리 추가해도 될까요?"

이미 결론이 나버린 나의 사랑 이야기를 파헤쳐봤자 아무런 의미가 없다. 자고로 여행지에서의 밤은 그 지역 특산물로 입을 즐겁게 하는 일이 최고다. 맛있는 음식은 언제나 옳으니까.

배불리 먹었지만 술은 맥주 한 잔으로 끝났기 때문에 시간이 그리 오래 걸리지는 않았다. 오후 7시 무렵, 우리는 가게를 나왔다.

나는 시쇼 신사(기노사키 온천의 수호신-역주)에 들러 점괘 제비를 세 번이나 다시 뽑은 다음 요이마치테로 돌아왔다. 오늘 밤, 오모이카네 씨가 주최하는 크리스마스 파티가 있다고 한다. 나는 그곳에 노지 씨와 우키시마 씨를 데리고 가서 주의를 끄는 역할을 맡았다.

"그럼 쇼 타임 시작."

우키시마 씨가 서슴지 않고 복도 끝으로 걸어가 목적지인 방문을 열었다. 기타 케이스를 꼭 끌어안은 노지 씨는 우키시마 씨의 큰 키 뒤에 숨어서 떨고 있었다.

방 가운데에는 요리가 차려져 있고 신들이 양옆으로 얼굴을 마주하고 있었다. 가코 씨의 말대로 이치 씨, 오모이카네 씨, 유카마누시노카미, 시타테라히메에 몇몇 작은 신들까지 해서 다들 모여 있었다. 열 평 남짓한 객실이 신과 음식으로 꽉 차 있었다.

상석에 앉은 이치 씨가 "뭐야?" 하고 무서운 목소리와 함께 날카로운 뱀 눈으로 이쪽을 바라봤다.

우키시마 씨는 가볍게 무릎을 꿇고 엎드려 절했다.

"아이고, 황공하신 신님들. 외람되지만 말씀 한번 올리겠습니다. 저는 아키군에 사는 우키시마 류노스케라고 합니다. 오늘 밤은 뻔뻔스럽게도 여러분들에게……."

머리를 낮게 엎드린 상태로 말하는 우키시마의 목소리는 의외로 또렷하게 울려서 훌륭하게 들렸다.

이 또랑또랑한 목소리를 이치 씨가 잘라버렸다.

"조용히 해. 거슬려."

신에게 이런 말을 들었으니 우키시마 씨라도 입을 다물 수밖에 없었다. 그런가 싶더니 시선을 여전히 다다미에 고정한 채 후읍, 숨을 마신 뒤 말을 이었다.

"오늘 밤은 뻔뻔스럽게도 여러분 수중에 있는 분실물

하나를 다시 내려주십사 이리 찾아뵙게 되었습니다. 이곳에 유카마누시노카미 님도 함께 하신다고 하여, 정말이지 감사한 신탁을 내려주심에 서둘러 몰려오게 되었습니다."

이치 씨 옆에 앉은 빨간 얼굴의 큰 남자, 유카마누시노카미가 반응을 보였다. 그는 큰 코를 우키시마 쪽으로 향했고 술에 취한 듯 쉰 목소리를 냈다.

"전혀 기억나지 않는구나. 신탁이란 게 뭐냐."

"네. 이것이옵니다."

우키시마는 머리를 바닥에 붙인 채 한 손을 옆으로 뻗어 나를 가리켰다. 나는 더플코트 주머니에서 얇은 종이를 꺼내 읽었다.

"조금 전 유카마누시노카미를 모시는 시쇼 신사에서 소원을 빌고, 점괘 제비를 뽑아 보자 무려 대길의 운세였고 분실물에는 '나오다'가 쓰여 있었습니다. 이 감사해 마지않는 신탁으로 부디 저희를 이롭게 해주시기 바라옵니다."

진지한 척 말하면서도 문득 실소가 나왔다. 점괘 뽑기를 거들먹거리며 "신탁이니 쓰여 있는 대로 해."라고 재촉하는 건 정말이지 철면피가 따로 없다. 제아무리 신이라도 이런 상황은 상상도 하지 못했을 것이다.

유카마누시노카미 쪽도 화를 내야 할지 어이없어해야

할지 곤란한 표정으로 얼굴을 긁적였다.

"이야, 그렇게 말해도……. 뭐, 알았다. 분실물이란 게 뭐냐?"

우키시마 씨가 몸을 일으키고 패기 가득한 목소리로 대답했다.

"이쪽의 오카다 안이 사랑하는 사람과 함께 예전부터 써 내려온 도명초문통록이라는 이름의 책입니다."

흘러가는 상황을 흥미롭게 지켜보던 작은 신들이 이 말에 웅성거리기 시작했다. 오늘 밤 열린 이 연회는 이치 씨의 마음을 구슬리기 위해 열린 연회임에도 불구하고 이치 씨를 봉인했던 책이라고 알려져 있는 문통록을 거론하였기 때문이다.

웅성거림은 이치 씨의 한마디와 함께 사라졌다.

"떠들지 마라."

그는 잔에 남은 술을 한 번에 넘기고 이어갔다.

"그건 내가 뺏은 거다. 그러니 분실물이 아닌 도난품이다. 그렇다면 이 중에 내 도난품을 재판하려는 신이 있겠는가?"

정색한 얼굴로 아주 당당하고 뻔뻔하게 그가 말했다. 우습게도 그의 말은 누구도 반론하기 어려운 말이다. 신이란 어떤 형태로든 자신의 성질에 의존하는 자다. 인연의 신은 연애를 소홀히 할 수 없고, 재난의 신은 역병을 소홀히 할 수 없다. 그러나 내가 아는 한, 이 나라의 신들은 도난에 엄하지 않다.

신들은 그저 "곤란하네."라며 모여서 말만 나눌 뿐이다. 그러나 신들 사이에 하나, 목소리를 높인 자가 있었다.

"그럼 나는 유죄에 한 표."

독특한 머리칼을 부스스하게 늘어뜨린 신들 가운데, 유일하게 정장을 입고 검은 테 안경을 쓴 남자. 일전에 말한 현자 오모이카네 씨이다.

그는 손에 든 붉은 담뱃대를 담뱃갑에 대고 툭 치고 깡, 소리와 함께 리듬감 좋게 말을 이어갔다.

"나는 지식의 신이고, 인간 세계의 법은 학문의 결정체임을 알고 있습니다. 따라서 지식을 관장하는 신으로서 인간 세계의 법을 기초로 도둑은 그냥 둘 수 없는 부분이기도 합니다. 게다가 무엇보다 오늘 밤 파티를 주최자인 제가 연회의 기획에는 자신이 있지만, 아무래도 흥을 올리기엔 조금 부족하지요. 그래서 특별조치를 생각하고 있던 참이었습니다."

흥, 하고 이치 씨가 코웃음을 쳤다.

"그럼 이제부터 나랑 너랑 싸워볼까?"

"아니요, 아니요. 설마요. 완력으로 제가 당신을 상대할 수 있을 리가요."

"그럼 입 다물고 있어."

"네, 곧 그렇게 하겠습니다. 하지만 잠시만요. 이곳은 기노사키입니다. 또한 문통록은 이와노오카미 님을 모시는 자들의 것입니다. 그렇다면 당신보다도 먼저 입을 열어야 하는 신이 있죠."

오모이카네 씨는 담뱃대로 순서대로 유카마누시노카미, 시타테라히메를 가리켰다.

"기노사키의 토착신과 그녀의 수호신. 우선은 이 두 신의 생각을 들어야 하는 것이 순서겠죠."

이제까지 가만히 있던 시타테라히메가 불쾌한 듯 얼굴을 찡그렸다.

"무슨 꿍꿍인지는 모르겠지만 나를 끌어들이지 말아줄래?"

여담이지만 시타테라히메는 오모이카네 씨를 싫어한다. 과거 둘 사이에 이런저런 일이 있었다.

"그럼 어떻게 하시겠습니까? 객인이 가리킨 건 당신 신사의 점괘입니다. 그렇다면 가장 먼저 당신의 생각부터 말해야겠죠?"

유카마누시노카미는 쓴웃음을 띄우고 지식의 신을 향해 긴 코를 움직였다.

"그런 당신은 어떻게 생각하지? 다카마가하라의 상담자잖아?"

"신은 신사를 방문한 자의 기원에 귀를 기울여야 합니다. 그러나 점괘 한 장으로 신의 은혜를 얻고자 하는 건 아무래도 억지죠."

"음. 정말이지 동감이야."

"따라서 봉납을 겨루는 건 어떠십니까?"

사실은 이쪽이 준비해둔 방법도 봉납이었다. 뒤에서 살금살금 움직이는 와야 씨가 문통록을 찾을 때까지 신들의 주의를 끌어야 하는 우리는 말재간이 좋은 우키시마 씨가 신들을 구워삶아 점괘로 부족하다 하면 노지 씨의 노래를 바칠 생각이었다.

'오모이카네 씨, 우리 의도를 간파한 건가?'

우리의 의도를 알아차린 뒤 이쪽이 준비한 시나리오에 주위 신들을 편승시키려는 모양 같기도 하다. 오모이카네 씨가 이야기를 정리했다.

"어떤 예술이라도 상관없습니다. 이들에게 여흥을 시키

고 그것이 신의 마음에 들면 분실물을 찾아주지요. 그렇지 않으면 내버려두면 됩니다. 이렇게 공연으로 내기를 걸면 보는 쪽도 흥이 오르겠지요."

그의 말에 작은 신들이 "좋다!" "보여줘! 보여줘!" 하고 떠들기 시작했다. 그들에게 문통록의 운명 따윈 남 일이고 눈요깃거리가 될 만한 건 뭐든 좋을 것이다.

그러나 이러한 분위기를 이치 씨가 용납할 리 없었다. 하지만 이 순간 그는 이상하리만치 조용하게 술만 마셔대고 있었다. 생각해보면 조금 전 정원에서 만났을 때부터 어딘가 기운이 없었다.

한편 인간 측에서는 우키시마 씨가 서서 양손을 벌리고 큰 목소리로 행사를 진행하는 사회자처럼 말했다.

"기회를 주셔서 대단히 감사합니다! 그럼 시작해보겠습니다. 첫 번째 선수는 여러 신인상을 휩쓴 팝 뮤지션, 노지 피스우드의 열창입니다!"

작은 신들의 환호가 이어졌다. "진짜? 프로야?" "나 알아. TV에서 봤어."라며 반응이 아주 좋았다.

당연하게도 직업이 가수인 노지 씨의 노래는 훌륭할 것이다. 다만, 그는 겁이 많은 남자다. 아무리 열 평 남짓의 연회장이 무대라고 해도 신들이 채운 객석 앞이라면 몸이 떨릴 것이다.

"괜찮으세요?"

내가 작은 목소리로 걱정하자 그는 기타 케이스를 열며 연약하게 웃었다.

"최근 들어 무대에 오를 때마다 느낀 게 있어."

"오호. 어떤 걸 느끼셨나요?"

"관객은 신이다."

방 안쪽에서는 오모이카네 씨가 노래방 기계를 준비하고 있었다. 노지 씨는 "평소처럼 하고 올게."라며 속삭이고 마이크로 향했다.

그가 어쿠스틱 기타 하나로 선보인 「터틀백」은 압권이었다. 잘한다, 못한다 하는 말이 그의 노래를 평가하는 기준이 되지 못했다. 그저 완성되어 있었다. 목소리도 기타도 소리가 안정되어 있고 공기의 진동이 그대로 가슴을 두드렸다. 우직하고 몹시 아름다운 노래였다.

나는 그의 곡에 새로움보다는 그리움을 느꼈다. 「터틀백」은 확실히 「설화몽견절」과 아주 비슷했다. 곡의 절반까지 음의 이동이 거의 같았다. 그러나 노지 씨의 연주는 후반 멜로디의 변조가 있고 그 부분만큼은 오리지널이다.

마지막 음이 공중에서 설탕 과자의 여운처럼 사라지자 작은 신들이 갈채를 보냈다. 유카마누시노카미도 즐겁게 짝짝 손뼉을 쳤다.

나는 지긋이 시타테라히메를 바라봤다. 음악의 신이기도 한 그녀가 「터틀백」을 어떻게 들었는지 알고 싶었다. 시타테라히메는 잔을 기울이면서 즐거운 듯 말했다.

"좋네. 역시 요즘 아이들은 음악을 잘해."

뭔가 공허한 칭찬이다. 비방하는 건 아니지만 극찬도 아니다. 기회를 놓치지 않고 우키시마 씨가 재촉했다.

"어떠십니까? 문통록 재판에 부디 저희에게 한 표를."

시타테라히메가 얼굴을 찡그렸다.

"사실 나는 아빠 대리로 여기 앉아 있을 뿐이에요. 그러니까 일의 동향에 참견할 생각은 없어서……."

그녀의 말을 막고 나는 입을 열었다.

"물론 입장은 있겠지요. 그러나 노지 씨 연주의 좋고 나쁨을 평가하는 건 가능하겠지요."

"평가를 들어서 뭐 하게?"

"특별히 뭘 하지는 않습니다. 그냥 궁금할 뿐입니다."

노지 씨의 음악에 감동한 신들이 문통록을 넘겨줄 거라고는 생각하지 않았다. 이건 그저 시간 벌기다. 그러나 한

편으로는 한 명의 인간이 자신의 생애를 건 노래의 봉납이기도 하다. 시타테라히메는 웃는 얼굴을 지우고 노지 씨를 바라봤다.

"훌륭해요. 정말로. 그런데 함부로 적을 만들고 있어요."

이 말에 노지 씨가 곤란한 얼굴을 띄우고 듣기 힘들 정도로 떨리는 목소리로 대답했다.

"적, 말입니까?"

"응. 게다가 그 상대가 너무 안 좋아."

"상대라는 건?"

"물론 백 년 전의 샤미센입니다."

"그럼 역시, 이 곡은 「설화몽견절」의 표절입니까?"

"그건 모르겠어요. 관심도 없고요. 대체로 음악이란 이어져 가는 거예요. 그래도 혹시 둘을 비교하라고 하면 분명한 차이가 있다고 답하겠어요."

노지 씨의 얼굴이 하얗게 질렸다. 정확하게 보지는 못했지만 눈물이 맺혔을지도 모른다. 그의 목소리가 더욱 작아졌다.

"어떤 차이가 있습니까?"

"배경이 달라요."

"배경."

“말로 설명할 수 있는 게 아니지만…….”

시타테라히메의 눈동자가 이쪽으로 향했다.

“안, 들려주는 게 어떠세요? 잘 알고 있는 곡이잖아요.”

나는 한숨을 토해냈다. 물론 잘 알고 있다.

“그 곡은 이제 아무도 연주할 수 없습니다.”

더 이상 아무도 연주할 수 없다는 결말. 그건 비극이 아닌 오히려 행복한 결말이었다. 진짜 형태의 「설화몽견절」은 이제 어디에도 존재하지 않는다.

···

맹인과 샤미센 연주자의 이야기

백 년 전 여자는 동북 지방의 맹인 샤미센 연주자로, 남자는 무리와 떨어진 한 마리의 승냥이로 환생했다. 여자가 태어난 집은 예부터 이어온 땅 부자로 생활이 곤란하지는 않았다. 편견과 미신이 아직 진하게 남아 있던 메이지 시대였지만 그녀는 눈이 보이지 않는다는 이유로 죽임을 당하거나 버려지지는 않았다. 그러나 창고에 갇혀 살게 되었다.

구백 년 동안 윤회를 반복한 여자에게 그 생활은 그

런대로 만족스러웠다. 창고는 겨울에는 추웠지만 이불이 있음에 감사했고, 식사는 검소하고 양이 적었지만 죽지 않을 정도로 먹을 수 있어 다행이었다. 이제까지 반복해온 생애 중에서는 상당히 좋은 편에 속했다.

그녀의 어머니는 감정적으로 여자를 질책했다. 나이 차이가 많이 나는 오라버니는 기분이 나쁘면 여자를 때렸다. 아버지는 일절 여자를 상대하지 않았다. 하지만 그녀는 어떠한 취급에도 멀쩡했다. 아직 어린데도 울지도 소리치지도 않고 불만을 얼굴에 드러내는 법이 없었다. 그런 모습이 오히려 그들의 기분을 나쁘게 했고, 그녀를 향한 손길은 점점 더 심해졌다.

일곱 살이 될 무렵 여자의 일상에 큰 변화가 찾아왔다. 어머니는 돌연 그녀에게 바느질이나 요리, 예의범절을 열심히 가르쳤다.

그 시대에는 눈이 보이지 않는 여자가 취직할 수 있는 곳이 정해져 있었다. 안마사나 침술사, 그렇지 않으면 고녀(瞽女)라고 불리는 맹인 샤미센 연주가였다. 어머니는 그녀를 고녀의 제자로 보내고자 했고 차츰 그렇게 그녀의 미래는 정해져 갔다. 따라서 어머니는 여자를 집에서 내보내기까지 신변을 위한 이것저것을 가르치고자 한 것이다.

여자 앞에서 어머니는 항상 분노에 차 있었다. 녹슨 톱이 나무를 자르는 소리 같은, 귀를 찌르는 날카로운 목소리로 "너 때문에 네 오라비는 결혼 상대도 못 찾았어."라거나 "아빠는 집에 손님도 부르지 못해."라고 불만을 늘어놓았다.

그러나 어머니의 교육은 진중했다. 고녀는 곳곳을 떠돌며 순회를 하는 직업이라 짐을 싸는 법이나 산길을 걷는 법과 같은 일들을 여자에게 가르치고 연습시켰다. 여자는 처음부터 웬만한 것을 알고 있었지만 적당히 틀리고 적당히 배우는 척을 했다.

어머니의 가르침이 시작된 시절부터 오라버니에게 맞는 일이 없어졌다. 오라버니는 여자가 집을 나간다는 사실을 알고 안심한 것이다. '언제까지고 나를 도와야 한다는 부담감이 오라버니를 불안하게 해서 폭력을 휘둘렀구나.' 하고 여자는 알아차렸다.

아버지는 일절 여자에게 무관심했다. 그러나 집을 나서기 전날 밤, 처음으로 여자를 불러서 이렇게 말했다.

"이제부터 아무리 괴롭더라도 절대 도망쳐서는 안

된다."

여자는 아버지의 말에 숨어 있는 뜻을 잘 알고 있었다. 여자의 스승이 될 고녀에게 아버지는 몇 년 분의 수업료와 생활비를 선불로 지급했고 게다가 12간지가 한 바퀴 돌기 전, 제자를 그만두는 일이 일어나면 절연 금액을 지불하는 약속까지 맺었다. 만약 여자가 스승에게서 도망치면 다시 이 집에서 보살펴야 하는 금액까지 뺏기는 것이기 때문에 아버지 입장에서는 무조건 이 일을 성공시켜야 한다.

여자는 아버지와 어머니, 그리고 오라버니를 좋아했다. 누구 하나 영리하거나 선량하지도 않았지만 비난할 정도는 아니었다. 어머니는 말은 험악해도 앞으로 여자가 곤란하지 않도록 이것저것 친절히 알려주었다. 오라버니는 폭력적이었지만 그 배경에는 분명 여자의 생애를 계속 책임져야 한다는 건실한 갈등이 있었을 것이다. 아버지에게서 사랑을 느낀 적은 없지만 그래도 여자를 집에서 내보낼 때 먼저 금액을 지불했다.

'상황이 달랐다면 나는 더 비참했을 거야.'

여자는 그렇게 생각했다. 아직 어린아이이다. 일찌감치

연을 끊고자 했다면 목을 매달아 산에 묻었어도 됐다. 그런데도 모두가 여자의 생을 이어가는 쪽으로 생각했다. 아주 좋은 시대에 좋은 집에서 태어난 것이다.

"저는 그 무엇에도 도망가지 않습니다."

여자는 그렇게 대답했다.

집을 나와서 샤미센 수업을 시작한 여자는 곧이어 그 재능을 꽃피웠다. 일 년도 되지 않은 사이 많은 곡을 칠 수 있게 되었고 실력은 스승과 견주어도 손색이 없을 정도가 되었다. 고녀는 마을을 돌아다니며 샤미센을 연주했는데 어린아이가 작은 몸으로 훌륭한 연주를 했기에 각지에서 갈채가 쏟아졌다.

그러나 스승은 이것이 즐겁지 않은 것 같았다. "목소리가 나빠." 혹은 "도저히 들을 만한 수준이 아니야." 라며 노래만을 계속 나무랐다.

여자는 노래를 못하는 수준이 전혀 아니었다. 그러나 확실히 샤미센에 맞는 목소리도 아니었다. 여자의 목소리는 아직 몸이 다 크지 않았기 때문에 얇고 높았다.

'뭐, 노래는 어찌 되어도 좋지.'

여자는 그렇게 생각했다. 칭찬을 받는 건 샤미센 연주다. 여자는 자신에게 샤미센 재능이 있다고는 생각하지 않았다. 그저 지식이 있을 뿐. 무슨 일이든 수련이라는 건 배우는 법을 알면 효율은 좋아진다. 전혀 관계가 없는 기술이라도 어느 시점에서 밑바탕의 양식이 되기도 한다. 구백 년만큼의 기억을 가진 여자가 빨리 숙달하는 건 당연한 일이었다.

'그래도 내 소리는 부족해.'

지식이나 기술을 뛰어넘는 수준으로 끌어올리기는 어렵다. 지금은 어린아이이기에 어른의 수준으로 샤미센을 연주하는 것에 박수를 받고 있지만, 언제까지 어린아이일 수는 없을 것이다.

여자는 특별히 우수한 샤미센 연주자로서 역사에 이름을 남기고 싶은 마음도, 많은 돈을 갖고 싶은 마음도 없었다. 그저 샤미센이 의외로 재미있고 이 생애에서 갈 수 있는 곳까지 가 보고 싶었다.

'더, 더 좋은 소리를. 나만의 소리를.'

여자는 샤미센을 계속 연주했다.

사실 스승은 여자를 제대로 키울 생각이 없었다. 처음부터 목적은 수업료와 절연 금액이었다. 그래서 여자가 하루라도 빨리 도망가게 하려고 사사건건 괴롭혔다.

스승에게는 여자 외에도 몇 명의 제자가 있었지만 허드렛일은 모두 여자의 몫이었고 조금이라도 지친 기색을 보이면 몽둥이로 때리고 혼을 냈다. 바느질로 잘 시간을 빼앗고 욕조에 들어가서 씻는 일조차 마음껏 하지 못하게 했으며 여자의 식사도 아주 적은 양의 잔반으로 끝냈다. 게다가 무언가 이유를 갖다 붙여서 그 작은 식사마저 빼앗았다.

스승의 태도를 본 제자들도 얼마 안 있어 여자를 괴롭히게 되었다. 그런데도 여자가 아무렇지 않은 얼굴을 하고 있었기 때문에 화만 더 가중되었다.

5년 정도 지났을 무렵 여자의 인기가 사그라들기 시작했다. 샤미센 실력으로는 견줄 사람이 없을 정도였지만 충분한 식사가 주어지지 않았기 때문에 몸이 제대로 자라지 못했고 노래의 힘도 여전히 약했다. 스승이나 제자들은 모두 "너는 재능이 없어."라며 질책했다.

주위의 평가는 아무래도 상관없었지만 노래를 못한

다는 이유로 샤미센을 바꾸지 못하게 하는 것은 조금 난처했다. 가죽으로 만든 샤미센은 비싸기 때문에 여자는 종이로 만든 샤미센을 사용했는데 아무래도 음이 달랐다.

귀찮은 약속만 없었다면 여자는 하루빨리 도망쳤을 것이다. 순회를 돌며 돈을 모으기엔 이미 충분한 실력을 갖추고 있었고 먼 곳으로 옮겨가면 귀찮은 인간관계도 해결될 터였다. 하지만 아버지에게 "그 무엇으로부터 도망가지 않습니다."라고 약속해버렸고 이 스승에게 절연 금액을 주는 것도 못마땅했다. 결국 종이 샤미센으로 실력을 키우는 수밖에 없었다.

한편 샤미센 연주에 관해서는 이 시기에 큰 변화가 있었다. 맹인 샤미센 연주가의 경우 여성은 고녀, 남자는 도련님이라고 불렸다. 여자는 어느 날 순회지에서 알게 된 한 도련님의 샤미센을 듣고 충격을 받았다. 그 음은 너무나도 강하고 빠르고 선명했다.

거세게 쏟아지는 빗줄기와 같은 음들을, 마음을 세차게 두들겨대는 주법을 알기 전에 재능이 꽃피우지 못한 것이 억울했다. 그러나 또한 알고 있었다. 그 음들은 자신이 연습해도 절대 도달할 수 없는 음이었다는 것을.

그 도련님의 샤미센은 그저 한 번뿐인 생애에 울리는 음이었다. 성실하게 괴로움, 슬픔을 느끼고, 모든 날에 끓어오르는 분노를 가진 사람의 소리였다. 따라서 구백 년이라는 긴 시간으로 닳아 없어진 여자의 마음과 감정으로는 도착할 수 있는 음이 아니었다. 그러나 손이 닿지 않기 때문에 그의 연주를 깊이 동경했다.

'그럼 나는 위작이어도 좋다.'

훗날에 쓰가루 샤미센이라고 불리는 이 음악에 여자는 마음을 빼앗겼다.

쓰가루 샤미센은 여자와 스승 사이를 결정적으로 무너뜨린 이유가 되었다.

여자는 자신의 스승을 싫어했지만 존경하는 마음도 있었다. 보이지 않는 눈으로 각지를 돌며 사는 고녀의 모습이 아름답게 느껴졌다. 눈이 보이지 않는다는 점에서 여자도 마찬가지였지만 대신 여자에겐 아주 긴 시간의 기억이 있다. 빨강이라고 하면 빨강을 떠올리고 달이라고 하면 달을 떠올릴 수 있다.

'기억조차 갖지 못한 채 빛도 없는 세계에서 살아가

는 건 얼마나 특별한 것인가.'

스승에게 아무리 힘든 괴롭힘을 당하더라도 여자는 "뭐 어쩔 수 없지."라며 흘려보낼 수 있었다.

스승은 본성이 냉정한 사람이었다. 여자에게 못되게 굴었던 건 절연금이라는 이익이 있기 때문이었다. 시기, 질투가 없지는 않았지만 중요한 건 눈이 보이지 않는 몸으로 살아가는 재주였고, 그건 역시 돈이었다.

그러나 여자의 쓰가루 샤미센을 들었을 때 스승은 처음으로 감정적으로 화가 났다. 여자를 때리느라 몽둥이를 쥔 손의 피부가 벗겨질 정도였다.

스승인 자신도 모르는 음을 제자가 울리는 건 용서할 수 없었다. 여자의 연주는 마치 이제까지 고녀들이 이어왔던 샤미센을 부정하는 기분이었다. 몇 번이고 몽둥이로 맞으면서 여자는 생각했다.

'이번에는 내가 잘못한 것이다.'

스승에게는 스승의 입장이, 제자에게는 제자의 입장이 있다. 그것을 분별하지 못한 채 버릇없이 행동한 건 분명 여자였다. 납득은 했지만 그래도 쓰가루 샤미센을 버릴 마음은 없었다.

그때부터 여자는 스승 몰래 샤미센을 연습하게 되었

다. 그러나 아무리 숨겨도 여자가 울리는 음의 변화는 확실했다.

스승과의 이별은 갑작스러웠다.

여자가 열여섯 살이 된 여름, 순회를 위해 산간의 마을을 향하는 도중 절벽에서 떨어졌다. 눈이 보이지 않는 여자는 자신을 민 사람이 스승이었는지 아니면 제자 중 하나였는지는 알지 못했다. 어찌 되었든 절벽에서 떨어진 여자는 죽음을 각오했다. 몇 번이고 도움을 요청했지만 대답조차 없었다. 온몸이 아팠고 아무래도 머리에서 피가 흐르는 듯했다. 보이지 않는 눈에 산속에서 상처를 입은 외톨이. 역시나 이제 손 쓸 도리가 없다.

일어나려면 일어날 수는 있었다. 그러나 어디로 가야 할지도 모르고, 명확한 목적지가 있지도 않았기에 여자는 몸을 움직일 생각도 하지 못했다.

여자는 상당히 긴 시간 여름 풀의 강한 냄새 속에서 쓰러져 있었다. 이윽고 소리가 들려왔다. 잘 자란 풀 속을 짐승이 걸어오는 소리였다.

'이번 생은 짐승에게 먹혀 죽는구나.'

그건 특별히 나쁘지 않았다. 죽음을 맞이하는 방법

중에서는 꽤 괜찮은 부류의 죽음이었다. 여자는 눈을 감고 자신의 죽음을 기다렸다. 그러나 피부에 닿은 것은 짐승의 예리한 송곳니가 아니었다. 따뜻한 혀가 그녀의 뺨을 핥았다.

한 마리의 승냥이가 된 남자는 윤회의 기억을 잃었다. 그러나 절벽 아래에 쓰러진 여자를 발견하고 곧이어 기억을 되찾았다. 구백 년이나 생을 반복해오면 역시나 알아볼 수밖에 없다.

'이 여자와 만나버리면 사랑하지 않을 수 없구나.'

머릿속 기억은 사라졌지만 영혼은 서로를 기억했다. 어떤 사냥감과도, 초목과도 다른, 이제까지 맡아본 적 없는 향기라도 그것이 사랑하는 여자의 것이라는 걸 알았다.

혀로 그녀의 뺨을 핥자 저쪽도 모든 것을 알아차린 듯했다.

"안타깝네. 조금은 기대했는데."

여자가 중얼거리자 "뭐를?"이라고 묻는 마음으로 남자는 작게 웅웅, 하는 소리를 냈다.

여자는 연약한 목소리로, 그러나 미소를 지으며 이어갔다.

"이렇게 눈이 보이지 않으면 혹시 당신과 만나더라도 알아차리지 못하는 거 아닌가 하고."

숨을 토하면서 남자는 웃었다.

'그렇게 마음대로 될 리가 없겠지요.'

두 사람은 또다시 저주 같은 사랑에 빠져버렸다.

여자는 간신히 일어나 몽롱한 의식으로 먼저 걷는 승냥이의 소리를 뒤따랐다. 이윽고 오두막집에 도착했다. 이젠 낡아서 사는 사람도 없는 작은 집이었다.

더듬거리며 안으로 들어선 여자는 곧이어 쓰러지듯 그대로 잠들었다. 그리고 눈을 떴을 때에는 윤회의 기억을 완전히 잃었다. 이건 승냥이가 된 남자를 사랑한 것이 이유였지만 여자는 그 사정조차 잊어버렸다.

여자에게 있어서 산속 오두막집에서의 생활은 아주 기묘했다. 상처를 입은 탓에 몸이 잘 움직이지 않았다. 여기가 어디인지도 알지 못했다. 왜인지 한 마리의 승냥이가 다가와 떠나지 않았는데, 그것이 너무나도 두렵게 느껴졌지만 곧 익숙해졌다. 승냥이가 나무 열매나 먹을 것을 가져와서 살아남을 수 있었기 때문에 익숙해지지 않을 수 없었다. 오두막집에 버려진 냄비에 물도 길어와서 대단히 똑똑하고 생각했다.

여자는 이 무렵부터 밤이 될 때마다 소리 죽여 울었다. 윤회의 기억이라는 강고한 방패를 잃은 여자는 처음으로 자신이 애처롭게 느껴졌다.

'왜 이 눈은 보이지 않는 것인가. 왜 가족은 나를 버렸을까. 도대체 스승은 왜 그렇게 나를 미워한 걸까. 나는 모두를 사랑할 생각이었어. 사랑할 수 있을 리가 없었는데도 그래도 열심히. 그런데도 왜, 왜 나는 사랑받지 못한 걸까.'

그렇게 생각하자 억울해서 눈물이 차올랐다. 여자가 울고 있으면 언제나 승냥이가 가까이 다가와 눈물을 핥았다.

'송곳니로 목덜미를 물기만 하면 나 같은 건 간단하게 죽어버릴 텐데.'

왜인지 그 거친 혀와 딱딱한 털에 안심했다.

상처가 치유되자 여자는 샤미센을 연주했다. 승냥이가 여자의 짐을 주워 왔기 때문에 여자는 자신의 샤미센을 되찾을 수 있었다.

샤미센을 잡은 여자는 자신의 연주가 변질되었다는

사실을 알아차렸다. 실력이 늘었다는 의미가 아니다. 기술은 아무것도 바뀌지 않았다. 오히려 상처의 영향으로 신체에 힘이 잘 들어가지 않았고 음은 약해졌다. 그러나 그 약한 음이 어쩐지 아주 깊게 울렸다.

'어쩌면 나는 원망으로 샤미센을 치고 있는지도 몰라.'

이제까지 만난 사람들을 향한 원망을 담아 연주함으로써 드디어 샤미센이 진짜가 되었다. 어쩐지 그런 기분이 들었지만 딱 잘라 그것만이라고도 말하기 어려웠다.

미워하고, 미워하고, 그러나 끝내 미워할 수 없어서 포기하고.

포기하고, 포기하고, 그러나 끝내 포기할 수 없어서 다시 미워하고.

그런 식으로 나아질 줄 모르는 마음이 빙빙 돌면서 이어져 갔다. 이 태엽 주위에 더욱 다양한 감정이 흩어졌다. 그 감정들을 모두 끌어안고 공중으로 날아 한 음, 한 음이 의미를 만들어냈다.

샤미센은 여자의 마음을 구해주지는 못했다. 그러나 확실히 바싹 다가와 있었다. 따뜻한 열기를 가지고 같은 고통을 공유하고 있었다. 옆에 있는 승냥이처럼.

마치 자기 자신을 잘라 찢어서 그 안쪽을 드러내 태운 것처럼 여자는 매일 샤미센을 두드렸다. 그러자 이윽고 울림통을 감싼 종이가 찢어졌다. 그리고 세 개의 현이 잘렸다. 그래도 여자는 멈추지 않고 연주했다.

무참한 샤미센이 무참한 음을 울렸다. 그 무참한 음은 나날이 강하고 예리해졌다.

'이것이 나의 음이다.'

여자는 그렇게 확신했다.

승냥이가 된 남자에게 있어서 산속 오두막에서의 시간은 마음이 편했다. 그녀와 함께 있을 수 있다면 다른 무엇도 바랄 것이 없었다.

'그러나 길진 않겠지.'

이 지역은 겨울이 길었고, 봄은 늦었다. 한기가 들기 시작하면 지금과 같은 생활을 이어갈 수 없을 것이다. 충분한 식량을 찾기 어려워지면 나란히 죽음을 맞이해야 할 것이다. 더 추워지기 전에 그녀를 사람이 사는 마을로 보내는 수밖에 없다.

쾌청한 가을날 아침, 남자는 축축한 공기에서 겨울의

냄새를 맡았고 결심했다.

머리로 그녀를 뒤에서 밀었다. 그녀는 잠시 당황한 듯했지만 이윽고 깨달았다.

"나를 어딘가로 데려가고 싶은 거지?"

남자는 작은 울음소리를 내며 걸어나갔다. 눈이 보이지 않는 여자의 걸음에 맞춰서 천천히, 천천히.

여자는 말했다.

"이제 이별이야?"

이번 생의 이별이다.

'어차피 다음 생애에서 다시 만날 수 있습니다.'

남자는 그렇게 대답하고 싶었지만 승냥이의 몸으로는 말을 할 수 없었다. 대신 까불대는 모습으로 왕, 하고 한 번 짖어 보였다.

산길을 걸어가면서 여자는 잠시 동안 실없는 이야기를 했다. 오두막집에서 먹은 물고기가 맛있었다든가, 겨울은 샤미센을 누를 때 손가락이 아파서 싫다던가.

문득 여자는 들뜬 목소리를 냈다.

"맞다. 봄이 되면 함께 꽃 보러 가지 않을래?"

그건 둘이 처음 만났던 헤이안 시대에서도 나눈, 그러나 이뤄지지 못한 약속이다.

"나는 아무것도 보이지 않지만 그래도 벚꽃 냄새는 좋아하거든."

'부디 함께.'

그런 마음을 담아서 남자는 다시 왕, 하고 짖었다. 승냥이가 된 남자의 생애는 이날 끝을 맞이하게 된다. 가까스로 여자를 보내고 얼마 되지 않아 사냥꾼에게 총을 맞아 죽게 되었다. 승냥이가 마을에 발을 들였기 때문에 총을 맞는 건 어쩔 수 없는 일이었다.

샤미센의 울림통은 고양이의 뱃가죽이 주로 사용된다. 그러나 후토자오 샤미센(샤미센의 종류 중 가장 몸통과 크기가 큰 샤미센으로 본문에 나온 쓰가루 샤미센에 사용되는 샤미센이다-역주)에는 보다 튼튼한 개의 가죽을 사용한다. 여자의 힘 있는 샤미센에는 후토자오가 어울릴 것이다.

'그렇다면 나는 그녀의 샤미센이 되고 싶다. 아무리 강하게 두들겨도 절대 찢어지지 않는 샤미센이 되고 싶다.'

남자는 숨을 거두기 직전 그렇게 생각했다. 그러나 생각처럼 되지 않을지도 모른다. 총알은 등을 지나 배를 관통해서 가죽에 큰 구멍이 뚫렸을 것이므로.

• • •

그 샤미센 독주는 메이지 시대를 살아온 한 여자의 영혼을 담은 음이었다. 따라서 지금 시대에서는 울릴 수가 없다. 시타테라히메의 말을 빌리면 배경이 다르다. 단순히 악보를 비교해봐도 의미가 없다.

그렇기에 노지 씨는 「설화몽견절」을 신경 쓸 필요가 없다. 이 시대에 살아간다면 이 시대의 음을 울리면 된다. 그러나 그는 아직 받아들일 수 없는 것 같았다. 비통하게 얼굴을 찡그리고 시타테라히메에게 물었다.

"곡은? 연주가 아니고 곡의 구성은 어떻습니까?"

시타테라히메의 대답은 어딘가 냉정했다.

"좋잖아요? 잘 구성되어 있어요."

"하지만……."

"그 정도 연주했으니 당신도 알고 있잖아요. 음악이란 본래 싸우는 것도 경쟁하는 것도 아니에요. 그런데도 당신은 싸우려고 하고 있어. 당신은 당신대로, 마음 가는 대로 연주하면 되는 건데 말이야."

"네, 알고 있습니다. 그러나……."

그다음 말을 노지 씨는 할 수 없는 듯 보였다.

상황을 열세하다고 본 우키시마 씨가 팍하고 손을 치며 주목을 끌었다.

"자, 여러분. 노지 피스우드의 열정적인 연주 어떠셨습니까? 특히 유카마누시노카미 님께서는 충분히 즐겨주신 듯 보였습니다만."

갑작스럽게 지목을 당한 유카마누시노카미는 곤란한 얼굴을 보였다. 음악의 신이기도 한 시타테라히메의 다음 순서에 연주를 평하는 것이 꺼려질 터였다. 대답을 망설이는 사이 곧바로 오모이카네 씨가 말을 이었다.

"첫 번째 공납품에 대한 평은 시타테라히메의 말로 정해졌습니다. 연주는 훌륭했고 파티를 끌어올리기엔 충분. 그러나 신의 마음을 움직일 정도는 아니다."

우키시마 씨는 잠시 가만히 생각하고 난 뒤 대범하게 고개를 끄덕여 보였다.

"즐겁게 봐주셨다면 우선 그걸로 충분합니다. 그럼 다음 공연자를 모시겠습니다."

우키시마 씨의 말, 꽤 자신만만하게 보이지만 노지 씨의 연주를 넘어선 공연 같은 건 준비되어 있지 않았다. 시간을 벌기 위해 나는 다소 조잡한 코인 마술을 준비했지만 문자 그대로 '조잡한' 재주일 뿐이다. 누군가 앞에서 선보일 만한 재주는 아니었다.

물론 하라고 하면 부끄러움을 무릅쓸 생각이었지만 아무래도 상황에 위화감이 느껴졌다. 그래서 나는 계획을 바꿨다.

"신께 드리는 제사라 하면 역시 힘겨루기죠. 이쪽의 우키시마 류노스케는 보시는 대로 힘에 자신이 있습니다. 그래서 스모를 봉납하겠습니다."

노래방용 마이크를 정리하던 오모이카네 씨가 슬쩍 이쪽으로 눈길을 향했다.

"그런데 누구와 하나요?"

"어느 분과도 상관없지만……."

나는 유카마누시노카미를 향해 웃었다.

"모처럼의 봉납입니다. 당사자인 신께서 실력을 빌려주시면 어떠실지요?"

우키시마 이상으로 유카마누시노카미가 힘에 자신 있는 건 한눈에 알 수 있다. 노지 씨의 다급한 모습에 입을 꾹 닫고 있던 작은 신들도 신과 사람의 대결에 "너무 무모하다!" "무모한 거 너무 좋아!"라며 다시금 불타올랐다.

우키시마 씨가 어색하게 웃으며 작은 목소리로 속삭였다.

"들은 게 없는데?"

"오모이카네 씨가 묘하게 우리 시나리오에 편승하려는 움직임이 왠지 불안해요. 신들이 당신에게 주목을 하는 사이에 가볍게 떠보겠습니다."

"그렇군, 알겠어."

이 남자, 언제나 이해가 빨라서 오히려 불안해진다. 내가 말을 꺼내긴 했지만 미안하게도 인간과 신의 힘겨루기는 인간이 가볍게 나설 만한 게임이 못 된다.

작은 신들의 갈채 속, 유카마누시노카미가 머리를 긁적이며 천천히 일어났다.

"하는 건 상관없지만 승부가 될 거라고 생각하지 않는데."

우키시마 씨가 재빨리 재킷을 벗고 넥타이를 풀면서 대답했다.

"그럼 어떻게 할까요? 신과 인간이라도 승부가 되는 규칙을 정하는 건."

"흠, 어떻게 정해?"

"제가 항복이라고 말하면 당신의 승리. 당신이 항복이라고 하면 이쪽의 승리. 어떻습니까?"

"그럼 승부가 쉽게 끝나버릴 텐데."

"아뇨, 아뇨. 저는 제가 항복을 하는 모습을 상상할 수 없습니다."

"우쭐대지 마, 애송이가."

유카마누시노카미는 방 가운데로 걸어왔다. 오모이카네 씨는 빠릿빠릿하게 주위의 작은 신들에게 지시를 내리고 상을 움직여 동그란 자리를 만들었다.

와이셔츠까지 벗어 던져 잘 단련된 근육을 드러낸 우키시마 씨가 가볍게 어깨를 돌리면서 유카마누시노카미에게 걸어갔다.

마주하고 보니 두 사람의 체구 차이는 분명했다. 우키시마 씨도 큰 남자였지만 유카마누시노카미는 그보다 머리 두 개쯤은 더 컸다. 얼핏 봐도 체급의 차이는 말할 것도 없고 애초에 신과 인간의 승부다. 어느 쪽이 위인지는 명명백백, 결과를 볼 필요도 없다.

그러나 우키시마 씨의 얼굴은 차분했다.

"시작 알림을 부탁해. 오카다 씨."

나는 가볍게 고개를 끄덕였다. 구호와 함께 앞으로 손을 내밀며 소리쳤다.

"준비하시고, 시작!"

우선은 우키시마 씨가 발을 내딛었다. 주저 없이 내민

우키시마의 손이 유카마누시노카미의 볼에 부딪혔고 짝, 하는 큰 소리가 울렸다. 한편 유카마누시노카미는 미동도 하지 않았다. 아니, 오히려 앞으로 나왔다. 우키시마 씨도 다시 한 발 내밀었고 유카마누시노카미의 가슴을 이마로 밀었다.

우키시마 씨는 유카마누시노카미의 유카타 허리띠를, 유카마누시노카미는 우키시마의 벨트를 붙잡고, 서로 맞잡는 정면승부 자세를 취했다. 그래도 확실히 승부가 되지 않았다. 곧 우키시마 씨의 양발이 떠올랐다가 그대로 화려하게 날아갔다.

꺄아악, 비명을 지른 건 우키시마 씨가 날아간 자리에 있던 작은 신들이었다. 재빠른 신들은 도망갔지만 때를 놓친 작은 신들은 우키시마 씨의 거대한 몸에 날아가고 말았다. 회라든가 튀김이라든가 온천 료칸의 저녁 식사에 너무나도 잘 어울리는 요리와 크리스마스다운 칠면조나 로스트비프 같은 음식이 공중에서 춤을 췄다. 그것을 본 주위 작은 신들이 일제히 자신의 앞에 놓인 음식을 끌어안았다.

우키시마 씨는 재빨리 일어나서 손에 든 작은 냄비를 던졌다. 료칸에서 자주 보이는 고체연료로 끓이는 1인 냄비다. 유카마누시노카미는 그걸 손으로 뿌리쳤지만 냄비 안에 있던 두부가 날아가 이마에 닿았고 "아뜨!" 하고 작게 비명을 질렀다.

"네 이놈, 먹을 걸 함부로 하지 마라!"

"무슨 말씀을. 당신이 나를 던져서 날아간 요리의 피해가 더 크다고!"

똑같이 소리친 우키시마 씨가 맹렬하게 돌진했다. 그걸 유카마누시노카미가 가슴으로 막아 세우고 다시 벨트를 잡고 들어 올렸다. 오른쪽 작은 신들이 "왼쪽으로! 왼쪽으로!"라고 소리쳤고 왼쪽에 있는 작은 신들이 "오른쪽으로! 오른쪽으로!"라고 소리쳤다. 양쪽 모두를 배려한 것인지 유카마누키노카미는 우키시마 씨의 몸을 휘휘 돌리더니 자신의 등 뒤로 던져버렸다. 그쪽에서 여유롭게 떠들고 있던 작은 신이 안고 있던 반찬과 함께 공중으로 떠올랐다. "먹고 싶은 게 있으면 먼저 먹어둬!"라고 소리치는 목소리가 들리자 이쪽저쪽에서 작은 신들이 요리를 입에 쑤셔 넣었다.

혼란과 열광의 도가니가 된 방 한구석에서 혼자 차가운 얼굴의 오모이카네 씨에게 나는 다가갔다.

"대체 뭘 꾸미고 있는 겁니까?"

오모이카네 씨는 둘의 대전에 눈을 떼지 않고 웃었다.

"꾸미다니요. 저는 오늘 밤 파티가 즐거우면 그걸로 됩니다."

"모처럼 만든 요리를 버리고 전혀 즐겁지도 않은걸요."

"무슨 소리. 식사가 줄어드는 건 딱 좋아. 대개 크리스마스 파티라는 건 케이크가 주역인데 거기에 이르기까지 배가 가득 찬 상태면 안 됩니다."

"어머. 그럼 이 뒤에는?"

"물론 특별히 주문한 거대한 홀 케이크가 마련되어 있습니다. 괜찮으시면 당신도 친구들과 함께 하세요."

아주 좋은 제안이었다. 쇼코는 거대한 것을 좋아하기 때문에 말을 하면 분명 좋아할 것이다. 그러나 우키시마 씨를 희생하면서까지 얻은 오모이카네 씨와의 밀담 시간이다. 케이크 이야기만으로는 물러날 수 없다.

"떠보기로 신과 대적할 수 있다고 생각하지 않습니다. 그래서 솔직히 말씀드립니다만, 당신의 목적은 이쪽이 문통록을 훔쳐내길 바라시는 거 아니십니까?"

진영을 이쪽과 저쪽 두 가지로 나눈다면 오모이카네 씨는 틀림없이 저쪽이다. 그러나 이 자리의 진영은 둘이 아니다. 문통록을 원하는 우리들, 토라져서 말도 하지 않는 이치 씨, 그리고 저 물의 신과 가뭄의 신을 합쳐서 봉인하고자 하는 세 번째 세력이 있다.

이와노오카미는 나를 이용해서 이치 씨를 돗토리사구까지 꼬여내려고 했지만 이 작전에 특별히 나의 동의가 필요한 건 아니었다. 우리가 문통록을 훔쳐낸 후 돗토리사구로 도망을 친다면 이치 씨가 쫓아올 것이고 그렇다면 어차피 결과는 같아진다. 오모이카네 씨가 지금 우리의 목적에 편승하려는 이유도 납득이 간다.

핵심을 찌를 생각이었지만 오모이카네 씨는 입가에 미소를 띄운 채 건성으로 받아넘겼다.

"상상은 자유롭게. 그것보다도 봐 봐. 슬슬 결과가 나온 것 아닙니까?"

그 말에 우키시마 씨에게로 시선을 옮기자 때마침 유카마누시노카미의 강인한 손바닥이 우키시마 씨의 얼굴에 날아드는 참이었다. 우키시마 씨가 바로 뒤에 날아가서 그대로 후두부를 벽에 부딪쳤다. 동시에 울린 화려한 소리에 이때까지 소란스러웠던 작은 신들도 침묵했다. 역시나 인간에게 과한 승부였다고 생각했을 것이다.

쓰러진 채 누워 있던 우키시마 씨에게 유카마누시노카미가 지긋한 목소리로 말했다.

"자, 이제 매듭지어도 괜찮겠지……. 너의 대결, 훌륭했다. 탕치에 좋은 온천을 소개해주지."

다다미에 대자로 뻗은 채 우키시마 씨가 대답했다.

"지금 말, 그쪽의 항복이라고 받아들여도 됩니까?"

"어째서 그렇게 되지?"

"그야 그렇잖습니까."

우키시마 씨의 작아진 목소리는 중간중간 끊어졌다. 그러나 그 핵심에는 여전히 터무니없는 자신감이 들어 있었다.

"이 씨름의 승부는 어느 쪽의 항복으로 정한다는 약속입니다. 그렇다면 당신의 말로 정해진 건 당신의 패배밖에 없습니다."

"연약한 남자여, 더 이상 움직일 수 없는 손발로 무엇이 가능한가?"

"쓰러진 채라도 상관없습니다. 정신을 잃거나 목숨을 잃어도 포기하지 않으면 나는 지지 않습니다. 게다가……."

우키시마 씨의 손이 느릿느릿 움직여 바닥을 눌렀다.

"내 몸은 아직 움직인다."

우키시마 류노스케라는 남자, 여전히 무턱대고 영웅 기

질을 가진 사나이다. 작은 신들이 마른침을 삼키며 지켜보고 있었다.

우키시마 씨가 느릿느릿 비틀거리면서 일어섰다. 뇌진탕을 일으켰는지 그는 발을 제대로 딛지 못하며 벽에 등을 기댔다. 그에 비해 유카마누시노카미는 곤란한 모습으로 머리를 긁고 다다미 위에 책상 다리를 하고 앉았다.

"알았어, 알았어. 일단 앉아."

"못 합니다. 지금 앉으면 다시 설 수 없을지도 모릅니다."

"항복해줄게. 그러니까 앉아."

그 말에 우키시마 씨는 벽을 타고 미끄러지듯 앉았다.

"그럼 문통록은?"

"그건 아직 정해지지 않았어."

"뭡니까? 이야기가 틀리잖아."

"네가 이기면 준다고는 말 안 했어. 그렇지만 이야기는 들어줄게."

신이 인상 좋은 할아버지의 웃음을 띄웠다.

"도대체 왜 목숨을 걸 정도로 그 책을 원하는 건가?"

우키시마 씨의 쪽도 흠, 하고 표정이 풀어졌다.

"거기에 나의 꿈이 있기 때문입니다. 시카마자쿠라라는 이름의……."

그는 어지러운지 이마를 눌렀다. 뒤를 이어 오모이카네 씨가 설명했다.

"시카마자쿠라는 이미 사라진 벚나무입니다. 여섯 장의 하얀 꽃잎을 가진 벚나무로 문통록에 그 말린 꽃이 남겨져 있습니다. 아마 현존하는 건 그것 하나뿐일 겁니다."

역시 지식의 신, 뭐든 잘 알고 있다. 이야기를 들은 유카마누시노카미가 가볍게 끄덕이고 우키시마 씨에게 물었다.

"그 말린 꽃을 손에 넣어서 어쩔 생각이지?"

"키워서 늘릴 겁니다. 내 고향의 산에 꽉 찰 때까지."

"가능한가?"

"가능하지 않을 이유가 없지."

우키시마 씨의 이 주장, 나도 믿기가 어려웠다. 과학 분야는 잘 모르기도 하고, 말린 꽃으로 나무를 진짜 되살릴 수 있을지 상상이 가지 않았다.

그래도 우키시마 씨에게 그 말린 꽃을 맡겨도 좋다고 생각했다. 모든 것이 헛수고로 끝나더라도 문통록 페이지가 떨어져 없어져도 좇을 가치가 있는 꿈이다.

왜냐하면 시카마자쿠라는 천 년 전 우리가 함께 꽃을 보러 가기로 약속한 벚나무였기 때문이다.

• • •

바보 같은 전쟁 이야기

약 육백 년 전, 여자는 도성에 사는 전당포의 딸이었고 남자는 사쓰마국(가고시마현의 옛 행정구역-역주)의 출세하지 못한 최하급 무사였다.

여자에게는 윤회의 기억이 없다. 정확하게는 태어난 직후에는 모든 것을 기억하고 있었지만 어린 시절 기억을 잃었다. 사쓰마국의 영주가 도성을 방문하고 남자도 짐꾼으로 동행하던 중 마주쳤던 것이다.

'아아, 이 사람이다.'

그렇게 깨달은 순간 여자의 기억은 옅어져 갔고 곧이어 모든 것을 잊었다. 그 뒤로는 그저 전당포의 딸로 자랐고 젊은 시절 죽음을 맞이했다. 여자의 죽음에는 당시 시대의 사정이 깊이 관련되어 있다.

어느 날 무로마치막부(1336년부터 1573년까지 일본을 통치했던 무가정권-역주)의 6대 장군이 가신의 배신에 의해 도성에서 죽임을 당했다. 폭군이었던 장군은 사람들에게 두려움을 샀는데 과한 그의 독재가 죽음의 원인이었다.

살해를 모의했던 자는 아카마쓰 미쓰스케라는 남자였다. 아카마쓰 씨는 하리마 일대의 수호영주(수호라는 관직을 받아 지키는 역할을 수행함으로써 봉건영주가 된 사람-역주)였지만 6대 장군에 의해서 힘을 잃었다. 게다가 다음 숙청대상으로 거론되었다는 소문이 나자 "이렇게 된 이상 죽으려면 다 같이!"라는 마음으로 반기를 휘둘렀던 것이 대략적인 흐름이다.

도성에서 장군을 죽인 아카마쓰 미쓰스케는 곧 막부의 군이 밀려 들어와 자신의 목을 벨 것이라 생각하고 있었다. 그러나 의외로 주위는 조용했고 걱정 없이 태평하게 하리마까지 도망쳐 돌아갈 수 있었다.

막부 측의 움직임이 늦은 데에는 이유가 있었다. 장군이 살해되었다는 아주 중대한 일이 일어났기에 반드시 아카마쓰 편에 선 반역자가 있을 것이라고 생각했다. 그러니 그 반역자를 잡아내기 위해 혈안이 되어 안간힘을 쓰며 찾으려 했지만 반역자는 어디에도 없었다. 없는 반역자를 찾고 있었으니 시간만 헛되게 보낸 꼴이 되었다.

덧붙여 죽임을 당한 6대 장군의 독재가 너무 지나쳤

다는 점도 한몫을 했다. 장군은 너무나도 많은 결정권을 혼자서 독차지하고 있던 탓에 죽은 뒤 군을 나서서 지휘할 수 있던 자가 없었다.
이러한 이유로 아카마쓰 토벌은 늦어지고 늦어졌다. 위가 어수선하면 아래에 있는 자들의 사기도 오르지 않는 법. 군인들은 긴 시간 도성에서의 기다림에 초조해졌고 "전쟁을 위한 징수다."라는 변명을 대며 상가나 전당포의 창고를 덮쳤다. 그리고 안타깝게도 여자의 집도 그 표적이 되었다.
이유도 없이 지나가는 사람을 베어대는 무사가 날뛰는 시대였다. 어느 날 밤 집 창고에서 물건을 가지고 나가는 길에 여자는 무참히 살해되고 말았다.

여자는 전당포 딸로서는 죽음을 맞이했지만 곧이어 다음 모습으로 환생하여 동시에 윤회의 기억을 되찾았다. 그러나 여자는 사람이 아니었다. 한 마리의 비둘기가 되었다.
작은 새의 몸으로는 여러 가지 불편함이 있었다. 먹는 것도 신체를 움직이는 방법도, 새겨진 본능도 이제까지와는 달랐다. 그러나 인간에게는 없는 가벼움을 갖고 있었다.

'사쓰마국까지 날아가 볼까?'

여자는 그렇게 생각했다. 남자가 아직 그곳에 있을지도 모르기 때문이었다. 그러나 안타깝게도 비둘기는 철새가 아니었다. 일 년 내내 같은 지역에서 사는 텃새였고 긴 비행에는 맞지 않았다.

하는 수 없이 여자는 가까운 곳으로 타협했다. 헤이안 시대에 살았다가 죽은 하리마 지역을 목표로 하였다. 그리고 여자는 한 그루의 벚나무에 자리를 잡았다. 일찍이 남자와 꽃구경을 약속했지만 이뤄지지 않았던 그 벚나무였다. 이상하게도 그 전까지의 전생에서는 생애에서 반드시 한 번 다시 태어난 남자와 재회했었다. 물의 신은 확실히 "천 년이든 만 년이든 두 사람 모두 생을 반복하고 몇 번이고 인연이 닿게 하는 게 좋겠어."라고 말했기 때문에 어쩌면 남자와 만나는 것도 이 몸에 새겨진 규칙 중 하나일지도 모른다. 그렇다면 벚나무에서 남자를 기다리면 꽃구경을 하자는 약속을 이룰 수 있을지 모른다고 생각했다.

그러기를 두 번, 여자는 혼자 벚꽃을 봤다. 그때마다 기쁘면서도 쓸쓸했다. 올 거면 빨리 오지, 아직 모습을 보이지 않는 그 사람에게 마음속으로 불평을 중얼거렸다. 그러나 세 번째 봄은 상황이 달랐다. 사람들이 한 덩어리가 되어 나무들을 쓰러뜨렸다. 이유는 성의 증축을 위한 재료 수집.

비둘기가 된 여자가 사는 벚나무에서 얼마 떨어지지 않은 근처에 아가성이라는 이름의 성이었다. 원래 아가성은 오래된 절에 수호 영주의 거처를 두었을 뿐인 성답지 않은 성이었다. 그런데 어느 날 증축을 위한 토목 공사가 시작된 것이다.

이 공사의 배경에는 앞서 언급한 6대 장군 살해가 있다. 역모를 이유로 수호영주였던 아카마쓰가 힘을 잃고 하리마의 세력 구도가 완전히 변하였다. 그 흐름에서 전력을 재고하기로 하였고 그 희생양이 아가성이었다.

'인간의 생은 전쟁뿐이구나.'

뭐 그런 거, 아무래도 상관없지만 벚나무가 잘리는 건 곤란했다. 왜냐하면 아직 꽃구경을 하자는 약속을 이루지 못했기 때문이다. 그러나 무력한 비둘기에게 그들을 멈추게 할 방법은 없었다.

쓰러져가는 벚나무를 여자는 근처에서 바라보고 있

었다. 나무통에 도끼가 들어왔고, 나무는 삐걱대는 소리를 내며 기울어졌고 이윽고 완전히 쓰러졌다. 오랜만에 분노를 느꼈다.
주위에는 부러진 작은 가지가 흩어져 있었고 안에는 아직 꽃이 붙어 있는 것도 있었다. 여자는 그중 한 나뭇가지를 물고 높이 하늘로 날아올랐다. 이제 갈 수 있는 곳까지 가 보자고 여자는 결심했다.

어느 날 남자는 한 마리의 비둘기 사체를 발견했다. 그 새가 어디에서 온 것인지 남자는 알지 못했다. 어떤 이유에서 어디를 목적지로 했는지 알 방법이 없다. 그러나 남자도 이 새가 가혹한 여행길에 올랐다가 죽음을 맞이했다는 사실은 알 수 있었다. 바닥에 떨어진 비둘기는 여기저기 상처를 입고 날개가 빠져 있었다. 한쪽 날개에는 큰 구멍이 나 있어서 구멍 사이로 땅이 보였다. 그럼에도 날아오르려는 듯 양 날개를 펼치고 있었다.
비둘기는 입에 벚나무의 작은 가지를 물고 있었다. 꽃잎은 거의 다 떨어져 있었지만 한 송이의 꽃만은 예쁘게 남아 있었다.

"이것이 소중했나 보구나."

그렇게 말을 건네어봐도 비둘기는 고요할 뿐이었다. 남자는 비둘기의 입에서 가지를 꺼냈다. 그리고 가지는 비둘기와 함께 땅에 묻고 꽃은 말려서 자신이 가졌다.

• • •

시카마자쿠라를 베어 증축한 아가성은 해군의 요처로 융성했지만 이윽고 찾아온 센코쿠 시대(일본의 연호, 15세기 중반부터 16세기 말-역주)에 어이없이 불타버렸다. 이미 없어진 것을 계속 생각해봤자 아무런 소용이 없지만 그래도 아쉬운 건 아쉬운 거다.

내가 멍하니 먼 과거를 떠올리는 사이에도 우키시마 씨와 유카마누시노카미의 이야기가 계속되고 있었다.

"괜찮지 않습니까, 책 한 권 정도는."

"아니, 그건 이치 님의 것이다. 기노사키에 초대한 몸으로 내놓으라고 부탁할 수는 없지 않겠냐."

"그렇지만 그건 도난품입니다."

"신이 행한 것에 인간 세상의 규범 같은 게 관계가 있을 리가 있냐."

전혀 진전이 없는 이야기지만 시간을 벌기에는 충분할 것이다. 우키시마 씨에게는 아무쪼록 이대로 입씨름을 계속해주길 바랐다.

내가 그렇게 생각했을 때 문득 방문을 누군가 두들겼다. 이어서 들려온 건 어린 듯한 여자의 목소리였다.

"실례합니다. 연락을 받은 대로 수상한 자를 발견해서 잡아 왔습니다."

오모이카네 씨가 대답했다.

"수고했습니다. 들어오세요."

문이 열리고 가장 먼저 보인 건 왼쪽 눈에 눈물점이 있는 여성이었다. 아직 스무 살 내외로 보이는 앳된 얼굴이었다.

그녀의 뒤에는 밧줄로 꽁꽁 묶인 와야 씨와 그 밧줄을 잡은 작은 체구의 남자가 있었다. 이걸로 우리 쪽의 계획은 무너졌지만 사실 와야 씨가 잡힌 것이 그다지 의외는 아니었다. 그런데도 내가 조금 놀란 건 와야 씨를 붙잡고 있는 남자가 초면이 아니었기 때문이다.

"당신은……."

말을 꺼냈지만 이어나갈 수가 없었다. 나는 그의 이름도 알지 못했다. 그는 긴세다이 산장에서 만난 흰 턱시도였다. 그의 지금 모습은 머리부터 발끝까지 완전히 검은 일본 전통 의상을 입은 채였다. 놀란 건 저쪽도 마찬가지였다.

"안 씨! 정말 있다!"

소리치는 그의 목소리는 마치 쓰치노코(일본에 서식한다고 전해지는 미확인 생물체로 망치를 닮은 통통한 뱀-역주)라도 발견한 것 같았다.

나도 뭔가 대답을 해야 했지만 그 전에 오모이카네 씨가 이야기를 이어갔다.

"어라, 수상한 자는 이 분뿐입니까? 문통록 절도의 주범은 여성일 텐데."

이 말에 대답하는 사람은 눈물점의 여성이었다.

"그쪽은 저희 어머니가 쫓고 있습니다."

"그렇군요. 꽤나 힘든 상대인 듯하네요."

"네. 마치 괴물과 결투를 벌인 느낌이었습니다."

노지 씨가 노래하고 우키시마 씨가 스모를 하는 사이에 쇼코는 쇼코대로 혼잡스러운 상황에 휘말린 듯했다. 자세한 내막은 모르지만 조금 전 내가 기세등등하게 말했던 추측은 아무래도 완전히 잘못 짚은 듯하다. 오모이카네 씨가 시간을 버는 전략에 편승하는 것처럼 보여 문통록을 훔쳐주기 바랐을지도 모른다고 생각했지만 그는 단순히 이 방 밖의 전력에 자신이 있을 뿐이었다.

우키시마 씨가 보기 드물게 당황한 목소리를 냈다.

"잠깐만, 상황을 정리해줘. 아가씨는 누구야?"

"모르는 사람에겐 이름을 밝히고 싶지 않습니다."

냉담하게 대답하는 눈물점 여성의 뒤에서 잡힌 와야 씨가 소리쳤다.

"이 사람이 쓰지 도보입니다!"

쓰지 도보, 들은 적이 있다. 긴세다이 산장에서 문통록을 가지고 도망친 여성의 이름이다. 우키시마 씨도 놀란 얼굴로 소리쳤다.

"그럼 다른 한 사람은? 그쪽도 확실히 긴세다이 산장에서 봤는데."

이야기의 화살을 받은 구 흰 턱시도, 현 검은 일본 의상의 남자가 기쁜 듯 큰 목소리로 말했다.

"저는 고즈카 다케히코라고 합니다. 안 씨, 오랜만입니다!"

갑작스러운 지명에 상황에 맞지 않는 인사를 받은 나는 하는 수 없이 억지웃음으로 대답했다.

"네. 오랜만입니다. 오늘 밤 어떻게 기노사키에?"

"스승님이 불러서 왔습니다. 그 사람은 희대의 귀차니즘이라 대신 부적을 그리라고 하셔서요."

"스승님이요?"

"저의 스승님입니다. 교토에서 점을 배우고 있습니다!"

듣고 보니 고즈카의 옷차림, 확실히 점술가처럼 보였다. 그렇게 이해하는 동시에 문득 떠올랐다. 혹시 이 고즈카라는 이 남자, 우리가 긴세다이 산장으로 가던 중 먼저 말을 걸어 운명의 상대와 재회한다는 빗나간 예언을 남긴 점술가인가? 본론과는 상관없겠지만 왠지 신경이 쓰여서 나는 확인했다.

"혹시 저희가 예전에도 만난 적 있습니까?"

"네, 물론입니다. 카레 집에서 자주!"

역시, 고즈카 씨는 고쓰조 카레 손님이었던 것인가. 아니지. 논점은 거기가 아니다.

"긴세다이 산장에서 마주친 날, 그 전에 추운 밤거리에서 만난 점술가가 당신 아니었나요?"

추리라고 부르기도 민망한 그저 직감이었지만 나는 명탐정이 된 기분으로 그렇게 물었다.

"에에!"

고즈카 씨는 몸을 뒤로 젖히면서 놀라더니 말을 이어

갔다.

"설마, 지금까지 알아차리지 못하셨던 겁니까?"

상상과는 다른 반응이었지만 이렇게 질책하듯 대답하면 곤란하다. 평소에 사람 얼굴 같은 건 주의 깊게 보지 않거니와 점술가는 얼굴을 검은 마스크로 가리고 있었다.

"혹시 운명의 상대와 재회한다는 말의 의미는……?"

"물론 저를 말한 겁니다. 그 예언으로 저를 의식해주고 그 뒤에 꽃다발을 내밀어서 고백하려는 주도면밀하면서 동시에 로맨틱한 작전이었습니다만."

고쓰조 카레는 대기 손님이 항상 있는 회전이 빠른 가게다. 홀에 있는 나는 접시를 들었다가 내렸다 할 뿐 손님에게 신경을 쓸 시간이 없다. 물론 고즈카 씨도 기억에 없다. 그러므로 어떤 예언을 받았다고 해도 얼굴을 떠올릴 수 있을 리도 없다. 이러한 속마음을 꺼내놓기 미안하니 사과로 대신했다.

"전혀 눈치채지 못했습니다. 둔해서 죄송합니다."

"아니요, 이쪽이야말로 까다로운 일을 벌여서 죄송합니다."

정말이지 그러했다. 이 남자의 엉뚱한 작전 탓에 쇼코가 나의 연애사에 묘하게 흥미를 갖게 해선 안 된단 말이다. 잡힌 와야 씨가 우리의 여담에 어이없다는 듯 소리쳤다.

“이 상황에서 화기애애하게 잡담이나 하다뇨! 내가 잡혔고 모리하시 씨까지 큰 곤란에 빠졌단 말입니다!”

그 말에 나는 놀랐다.

“쇼코가 곤란에 빠졌습니까?”

“당연하죠!”

“지금까지 저는 그녀가 궁지에 몰린 상황을 본 적이 없습니다만.”

예외는 단 하나, 무모하게도 창문에서 뛰어내린 노지 씨를 구하려고 했을 때 정도다.

그래도 와야 씨는 필사적으로 소리쳤다.

“상대가 너무 강합니다! 그 여자, 사람이 아니야. 신인지 귀신인지 하는 종류라고요.”

거기에 쓰지 씨가 “아니요, 저의 어머니는 사람입니다만.” 하고 작은 소리로 중얼거렸다.

아무튼 쇼코가 곤란하다면 구하러 가야 한다. 그러나 문제는 다음을 기대하는 신들이다. 오모이카네 씨가 깡, 하고 담뱃갑에 담뱃대를 부딪쳐서 주목시켰다.

“자, 여흥을 이어가 보죠. 아직 내놓을 게 남아 있을까요?"

그는 태평한 소리를 하고 있었다. 나는 오모이카네 씨를 노려보며 말했다.

"아니요. 우리는 여기서 퇴장하도록 하겠습니다."

"안 됩니다. 제가 기획한 이 크리스마스 파티에 중도하차는 허락할 수 없습니다. 애당초 당신은 버릇이 없는 사람이잖아요? 신의 은혜를 기원하는 건 가장일 뿐, 뒤에서는 자신들이 문통록을 훔쳐내려고 했으니까."

"다 알고 있으면서 모르는 척 한 겁니까?"

"물론 신은 많은 것을 알고 있습니다. 그러나 예법은 예법. 이미 시작한 봉납이라면 마지막까지 끝내세요. 사력을 다해서 여흥을 보이고 신의 은총에 매달리는 겁니다."

"그쪽에서는 문통록을 넘겨줄 생각도 없으면서?"

"모르죠. 당신이 내놓는 것이 멋지다면 변심할 수도 있죠."

오모이카네 씨는 무슨 꿍꿍이일까. 우리를 어떻게 이용할 생각인가. 노리고 있는 것이 무엇인지 여전히 모르겠다. 그러나 그의 이 방법, 분명 그도 시간을 벌었으면 하는 것이 틀림없다.

"도움도 되지 않는 이 연회로 시간을 버리고 당신은 무엇을 얻으려는 겁니까?"

내 질문에 오모이카네 씨가 씩 웃었다.

"상상은 자유롭게. 그러나 아무리 당신이라도 신의 말을 거역하지 못하겠죠?"

확실히 극단적으로 신의 기분을 상하게 하는 건 피하고 싶다. 만약 쇼코가 잡혔대도 그 뒤에 판정을 내리는 쪽은 신들이다. 그렇다면 아첨할 필요가 있다. 초라한 동전 마술로 비웃음을 사더라도 하라면 해야 한다.

"물론 신의 분부대로."

나는 테이블을 대신할 것을 찾았고, 우키시마 씨와 유카마누시노카미의 대결의 여파로 뒤집힌 상을 주워 올렸다. 그러나 그때 쓰지 씨가 소리쳤다.

"잠깐만요. 혹시 여흥을 보이면 문통록을 받을 수 있습니까?"

그녀는 우리들의 대화에서 이야기의 흐름을 알아차렸다. 오모이카네 씨가 대답했다.

"반드시, 라고 약속할 수 없지만 기회는 있습니다."

"그거 저도 해도 될까요?"

"그럼요. 환영입니다."

쓰지 씨는 "됐다." 하고 작게 말하고 준비가 필요하다는 말을 남기고 통통거리며 뛰어갔다. 또다시 생각지 못한 방향으로 이야기가 빠져버렸다.

"그녀의 공연 중에 저는 자리를 떠나도 괜찮은 거죠?"

일단은 그렇게 물어봤지만 오모이카네 씨는 "안 됩니다." 하고 단번에 고개를 저었다.

아무래도 쓰지 씨의 공연은 석화인 듯했다. 석화란 즉석에서 손님의 주문을 받아서 즉흥적으로 그림을 그리는 걸 말한다. 내 기억으로는 맹장지나 병풍에 수묵화를 넣어달라는 주문이 대부분이지만 숙소의 허가도 받지 않고 그 주변에 붓을 휘갈길 수 없는 노릇이다. 쓰지 씨는 다다미 위에서 일본 종이(일본 고유의 제지기술로 만들어낸 종이-역주)를 펼쳐 신들을 바라봤다.

"그럼 무엇이든 분부만 내리십시오."

오모이카네 씨가 담배를 내뿜으면서 이치 씨에게 시선을 옮겼다.

"파티의 주빈은 당신입니다. 무언가 원하시는 그림이 있으십니까?"

홀짝홀짝 술을 마시고 있던 이치 씨가 오랜만에 입을 열었다.

"흥미 없어. 맘대로 해."

"그럼 당신의 초상화라도 그려도 되겠습니까?"

"그만둬라. 끌어들이지 마."

"괜찮지 않습니까, 신이란 그림이 될 만한 존재입니다. 그래도 원하지 않는다면 주제 하나 정도는 내주시죠."

이치 씨는 번득이는 눈으로 오모이카네 씨를 노려보았지만 의외로 순순히 대답했다.

"그럼 그릴 수 없는 그림을 그려라."

어쩐지 난센스 같은 주제이다.

여기에 쓰지 씨는 얼마 동안 고심하는 얼굴을 하다가 곧이어 붓을 손에 쥐었다.

"그럼."

그녀는 주저 없이 종이 위에 붓을 휘갈기기 시작했다. 힘차게 움직이다가 멈췄다가, 그리던 그림을 구겨서 버렸다. 그리고 다시 종이를 펼치고, 그리고, 버리고, 그리고, 버리고, 좀처럼 더 나아가지 못했다.

시타테라히메가 알아차렸다는 목소리로 속삭였다.

"그릴 수 없는 그림이기 때문에 완성하지 않는다는 건가?"

작은 신들 사이에서 "아아." 하는 탄성이 흘러나왔다.

그러나 아마 그런 의미의 그림은 아닐 것이다. 그저 그림의 성과가 마음에 들지 않을 뿐.

그리던 그림을 보면서 그녀의 생각을 알아차렸다. 나의 상상대로라면 그녀는 좀처럼 방심할 수 없는 사람이다. 이윽고 쓰지 씨가 후우, 숨을 뱉으며 붓을 내려놓았다.

"그렸습니다."

그녀는 일본 종이를 들어 올렸다. 와야 씨가 중얼거렸다.

"저건 〈정토의 벚꽃〉."

쓰지 씨가 그린 건 한 그루의 벚나무와 산의 풍경이었다. 구도와 필치, 색의 사용법도 문통록의 그림과 아주 비슷했고 한눈에 모방작이라는 걸 알 수 있었다.

신들의 머리 위에 물음표가 떠올랐고 대표로 유카마누시노카미가 물었다.

"대체 어디가 그릴 수 없는 그림인 거지?"

쓰지 씨는 자신의 의도대로 되었다는 듯 빙그레 웃으면 당당하게 가슴을 폈다.

"글쎄요. 제가 판단할 수 없습니다."

"무슨 말이야?"

"이건 문통록에 실린 그림의 모방작입니다. 그러나 똑같이 그렸는지, 아니면 전혀 비슷하지 않은지, 저도 판단할 수 없습니다. 그러니까 '그릴 수 없는 그림'의 판정을 위해 문통록의 진짜와 비교해보면 어떻겠습니까? 그래서 전혀 다르다고 하면 이건 역시나 '그릴 수 없는 그림'입니다."

즉, 쓰지 씨의 목적은 문통록에 실린 한 장의 그림을 다시 관람하는 것이다. 하지만 신들에게 그림을 봉납한다고 해서 자신의 목적이 이뤄질지는 확실하지 않다. 그래서 계책을 세워 그림의 판정 자체에 문통록을 끼워 넣었다. 그걸로 결과에 상관없이 그녀는 목적을 이룰 수 있게 된다. 수법을 파악하기는 했지만 이해할 수 없는 상황이기도 했다.

"당신은 이미 한 번 문통록을 손에 넣었지 않습니까?"

내가 묻자 그녀는 작지만 강한 어조로 대답했다.

"나는 〈정토의 벚꽃〉의 파랑을 원합니다. 그 절대적 파랑을. 거기에 성분을 조사해봤지만 새로운 발견은 없었습니다. 몇 번이고 염료를 만들어도 어떻게 그려봐도 도저히 슌세키의 파랑은 되지 않았어요."

"그래서 한 번 더 보고 싶다는 말씀이십니까?"

"한 번 더, 몇 번이든. 저는 그 파랑이 보고 싶어요."

"하지만 같은 파랑이 될 수 없는 건 당연합니다." 나는 한숨 섞인 대답을 내놓았다. "저 그림은 이백 년이나 더 전에 그려진 것입니다. 프러시안 블루는 노화에 강한 염료가 아닐뿐더러 변색이 되지 않는 염료도 아닙니다. 완전히 같은 염료를 사용한다고 해도 지금 그린 것과 이백 년 전에 그린 것이 같은 색을 낼 수는 없습니다."

미대에서 우키요에를 배운 쓰지 씨에게 있어서 나의 건방진 설교는 부처에게 설법을 가르치는 것과도 같은 의미일지도 모른다. 그녀는 아무렇지 않게 고개를 끄덕였다.

"알고 있습니다. 색은 변하고 재료도 다르죠. 같은 화구를 쓰더라도 쓰는 종이가 다르면 같은 색은 될 수 없습니다. 그러나 저와 슌세키 사이에 있는 건 그 정도의 차이뿐일까요?"

"그 말씀은?"

"더 근본적으로 다르다고 생각해요. 기술이라든가, 그림에 대한 이해가 근본적으로. 그저 파랑을 칠한다, 그것만으로 나는 슌세키에게 압도적인 재능의 차이를 느꼈습니다."

쓰지 씨는 오히려 기쁜 듯 거침없이 말했다.

오해다.

"제가 보기에 당신의 그림은 충분히 훌륭합니다. 그걸

로 괜찮지 않습니까?"

"아니요. 저는 아직 훌륭하지 않습니다. 제가 원하는 건 그저 슌세키의 파랑입니다."

"그렇다면 문통록을 봐도 소용이 없어요."

내 말에 쓰지 씨의 입에서 "네?" 하는 작은 목소리가 흘러나왔다.

"왜죠?"

처음부터 틀렸다.

왜냐하면.

"저 파랑을 칠한 건 슌세키가 아닙니다."

• • •

슌세키의 파랑 이야기

약 이백 년 전 여자는 미토(이바라키현 중부에 있는 지역-역주) 지역 상가의 약삭빠른 고용인(에도 시대 상인은 막대한 부를 축적하며 경제적 주도권을 가진 계층이었고, 그 밑에 하수인으로 고용된 인부들을 고용인이라 불렀다-역주)이었고 남자는 사형을 명받은 우키요에 화가였다.

남자의 죄목은 밀수였다. 이 시기 일본에서는 쇄국정

책을 펼치고 있었는데 이에 더해 영국의 군함이 나가사키의 항구에 침입해서 식량을 뺏는 사건이 일어났다. 이후 막부에서는 다른 나라와의 거래는 필요하지 않다는 목소리가 높아졌고, 서민들 사이에서 자질구레하게 이어왔던 밀수도 단속이 강화되었다.

남자는 완전히 무명은 아니었지만 그렇다고 유명하다고도 할 수 없는 어중간한 평판의 우키요에 화가였다. 수년 전, 스승과 싸워 헤어지고 그 길로 일이 점점 끊기기 시작했고 생활도 궁핍해졌다. 한편 같은 시기 바다 건너에서는 우키요에의 평가가 높아져만 갔다. 이에 남자는 미토의 어부를 고용하여 그림을 팔아치웠다는 이야기다.

남자는 자신의 죄를 인정했다. 부교(명을 받들어 행하는 사람-역주)의 앞에서 "만사, 말씀하신 그대로입니다." 하고 대답한 이후 입을 열지 않았다. 그대로 사형이 집행되어도 조용히 엎드려 있을 뿐이었다. 그러나 그 죄는 원죄였다. 남자는 목이 잘려 죽었다.

밀수에 가담한 쪽은 여자였다. 주범은 미토의 상인이었다. 강인한 언동과 야무진 지성을 가진 여자를 상인은 마음에 들어했고 고용된 그녀는 밀수 범죄의 한 몫을 담당하게 되었다.

그녀는 어선을 타고 바다로 나가 이국의 배를 상대로 물품을 교환했다. 교환 물품은 대부분이 식료품이었지만 칼이나 기모노, 일본화도 인기가 있었다. 그렇게 해서 손에 넣은 외래품은 날개 돋친 듯 팔렸고 상인의 호주머니를 두둑하게 했다.

기회를 포착하는 데 매우 재빠른 여자는 이 일로 돈을 버는 일도 슬슬 한계에 다다랐음을 알아차렸다. 고용된 어부들이 직접 이국의 배와 거래를 시작했기 때문이다. 식료품을 구하는 이국의 배는 그들의 물고기를 주로 샀다. 그러나 시스템도 제대로 알지 못한 채 눈대중으로 대충 흉내내서 시작한 어부들의 밀수는 얼마 못 가 드러나게 된다. 그렇게 되면 줄줄이 엮여 이쪽의 죄도 폭로될 것이 뻔했다. 그렇다면 이국의 배와의 연결을 완전히 끊어내고 하루빨리 흔적을 지워서 뜨는 수밖에 없다.

여자는 그렇게 판단했지만 주인 상인은 달랐다. 교활한 머리를 이리저리 굴려대며 불로소득인 밀수를 그만두지 못했다.

이런 일은 물러날 때가 가장 중요하다, 그렇게 알고 있던 여자는 하루빨리 주인과 관계를 잘라내야겠다고 생각했다. 주인인 상인은 탐욕스러웠고 여자를 이용할 만큼 이용했지만 제대로 된 몫도 챙겨주지 않았다. 그러므로 굳이 이어갈 끈끈한 의리도 없었다.

얼마 안 가 기회가 찾아왔다. 반토(상가의 고용인 우두머리, 상점의 지배인-역주)가 에도에 볼일이 생겼고 여자도 동행에 나서게 된 것이다.

'완벽히 숨어버리자.'

여자는 그렇게 생각했다.

짐을 안고 열심히 걸어서 미토 거리를 나아가 에도에 도착한 뒤 가장 먼저 향한 곳은 니혼바시(지역 이름-역주)였다. 여자는 거래와 거래 사이에 기분 전환 삼아 에조시(사건을 그림으로 그려 인쇄한 에도 시대의 책- 역주) 가게에 들어갔다. 그리고 남자가 그린 우키요에와 만났다.

이건 특별한 그림이다. 한눈에 알아봤다. 빗속에서 우산을 쓴 여자의 그림, 미인화지만 우산으로 얼굴을 가리고 있는 구도가 특이했다. 더불어 육필화 같았다. 서민을 위한 에조시 가게에는 많은 양의 그림을 팔기 위해 가격을 낮춘 판화만 주로 있는데도 말이다. 이 화가는 상당히 비뚤어진 사람일 것이다.

그래도 무엇보다 특별한 점은 이 그림에 사용된 선명한 색감이다. 우산이나 기모노에 사용된 파랑이 뛰어나게 좋았다. 여자는 그것이 베를린 블루, 즉 프러시안 블루라고 불리는 외래 안료라는 걸 알고 있었다. 이전부터 종종 밀수품 리스트에 그 염료가 추가된 적이 있었기 때문이다.

여자는 곧 확신했다.

'그 사람의 그림이다.'

직감의 이유는 여자도 알지 못했다. 그러나 팔백 년이나 봐온 그였다. 그를 알아보는 감각은 무엇보다도 예민하게 발달해 있었다. 저쪽이 그 어떤 모습으로 나타나더라도 작은 습관, 발소리, 헛기침, 아주 사소한 것으로도 그 사람임을 알아차릴 수 있었다.

'이 그림을 그린 사람은 그 사람이야.'

틀림없는 사실이었다. 우키요에 작품에는 슌세키라는 이름이 들어 있었다. 여자는 점주에게 물었다.

"슌세키 씨를 알고 계시나요?"

노인인 점주는 헛기침 같은 목소리로 중얼거리듯 대답했다.

"그 사람 괴짜야. 그림은 마음에 드는데 한 점밖에 팔지 않아."

"왜 판화를 만들지 않아요?"

"파랑이 없대."

"파랑이요?"

"어떤 선생이든 파랑에는 달개비나 대청을 쓰는걸. 그런데도 슌세키는 외국의 파랑이 없어서 그릴 수 없다고 하니까 속을 모르겠어."

그렇다면 확실히 같은 그림을 몇 장이고 찍어내는 건 어려운 일이다. 적은 염료에 맞춰서 육필화만 그리는 이유도 납득이 간다.

"그럼 그렇게 많이 그리지는 않겠군요."

"그릴지 안 그릴지는 파랑에 달렸지. 그런데 지금 세상이 이국의 배를 보면 물리쳐야 하는 세상이잖아. 저쪽의 안료 같은 거 굳이 가질 필요가 없다는 말이지."

그렇군. 밀수 단속이 강화되면서 생각지도 못하게 작업에 여파를 받게 된 것이다. 여자는 다시 슌세키의 미인도를 바라봤다.

"이 그림, 주세요."

"계속 남아 있던 건데. 그거 고맙소."

"그런데 슌세키 씨는 어디 있나요?"

여자는 그렇게 물었다.

'이 사람은 지금 슌세키라는 이름으로 그림을 그리고 있어.'

그 사실을 알게 되자 여자는 윤회의 기억을 잃어갔다. 긴 역사가 몸에 새겨져 다시 태어난 남자의 정체를 알아버리면 여자는 그를 사랑하지 않을 수 없기 때문이다.

윤회의 기억을 잃은 여자는 여전히 지적인 사람이었다. 그러나 전과 같은 비범함과 총명함은 잃었다. 그녀는 자신의 안전보다 만난 적도 없는 우키요에 화가가 더 신경 쓰였다. 윤회의 기억과 함께 남자에 대한 사랑도 잊었지만 그래도 왜인지 슌세키라는 화가에게 안료를 보내야 할 것 같다는 생각이 맴돌았다.

그래서 여자는 미토로 돌아오자마자 바다로 나가 이국의 배와 만났다. 그렇게 손에 넣은 프러시안 블루와 함께 다시 에도로 향했다.

남자와 여자는 결국 말 한마디를 섞지 못했다. 어느 저녁 무렵 남자가 살던 공동주택에서 노크 소리가 들려 밖을 나와 보니 프러시안 블루가 들어 있는 항아리가 놓여 있었다. 그리고 남자는 도로를 향해 걸어가는 여자의 뒷모습을 발견했다.

'아아, 대단히 아름답겠지.'

남자도 역시나 그 몸에 새겨진 저주와 같은 사랑을 간직하고 있었다. 그리하여 뒤돌아 걷는 그녀의 뒷모습만으로 여자를 사랑하게 되었고 곧이어 팔백 년만큼의 기억을 되찾았다. 모든 것을 기억해내고 남자는 한 점의 그림을 그렸다.

후에 〈정토의 벚꽃〉이라고 불리는 그 그림은 팔백 년 전 헤이안 시대에 여자와 꽃놀이를 약속했던 벚꽃이 핀 풍경을 그린 것이었다.

슌세키의 손에서 〈정토의 벚꽃〉은 미완성으로 그쳤다. 왜냐하면 기억 속 풍경을 먹으로 그린 뒤 드디어 여자가 남기고 간 프러시안 블루의 순서구나 하는 순간 밖이 소란스러워졌다. 이 프러시안 블루의 출처가 수상하다는 사실을 남자도 알고 있었다. 그래서 남자는 순간 그리던 그림을 감췄다.

곧이어 문이 열리고 몇 명의 남자들이 밀려 들어왔다. 남자가 다른 나라와 거래를 행하고 있다는 밀고가 있어 관청이 움직인 것이었다. 남자는 자신에게 벌어진 일을 대략 눈치채고 있었다.

'여자가 밉보였나 보군.'

그녀에게서 프러시안 블루를 받고 바로 잡혔기 때문에 그렇게 생각하는 것이 당연했다. 이국의 배와 밀통은 중죄였다. 그러나 자신이 살기 위해 자초지종을 이야기하면 여자가 위험에 빠지게 된다.

'이걸로 이번 생이 끝난다고 해도 그녀가 온전하게 살아갈 수 있다면 그런대로 괜찮은 거래다.'

남자는 그렇게 생각했다.

윤회의 기억을 되찾고 보니 이번 생은 특별히 나쁘지도 않았다. 유복하지는 않았지만 그리고 싶은 그림을 그리며 생활할 수 있었다. 뒷모습만이라 해도 여자의 모습을 보는 것도 이뤘다. 그걸로 충분했다. 읽어내려간 죄목에 남자는 대답했다.

"만사, 말씀하신 그대로입니다."

마음에 남는 건 단 하나, 미완성인 채 남아 있는 벚나무 그림이다. 그 그림에 파랑을 더할 수 있다면 이번 생의 집대성이 될 것인데.

그렇다고 해도 한 장의 그림보다 사랑하는 여자의 안위가 더 중요한 것은 말할 필요도 없는 일이었다.

남자의 죽음을 여자가 안 것은 조금 뒤의 일이었다.

술에 취한 반토가 여자의 앞에서 말실수를 저질렀다.

"너 그 화가를 좋아했지? 그래도 녀석은 이제 없어."

강화된 밀수 단속에 자신도 수사를 받게 될지도 모른다고 생각한 상인은 두려웠고 여기저기에 뇌물을 뿌리면서 그와 동시에 새로운 계책을 떠올렸다. 다른 사람에게 자신의 죄를 덮어씌운 뒤 고발하고자 하는 계획을.

이 책명을 받은 반토는 죄를 덮어씌울 상대를 찾았다. 그러던 중 여자가 프러시안 블루를 원한다는 걸 알고 뒤를 캐 보니 에도의 우키요에 화가를 방문했다는 사실을 알게 되었다. 반토는 이 우키요에 화가를 표적으로 정하였다. 상인과 반토의 계략은 생각보다 수월하게 진행되었고 우키요에 화가는 어떠한 변명도 없이 참수당했다고 한다. 반토는 의기양양하게 말했다.

"관리인이며 어부며 돈을 꽤 뿌렸다고. 겁쟁이를 상대하기에 쓸데없이 너무 많은 비용을 쓴 셈이지."

여자는 서둘러 에도로 향했지만 남자는 이미 이 세상에 존재하지 않았다. 그러나 그는 한 장의 그림을 남겨놓았다.

윤회의 기억을 잃은 여자는 거기에 그려진 벚나무의 의미를 이젠 알지 못했다. 그러나 먹만으로 그린 이 그림이 아직 미완성으로 남아 있다는 건 어쩐지 알 것 같았다.

하얀 벚나무 뒤로 선명한 파랑이 있다. 슌세키가 좋아했던 파랑. 여자에게는 파랑이 칠해진 뒤의 그 그림이 생생히 떠올랐다.

'여기에 파랑을 칠하지 않으면 안 돼.'

여자는 확신했다.

• • •

아직 앳된 얼굴의 쓰지 씨를 바라보며 나는 말했다.

"그 그림에 파랑이 칠해진 건 슌세키라는 이름의 우키요에 화가가 죽은 다음이에요. 그러니 엄밀히 말하면 그건 슌세키의 파랑이 아닙니다."

"아니 어떻게……? 나는 슌세키의 그림을 수없이 봐왔다고요."

쓰지 씨는 이해가 되지 않는 듯했다. 이건 특별히 쓰지 씨의 판단력이 흐려진 것이 아니다. 마지막에 파랑을 칠한 사람이 아닐 뿐, 그림을 그린 사람은 슌세키가 맞다. 다만 색이란 것은 세월의 흐름에 따라 변하기 때문에 문통록에 실린 그림의 파랑 또한 시간의 개성이 더해진 것일 뿐이다.

나는 후, 하고 숨을 뱉고 이야기를 이어갔다.

"아무튼 간에 특별한 파랑은 아닙니다."

단지 그 시기에 에도에서 얻은 프러시안 블루다.

쓰지 씨는 멍한 모습으로 중얼거렸다.

"그럼 저는 어떻게 해야 이상적인 파랑을 칠할 수 있을까요?"

"글쎄요. 저는 모르죠."

솔직하게 말하면 지금 이 시대에 프러시안 블루만 고집할 필요는 없다. 일찍이 프러시안 블루가 특별했던 건 이제까지의 염료, 안료에서는 볼 수 없었던 선명한 파랑을 그릴 수 있었기 때문이었다. 그러나 지금 시대에 선명한 파랑은 여기저기에 널려 있다. 문방구에서 파는 물감과 프러시안 블루를 비교해도 전혀 뒤처지지 않거니와 프러시안 블루 자체가 이제는 특별하지 않다. 만약 에도의 화가들이 지금 시대를 살아간다면 이 시대의 그림 도구를 쓸 것이다.

그러나 노파심에 가타부타 이런 이야기를 늘어놓는 걸 쓰지 씨도 원치 않을 테니 나는 강한 어조로 오모이카네 씨에게 화살을 돌렸다.

"쓰지 씨가 선보인 이 석화, 연회의 주최는 어떻게 생각하십니까? 올바르게 평가내리기 위해선 문통록과 비교하는 방법밖에 없는 듯합니다만."

오모이카네 씨는 여전히 담뱃대를 불면서 가볍게 어깨를 들썩였다.

"그렇다고 하네요, 이치 씨. 이제 문통록을 내놓으시는 게 어떠십니까?"

이치 씨는 불쾌하다는 듯 신음하며 말했다.

"알 바냐. 그림 따위 관심도 없다고."

"그 책을 눈앞에 꺼낼 수 없는 이유라도 있습니까?"

"시끄러워. 빤히 보이는 수작을……."

오모이카네 씨의 질문에 이치 씨가 열을 내기 시작했

다. 그러나 그 열기를 가로막듯 팡, 하는 소리가 울려 퍼졌다. 방문이 활짝 열려 있었다.

열린 방문 밖에는 작은 체구의 여성이 서 있었다. 허리까지 오는 긴 머리칼이 하얗게 보일 정도로 밝은 금색 머리에 상복 같은 검은 정장 바지를 입은 여성이 박력 있는 눈매로 방 안을 둘러보았다. 단번에 나이를 짐작하기는 어려웠지만 어려 보이지는 않았다.

그러나 내 시선을 끌어당긴 건 그 여성이 아니었다. 그녀는 왼쪽 어깨에 쇼코를 메고 있었다. 쇼코의 볼에는 맞은 흔적이 있고 트렌치코트의 소매도 흐트러져 있었다.

오모이카네 씨가 말을 걸었다.

“고생하셨습니다. 마스미 씨. 의외로 시간이 걸렸네요.”

“아아, 굉장히 피곤해.”

마스미라고 불린 여성은 짊어지고 있는 쇼코를 던지듯 버렸다. 평소의 그녀라면 가볍게 낙법을 취했겠지만 지금은 상당히 지쳤는지 아니면 뭔가 다른 사정이 있는 것인지, 그대로 앓는 소리를 내며 무너졌다. 나는 빠르게 쇼코의 곁으로 달려가 한쪽 무릎을 꿇었다.

“의외네요, 당신이 잡히다니.”

그녀는 다다미에 쓰러진 채 있으면서도 그럭저럭 건강

한 모습으로 대답했다.

"이야, 나도 놀랐어. 몸이 움직이지 않더라고."

쇼코의 몸 여기저기에 종이가 달라붙어 있었다. 아마 그것이 쇼코에게 저주를 걸었던 모양이다. 나는 난폭하게 부적을 떼어냈다. 그러는 사이 목소리가 들려왔다.

"설마, 설마 했지만……."

우키시마 씨가 비틀거리면서 일어났다.

"당신이었네요. 마스미 씨."

그의 입에서 흘러나온 건 평소에 듣던 자신감이 가득한 목소리가 아니었다. 연약하고 긴장한 듯 떨고 있었다.

"우키시마입니다. 이렇게 말해도 당신은 잊으셨겠지만."

마스미 씨는 냉담하게 대답했다.

"우리가 어딘가에서 만났던가?"

"아키군을 알고 계십니까?"

"나의 고향이야. 벌써 25년이나 전에 이사했지만."

"당시 당신은 유치원 교사를 하고 있었습니다."

"지금도 하고 있어. 가끔 아르바이트로 귀신 퇴마를 하지."

"그래요. 건강해 보여서 다행입니다."

두 사람의 이야기에 나는 내심 놀랐다. 마스미 씨라는

여성은 현대에 어울리지 않는 무사와 같은 안광을 지녔으면서 본업은 유치원 교사인 건가. 어린이보다는 무장 집단을 이끌 것 같은데.

"아키군의 유치원에서 분수도 모른 채 당신에게 고백한 원아가 있었는데……."

"아아."

우키시마 씨의 말에 마스미 씨는 쿨하게 웃었다.

"뭐야, 류노스케 군이야? 완전히 달라졌네. 그때는 반에서 키가 작은 편이었는데."

상상조차 할 수 없는, 게다가 오늘 밤의 주제와는 전혀 관계가 없어 보이는 이야기다. 우키시마 씨는 유치원생이라는 어린 시절에도 마스미 씨가 강자임을 한눈에 알아차리고 연모했다니, 역시나 보통내기가 아니다.

"너에게 머리끈도 받았잖아? 그 로켓 모양."

"네. 당신이 이사 가신다고 들어서 러브레터와 함께 보냈죠."

"사실은 그 머리끈, 딸이 가져버렸어. 언젠가 사과해야지 생각했었는데."

"괜찮습니다. 히메지에서의 생활은 어떠신가요?"

"아주 예전에 교토로 이사했어."

"그렇습니까. 교토라……."

두 사람의 대화, 무익하다면 무익하지만 뭔가 묘하게 신경이 쓰인다. 아무래도 주위 신들도 희미하게 로맨스의 향기를 느꼈는지 작은 신들뿐 아니라 유카마누시노카미나 시타테라히메까지 마른침을 삼키며 이야기의 행방을 지켜보고 있었다. 그 옆에 있는 쓰지 도보 씨만 어딘가 불편해 보였다.

한편 오늘 밤 유일하게 목표를 잊지 않고 있던 쇼코는 부적이 떨어지면서 몸의 자유를 되찾았고 내게 다가와 속삭였다.

"문통록은 찾지 못했어."

"그렇습니까?"

"아마 지금도 이치 씨가 갖고 있나 봐. 방은 다 뒤져봤으니까."

그렇군. 그렇다면 절도는 더 멀어졌다. 상대는 저래 보여도 힘이 있는 신이니까 기습은 꿈도 못 꾼다. 그러나 쇼코는 당돌한 웃음을 띄웠다.

"위치를 알았으니 남은 건 속이고 빼앗는 것뿐이야."

그녀가 그럴 마음이라면 내가 멈출 방법은 없다.

"조심해요."

“응.”

쇼코가 달려나갔다. 몸을 구부렸다가 미끄러지듯, 주위 신들은 아직 그녀의 움직임을 알아차리지 못했다. 단 한 명, 이치 씨만은 뱀의 눈동자로 노려보듯 쇼코를 눈으로 쫓았다.

시원시원한 목소리로 쇼코가 소리쳤다.

“사랑에 살아라!”

뜻밖의 대사. 아마 무언가의 신호일 것이다. 실제로 한 사람이 반응했다. 검은 옷차림에 작은 체구의 남자, 고즈카 씨였다.

의외였지만 배경은 상상이 간다. 고즈카 씨는 오모이카네 씨로부터 지시를 받고 문통록을 훔치는 와야 씨를 찾고 있었다. 그때 쇼코와 접촉했다. 두 사람 사이에서 어떤 거래가 있었는지 정확하지는 않지만 쇼코는 그를 잘 구슬려서 자기 편으로 끌어들였다.

“이봐, 신! 안 씨의 책을 돌려줘!”

고즈카 씨는 그렇게 소리치고 무모하게도 이치 씨에게 날아들었다. 이치 씨는 몸을 비틀어서 피하려고 했지만 피하지 못했고 고즈카 씨의 손끝이 가슴팍에 닿았다. 그러나 물의 신의 육체는 수면처럼 파문을 일으켰다. 고즈카 씨는 그대로 이치 씨를 통과했고 안쪽 벽에 부딪혔다.

'지금 움직임, 뭔가 이상해.'

물의 신인 이치 씨의 몸은 손쉽게 형태를 바꿀 수 있다. 실제로 고즈카 씨는 이치 씨를 만지지 못했다. 그렇다면 왜 이치 씨는 몸을 돌려 비켰을까?

이유는 명백하다. 고즈카 씨의 손을 피한 건 이치 씨 자신이 아니다. 그가 어딘가에 숨겨둔 실체가 있는 물질, 즉 문통록이다. 그렇다면 그 거처도 상상이 간다. 조금 전 이치 씨는 자신의 등을 감추듯 몸을 비틀었다.

찰나의 순간 쇼코도 나와 같은 생각을 했다. 이치 씨에게 다가갔다. 쇼코의 오른손은 시선이 쫓아가지도 못할 만큼 빠른 속도로 하늘을 향해 올려졌다. 그 손도 역시 이치 씨의 몸을 통과했고 머리 위로 들려졌을 때는 이미 문통록을 잡고 있었다.

'훔쳤다.'

쇼코의 움직임에 이치 씨도 반응했다.

"까불지 마라."

그는 문통록을 쥔 쇼코의 오른팔을 꽉 잡고 있었다.

"네 이놈, 선을 넘었다. 문통록을 놓아라."

아주 가까이에서 이치 씨가 무시무시한 태도로 위협했

다. 그러나 쇼코는 동요하지 않았다.

"손에 든 문통록을 놓는 건 도둑의 긍지에 어긋나는 행동인걸."

"팔 하나 부러뜨리는 건 내게 아주 우스운 일이다."

"그건 싫어. 아플 것 같아."

쇼코가 팔이 잡힌 채 손목을 꺾어 문통록을 던졌다. 펄럭이며 날개처럼 공중을 춤추는 그 고서를 올려다보며 그녀가 소리쳤다.

"주사위는 던져졌다!"

직후 네 명이 움직였다. 우선은 벽에 찌그러져 있던 고즈카 씨가 의외로 날렵한 움직임으로 날아올라서 뛰어들었다. 이어서 달려든 사람은 연주 후 가만히 말없이 있던 노지 씨였다. 와야 씨는 아직 묶인 몸으로 무리하게 몸을 움직였고 그 자리에 쓰려져 허공을 바라봤다. 한발 늦은 건 우키시마 씨였다. 원래라면 가장 먼저 반응했을 사람이지만 유카마누시노카미와의 힘겨루기 영향이 아직 남아있었다.

"그만둬! 다가가지 마!"

이치 씨가 소리쳤다. 그러나 그 자리에 모여 있던 사람 중 그 누구도 신의 말을 두려워하지 않았다.

고즈카 씨가 다다미를 차고 올랐다. 그러나 그것보다 먼저 키가 큰 노지 씨의 손끝이 문통록을 스쳤다. 바로 직전, 귀청이 떨어질 듯한 비통한 목소리가 들렸다.

"정말로 안 돼!"

그 목소리의 주인공은 하늘에 떠 있었다. 옅은 홍색의 중국 전통 의상을 입은 아름다운 여성이다. 바쓰.

일찍이 일본의 신들이 중국에서 초빙한 가뭄의 신이 문통록에서 모습을 드러냈다. 태양처럼 뜨거운 그녀의 몸에서는 사우나 같은 열풍이 불고 있었다.

"의외로 빨리 나오셨네요."

나의 중얼거림에 어느새인가 옆에 서 있던 오모이카네 씨가 대답했다.

"그렇게 가볍게 말할 만한 일은 아닙니다. 바쓰 씨는 사람 한 명을 구하기 위해 긴급 피난을 한 것이니까요."

"무슨 의미입니까?"

"문통록 봉인은 이미 풀렸고 바쓰 씨의 힘은 흘러넘치고 있습니다. 이치 씨가 저 책을 끌어안고 있지 않으면 기노사키의 온천이 말라버릴 정도입니다."

그렇군. 이치 씨가 기운이 없었던 이유는 가뭄의 신의 힘을 누르고 있느라 에너지를 다 써버렸기 때문이었다.

앞뒤 상황을 이해하는 나의 옆에서 오모이카네 씨가 느긋하게 이어갔다.

"그러나 이치 씨에게서 문통록이 떨어져버리면 바쓰 씨의 힘을 눌러줄 것은 아무것도 없어집니다. 인간이 그것을 만지면 손끝부터 바싹 말라비틀어져 버립니다. 그것만큼은 피하려 바쓰 씨는 스스로 문통록에서 떨어져 나온 것입니다."

"뭐야, 너무 위험했잖아. 도대체 왜 말해주지 않은 겁니까?"

나의 쓴소리에 오모이카네 씨는 히죽 웃었다.

"왜냐하면, 나는 바쓰 씨도 오늘 밤 파티에 초대하고 싶었으니까요."

지금 이 상황, 처음부터 오모이카네 씨가 짜놓은 그대로 모든 것이 이뤄졌을 것이다. 이치 씨는 물의 신이고 물의 신은 주위 일대의 풍념을 관장한다. 그러므로 가뭄의 신을 내버려두기란 이치 씨에겐 어려운 일이다.

실제로 이치 씨는 날카로운 혀를 내두르고 공중으로 떠올라 바쓰 씨에게로 걸어갔다. 곧이어 그의 모습이 한 마리의 거대한 백사로 변모했다. 뱀을 싫어하는 쇼코가 꺄아악, 소리치면서 주저앉았고 그 앞에서 이치 씨는 바쓰 씨에게 다가가듯 빙그르르 돌며 큰 똬리를 틀었다.

미녀를 감싼 큰 뱀, 그러나 괴로운 쪽은 오히려 이치 씨다. 두 신의 모순된 성질이 부딪쳐 뱀의 비늘이 날카롭게 긁히는 소리가 났다.

그 모습을 바라보고 오모이카네 씨가 고했다.

"이와노오카미는 근본적으로 틀렸습니다. 이 물의 신은 설득할 필요가 없어요. 그저 그가 제풀에 바쓰 씨를 봉인하도록 등을 밀어주기만 하면 됩니다."

"잘도 이치 씨가 당신의 생각대로 움직였군요."

이치 씨의 성격이라면 오모이카네 씨에 대한 반발심 하나만으로 자신의 역할 따윈 던져버리겠다고 해도 이상하지 않다. 오모이카네 씨는 자신만만한 모습으로 담배를 피웠다.

"아니요. 이렇게 될 수밖에 없는 상황입니다."

"하지만 신이란 멋대로 구는 존재잖아요?"

"이유는 필요 없습니다. 사랑하는 여자가 있는 자리라면 저 물의 신은 가뭄의 신의 힘을 누를 수밖에 없죠."

역시. 이 지식의 신, 저 심술궂은 성격을 이길 자가 없다. 오모이카네 씨가 공중에서 붙어 있는 두 신을 담배로 가리켰다.

"자, 마스미 씨. 지금입니다. 봉인을!"

이때 처음으로 오모이카네 씨의 생각이 틀어진 것 같았다.

"아니, 못 해."

"왜죠?"

"부적을 찢어버렸어. 조금 전 잡은 도둑이 생각 외로 까다롭더라고."

"뭐야. 그럼 빨리 그려요!"

"아, 기다려. 고즈카한테 시킬 테니까. 도보, 안료는?"

저쪽이 북적북적하게 벼락치기로 부적을 만드는 사이 이쪽에서는 이치 씨와 재회하게 되었다는 기쁨에 눈동자를 빛내는 바쓰 씨가 있었다.

"어떤 형태든 간에 다시 만날 수 있어서 기쁩니다. 모쪼록 나와 다시 한번 봉인되는 건 어떠십니까?"

이치 씨가 대단히 불쾌한 듯 대답했다.

"바보냐. 오모이카네 계획에 손쉽게 올라타지 말라고."

"하지만 달리 어떻게 하지도 못하는 상황 아닙니까?"

"그렇게 빨리 포기하지 마. 주위 상황 때문에 의지가 아닌데도 봉인되는 것이 너는 억울하지도 않냐."

"아니요. 저는 원래 깊은 산속에 유폐되어 있었습니다.

그런데 이렇게 바다를 건너 이국의 땅을 방문했고 게다가 당신과 만날 수 있었으니 더는 바랄 것이 없습니다."

"너는 신이면, 좀 더 멋대로 행동하라고!"

이쪽은 이쪽대로 의견이 모일 기미가 없다. 마스미 씨가 부적 준비를 끝내기 전에 재빨리 도망쳐도 되지 않나, 생각했지만 굳이 끼어들 만한 이야기도 아니었다. 광란의 파도와 같은 이 상황을 내버려두기엔 이미 너무 늦었기에 흐름에 몸을 맡기기로 했다.

쇼코에게 다가가자 다다미 위에 앉아 있던 그녀가 나를 올려다보며 말했다.

"뭔가 잘 모르겠지만 혹시 나 때문에 꽤 위험해진 느낌인가?"

"아니요. 당신 말대로 주사위가 던져졌을 뿐입니다."

바쓰 씨의 등장은 오모이카네 씨가 의도한 것이었다. 그러니 이 자리에 굳이 악을 정하자면 악의 근원은 지식의 신이다. 한편으로 피해자인 이치 씨도 터무니없이 멋을 부려 괜히 혼자 위험한 문통록을 안고 있어서는 안 되었다. 만약 그가 사정을 빨리 설명했다면 이쪽의 움직임도 달랐을 것이다.

애당초 이치 씨도 나의 동정을 바라지는 않았을 터. 그렇다면 웅변은 은이요, 침묵은 금이로다. 쓸데없는 참견은 자제하고 상황의 흐름을 지켜보자. 나는 주제를 바꿨다.

"오모이카네 씨가 거대한 크리스마스 케이크를 준비했다고 합니다."

"그 녀석, 아주 부럽네."

"우리도 초대를 받았으니까 이 사태가 진정되면 주빈인 이치 씨와 함께 대접을 받을까요?"

쇼코는 웃음을 살짝 지었지만 곧이어 정색하는 얼굴로 돌아왔다.

"하지만 우린 이제 문통록을 안고 피난을 떠나야 하는 거 아냐?"

"아니요. 이치 씨가 봉인될 것 같은 분위기니까 도망칠 이유도 없어지겠죠."

"오, 예! 그럼 나중에 다시 한번 상점가에 나가서 건배하자."

"오, 좋아요. 사실은 봐둔 바가 있어요. 모처럼 이브의 밤이니 새빨간 키르 로얄(화이트와인을 베이스로 한 칵테일-역주)은 어떠신가요?"

우리는 화기애애하게 이후의 일정을 정했지만 상황은 그렇게 순조롭게만 흘러가지는 않을 것이다.

이윽고 바쓰 씨의 비통한 외침이 들렸다.

"당신은 나와 함께하는 게 싫으니까 그런 식으로 말하는 거야!"

사랑 싸움이 얽히고설켜 슬슬 파국을 맞이하고 있다.

"논점은 그게 아니라고! 너는 정말 말이 안 통해!"

이치 씨가 되받아쳤지만 이건 분명 역효과다. 상대를 설득하고 싶다면 옳고 그름은 차치하고 우선 상대의 기분을 맞춰줘야 이야기가 쉬우련만. 저 황혼에게 그런 잔재주가 있을 리 없다. 두 신은 계속해서 서로에게 소리를 지르고 있었다.

"함께 백년해로할 수 없다면 집으로 돌아가게 해주세요!"

"대륙에 큰 가뭄을 불러올 셈이냐!"

"지금 나의 집은 문통록입니다! 그 안에서 당신과의 추억을 떠올리며 눈물로 베개나 적시며 살아가겠습니다!"

"네 놈의 눈물 따위, 흘리는 순간 말라버릴 게다!"

이쪽이야말로 이치 씨에게 말하고 싶다. 논점은 그게 아니야. 가뭄의 신의 힘으로 지글지글 타들어 가는 이치 씨에 비해 바쓰 씨는 아직 여유가 있는 모습이었다. 몸을 감고 있던 큰 뱀에게서 그녀가 슥 빠져나오자 주위의 작은 신들이 바다를 가르듯 물러나 길을 만들었다.

"뒤를 따를 거라면 빨리 움직이길!"

바쓰 씨는 그렇게 말을 남기고 창문 밖으로 날아갔다.

"어라?"

쇼코가 중얼거렸다.

"문통록은 어디에 있어?"

그러고 보니 노지 씨의 모습이 안 보인다.

우키시마 씨의 도움으로 겨우 밧줄에서 풀려난 와야 씨가 소리쳤다.

"노지 씨는 이미 한참 전에 도망쳤습니다!"

팀플레이에 충실한 건지, 아니면 문통록 독점을 노린 것인지. 노지 씨의 의도는 알 수 없지만 혼란스러운 이 자리를 빨리 떠야겠다는 판단은 훌륭했다.

"큰일이네. 뒤쫓자."

"확실히. 바쓰 씨가 쫓아가면 노지 씨의 몸이 위험할지도."

"그렇기도 하지만 문통록도."

쇼코는 벌써 일어나서 걸어가고 있었다.

"그렇다는 건?"

"고베 호텔에서 그 사람의 가방을 뒤져봤거든? 거기에 라이터와 기름이 들어 있었어."

노지 씨는 담배를 피우지 않는다. 적어도 담배를 피우는 모습을 본 적도 없거니와 냄새를 맡은 적도 없다.

"문통록을 태울 생각일 수도."

문을 열면서 속삭인 쇼코의 한마디가 요이마치테의 공기를 완전히 바꿨다.

우리에게 있어서 문통록은 무엇일까? 그건 역사다. 추억이다. 사랑이라고 불러야 할지, 연심이라고 불러야 할지, 한마음의 결정체다. 그러나 이 현실 세계에 있어서 오래된 한 권의 책이 갖는 가치는 대체 어느 정도일까? 만약 그것이 타버린다면 나는 슬플까. 눈물을 흘릴까. 나의 몸이지만 왜인지 전혀 모르겠다.

나는 문통록을 어느 정도 사랑하고 있는 걸까? 그러니까, 이제까지 우리들의 기록을.

숙소를 뛰어나가자 기노사키의 깊어진 밤을 아름답게 장식한 조명들이 반짝이고 있었다. 언제부터인가 크리스마스 캐럴의 단골이 된 노래가 나왔다. 하지만 지금은 제목을 떠올릴 여유 따위 없다.

3부

사랑받고 있는 거 눈치채!

크리스마스이브의 밤은 살짝 들떠 있다. 달콤한 케이크 때문일까. 예쁜 샴페인 거품 때문일까. 밤하늘 달 한편에 비친 산타의 그림자 때문일까.

이유는 사람마다 다르다. 크게 나누면 이렇다 할 건 없다. 가족이 소중하다면 가족이, 연인이 소중하면 연인이, 옆에서 누가 웃고 있든 자신에게 소중하다면 이 밤은 거룩한 밤일 것이다. 우리는 징글벨 한가운데를 웃지도 않고 뛰어다녔다.

"서둘러."

쇼코가 속삭였다.

"나는 서쪽으로."

"그럼 나는 동쪽으로."

서로를 바라보며 끄덕인 뒤 두 갈래로 갈라서 한 권의 책을 찾았다.

개천 너머에 있는 료칸 창문에서 빛과 함께 흘러나오는 메리 크리스마스라는 구호가 신호탄이 되어 뭔가 터지는 소리가 들렸다.

· · ·

우키시마 류노스케의 꽃

우키시마 류노스케에게 있어서 첫사랑 그녀와의 재회는 전혀 예상외의 일이었다. 마스미, 예전에는 성이 달랐지만 지금은 쓰지 마스미.

그녀가 눈앞에 나타났다는 사실 자체는 의외가 아니었다. 긴세다이 산장에서 어린 시절 우키시마가 고심 끝에 장식을 붙여 만든 머리끈을 발견했을 때부터 재회를 예감했다. 예상외라는 건 우키시마 자신의 심정이었다.

'교토.'

그녀는 지금 교토에서 생활하는 건가.

한 사람의 인간으로서 우키시마 류노스케의 인생은

겨울 아침 해 뜰 무렵 병원의 분만실에서 응애, 하는 목소리와 함께 시작되었다. 그러나 지금 현재까지 이어지는 우키시마 류노스케라는 인격은 어린 시절 어렴풋한 첫사랑이 무참하게 짓밟힌 순간부터 시작되었다.

"여기는 아무것도 없는걸."

그 말을 남기고 마스미 씨는 나의 고향 아키군을 떠나 옆 동네 히메지시로 이사를 해버렸다.

히메지시는 훌륭한 도시다. '일본 성 랭킹'에서 항상 상위를 차지하고 있는 히메지성이 있다. 절도, 신사도, 먹거리도 모두 명물을 갖고 있다. 그러나 그렇다고 해서 아키군이 볼품없는 도시라는 건 아니다. 첫사랑 그녀를 빼앗은 지역에 무언가 한 방을 먹이고 싶었다. 그 생각이 우키시마의 시작이었다.

'그런데 교토.'

그 사람은 히메지조차 떠나서 지금은 교토에 있다.

교토의 명성은 히메지에 비교할 것이 아니다. 세계에 이름을 날리는 옛 도읍지다. 그곳은 역사와 명물의 정수와 같은 곳이다. 시청 엘리베이터까지 옻칠을 한 거대 관광 명소와 대체 어떻게 겨룰 수 있겠는가.

솔직히 인정하자. 이미 우키시마의 마음은 꺾였다.

그러나.

'마음이 꺾이는 건 찰과상이야.'

다시금 우키시마 류노스케는 일어섰다. 신과의 힘겨루기에서 엉망진창이 된 몸으로. 교토라는 대적조차 꿈꾸지 못할 거대한 절망에 빠진 마음으로. 의지할 곳이라곤 하나다. 이제까지 몇 번이고 꿈꿔온, 아름답게 만개한 시카마자쿠라 풍경, 단 하나뿐이었다.

애초에 우키시마에게 있어서 시카마자쿠라는 수단에 불과했다. 아키군의 명물을 만드는 것. 그녀가 '아무것도 없다'고 한 나의 고향에 단 하나의 자랑거리를 만드는 것. 이 마음이 시작이었다.

지금은 그렇지 않다. 만개한 시카마자쿠라 아래를 걷는 것이야말로 우키시마의 목적이 되었다. 다른 사람들은 그런 그를 어리석다고 할지도 모른다.

'그러나 그 꽃이 나의 꿈이다.'

깊은 생각과 감정 없이 바란 꿈을 내가 선택해서 뭐가 잘못된 거지? 만약 그 꿈에 미래가 없다 한들 단 하나의 풍경을 목표로 계속 걸어가는 걸 인생이라고 부르면 안 되는 건가?

우키시마는 뛰어나갔다. 단 한 권의 고서, 도명초문통록을 찾으러. 가슴속에 핀 순백의 벚꽃을 목표로.

"문통록을 태울 생각일 수도."

모리하시 쇼코가 중얼거린 그 말이 귓속에서 울렸다. 몽롱했던 머리에 피가 돌고 시간이 흘러도 이해가 되지 않았다. 크리스마스이브의 소란스러움이 가득한 기노사키 거리를 달리고, 달리고, 달리다가 문득 발을 멈추고 밤하늘을 올려다보았다.

아니, 우키시마가 본 것은 하늘이 아니다. 그 하늘을 깜빡이며 밝히는 붉은 불꽃이다. 기노사키 거리에서 남쪽을 바라보면 그곳에 있는 구루히다케(효고현에 있는 산-역주)가 불타고 있었다.

• • •

쓰지 도보의 색

듣고 보니 어쩐지 전부터 알고 있었던 것 같다. 슌세키의 파랑은 그냥 평범한 프러시안 블루다.

프러시안 블루는 지금 시대에서 그다지 귀하지 않고 특별하지도 않다. 제조법이 잘 알려져 있고 도보가 다니는 미대에서도 사용하고자 하면 얼마든 만들 수 있다. 실제로 이제까지 몇 번인가 만들었다.
그렇다면 슌세키의 파랑이 특별한 건 그의 기술에 이유가 있는 걸까. 숙련된 유키요에 화가의 필치가 흔해 빠진 염료를 유일무이한 색으로 만든 것일까.
사실 이 가정도 이미 틀렸다. 아름다운 〈정토의 벚꽃〉의 파랑은 슌세키가 직접 칠하지 않았다고 했기 때문이다.
'그렇다면 내가 동경했던 파랑은 무엇이었던 걸까?'
좋아하는 파랑은 많다.
베르메르에게도 피카소에게도 훌륭한 파랑이 있고, 포카리스웨트 포장 패키지도 아주 좋아했다. 문득 머리 위로 고개를 올려보니 하늘의 파랑은 매일 시시각각 분위기를 바꿔가며 질리지도 않게 한다. 그중에서 슌세키의 파랑만이 유독 특별했던 이유, 혹은 어쩌면.
'나는 환상을 동경했을지도 몰라.'
사랑을 사랑한 것처럼.
어린 시절 우연히 본 작품이 슌세키의 파랑이었고, 그때의 순수한 동경이 그의 색을 특별한 색이라 느끼게 했던 것인가. 그렇다면 언젠가 이유 없는 동경에서 깨어난다면 그의 파랑도 흔한 색으로 돌아올까?

아니야, 하고 도보는 고개를 저었다. 지금 느끼는 이 망설임이 어쩐지 잘못된 감정이라는 사실을 알아차렸다.

'아무래도 상관없어.'

도보는 그렇게 결론을 내렸다.

'좋아한 건 좋아하는 거야.'

겨우 찾은 사랑에 근거를 붙이는 건 아무 의미 없는 일이다. 계속 찾아왔던 파랑이 어쩌면 환영이었더라도 내 손으로 환영을 진짜로 만들면 된다. 원래 그림이란 게 몽상을 현실로 만드는 작업이니까.

'일단 문통록을 찾아보자고.'

왜냐하면 지금도 슌세키의 파랑을 동경하고 있으니까. 도보가 문통록을 찾아 나서는 데에 더 이상의 이유는 필요 없었다.

도보는 밤이 된 기노사키를 정처 없이 돌아다녔다. 목적지를 알지 못했지만 목표는 알고 있다. 스쳐버린 연인을 찾듯 사랑하는 파랑을 찾아나갔다. 스쳐 지나간 커플 중 한 명이 쓴 빨간 모자를 보고 오늘이 이브였구나, 하고 깨달았다.

'눈이라도 내리면 좋을 텐데.'

그런 생각으로 발을 멈췄다. 밤하늘에 눈은 보이지 않았다. 다만 맞은편의 산에서 피어오르는 빨간 불길만이 보일 뿐이었다.

...

와야 나오토의 책

이전부터 예감이 좋지 않았다.

'노지 피스우드는 왜 문통록을 원하는 걸까?'

우키시마 류노스케나 쓰지 도보의 사정은 이해가 간다. 그와 그녀는 문통록에 각자가 간절히 원하는 페이지가 있다. 그런데 노지는 문통록을, 거기에 실린 샤미센 악보를, 진심으로 원하는 것일까.

분명 아니다. 그는 절대 「설화몽견절」을 사랑하지 않는다. 소중한 건 자신의 곡 「터틀백」뿐이다. 그에게 있어서 표절 의혹의 근원인 「설화몽견절」은 오히려 방해꾼이다.

즉, 노지는 「설화몽견절」을 없애고 싶어서 문통록을 원한 것이 아니었을까. 「터틀백」을 단 하나의 오리지

널로 만들기 위해 그 귀한 고서를 이 세계에서 없애버리려는 마음이다. 자신의 상상에 와야는 몸을 떨었다. 한기로 이가 덜덜 떨렸고 눈에는 눈물마저 차올랐다.

'애초에 나의 잘못이다.'

고서의 평안은 쉽게 지켜낼 수 있는 것이 아니다. 온도가 맞지 않으면 종이가 상하고 곰팡이가 생겨난다. 제대로 관리하지 않으면 벌레를 먹는 일도 있고 빛에도 굉장히 예민해 햇빛이나 형광등에 종이가 변색되는 경우도 있다.

무엇보다 천적은 무지한 인간 그 자체이다. 녀석들은 가볍게 고서를 버린다. 종이나 잉크에 담긴 사람들의 기억을, 지혜를, 심오한 생각을, 살피지 않고 쓰레기장에 내놓는다. 재활용 쓰레기가 웬 말이냐.

아아, 도명초문통록.

'나는 그 아름답고 장엄한 희구서와 함께할 각오를 다졌어야 했다.'

몹시도 인색한 나날을 보내더라도, 빌린 돈이 쌓여 나의 집이 무너지더라도, 결심이 흔들려서는 안 되었다. 와야는 한순간 망설임으로 문통록을 놓아버렸다. 그

약한 태도 때문에 문통록이 나쁜 놈의 손에 넘어가는 사태를 초래하였다. 와야는 떨면서 결의를 다졌다.

'노지, 당신이 문통록을 태운다면 나는 당신을 태워 버리겠어.'

만약 노지에게 복수를 하더라도 문통록은 돌아오지 않는다. 세상 사람들은 주제넘게 "복수는 아무 의미가 없다."라고 말할 것이다. "사람의 목숨과 기껏해야 책의 가치를 비교해선 안 된다."라고도 할지 모른다. 알고 있다. 그러나 마음이 진정되지 않았다. 복수란 합리적인 이유로 인해 저지르는 행동이 아니다. 누구를 위한 행동도 아니다. 복수는 그저 자신의 마음이 원하기 때문에 행하는 것이다.

'가능하면 나는 살인은 하고 싶지 않아.'

그러니까 노지, 경솔하게 굴지 마라. 드디어 묶여 있던 밧줄이 풀리자 와야는 그렇게 빌면서 뛰쳐나갔다. 목적지도 없이 달리고, 달리고, 숨이 턱 끝까지 차오르고 심장이 비명을 질러도 달렸다.

머지않아 기노사키의 거리가 소란스러워지기 시작했다. 오타니강을 따라 걷던 사람들이 멈춰 있었다.

고쇼노유(기노사키 온천마을의 일곱 개 노천탕 중 하나-역주)

나 대형 오락실에서 수많은 인파가 거리로 나왔다.

그들은 일제히 구루히다케를 바라봤다.

와야도 그쪽으로 몸을 돌렸고 자신의 기도가 하늘에 닿지 않았음을 깨달았다.

· · ·

구루히다케가 타오르고 있다. 그것은 꺼림칙한 일이다. 기노사키의 거리에서는 이미 소방차의 맹렬한 사이렌 소리가 들리고 있었다. 그러나 불이 난 곳은 산 중턱이고 도착까진 다소 시간이 걸릴 것이다.

불길이 오른 곳의 범위는 그리 넓지 않은 것 같았지만, 불기둥이 높이 솟구쳐 한겨울의 맑은 밤하늘을 태우고 있었다. 바쓰 씨의 영향이다. 그녀의 주위에서는 풀도 나무도 공기도 말라버린다. 말라버린 주변은 순식간에 불타오른다. 산불이 어디까지 번질지 알 수 없었다.

나는 짧은 걸음으로 파닥파닥 움직였고 숨을 헐떡이며 산길을 달려갔다. 중턱에서 쌕쌕대며 괴로운 듯 달리는 와야 씨를 앞질렀다.

"무리하지 마세요."

말을 걸어봤지만 저쪽은 필사적으로 달리고 있는지 대

답이 없었다. 불길의 발화지에 도착하기까지 시간이 오래 걸리지는 않았다.

굉음을 울리며 타오르는 화염에 다가가자 열기가 얼굴을 덮쳐왔다.

"자네도 왔어?"

말을 걸어온 사람은 우키시마 씨였다.

유카마누시노카미와의 일전으로 얼굴이 퉁퉁 부은 그는 무언가 단념한 듯한 미소로 화염을 바라봤다.

"이걸로 문통록은 재가 되었네. 시카마자쿠라도, 다 불타버렸어."

네, 하고 나는 짧게 대답했다.

'어쩐지 허탈하네.'

윤회를 이어온 두 사람의 영혼 곁에 있던 한 권의 책이 화염 속에서 사라져갔다.

나에게 이 일은 슬픈 일인지, 아니면 아무렇지 않은 일인지, 아직은 잘 모르겠다. 실감이 나지 않았다는 표현이 더 정확했다.

허탈하게 불길을 바라보고 있자 흔들리는 불길 너머에서 그림자가 슬쩍 움직였다.

그림자는 곧이어 실체를 갖고 불길을 통과하여 나타났

다. 호리호리한 체격, 장신의 남자, 노지 피스우드, 그다.

아주 전력을 다해 달려왔는지 노지 씨는 발이 걸려 넘어질 뻔하기도 하고, 구르고, 넘어지면서 "아뜨뜨!" 소리치며 소란을 피웠다. 이쪽저쪽 그을리긴 했지만 내가 보기엔 그는 이 불길에 그을리며 달려온 것치고는 상처 하나 없이 아주 멀쩡해 보였다.

"어머, 노지 씨. 무사하셔서 다행입니다."

말을 걸자 이쪽을 알아차리고 비틀거리며 일어섰다.

"아아. 오카다 씨. 설마, 이런……."

그 순간 쿵쾅거리는 발소리가 들렸다.

와야 씨다. 그는 이상하게 번쩍거리는 눈으로 노지 씨에게 달려들더니 그 기세 그대로 꽉 쥔 주먹을 힘껏 날렸다.

쓰러진 노지 씨를 내려다보고 와야 씨는 너무 세게 힘을 줘서 뒤집힌 목소리로 소리쳤다.

"당신, 대체 무슨 짓을 한 거야!"

이 사람에게도 억누를 수 없는 어떤 마음이 있는 것이다. 그렇다 하더라도 폭력은 잘못된 행동이다. 나는 와야 씨의 앞에 서서 "워워." 하며 양손으로 저지했다. 그사이에 우키시마 씨의 도움을 받아 일어난 노지 씨가 소리쳤다.

"아파! 아파! 왜 때리는 거예요!"

"당신, 본인이 무슨 짓을 저질렀는지 생각하라고!"

자신보다 더 큰 소리로 와야 씨가 소리치자 노지 씨의 기세가 한풀 꺾였다. 그는 작은 목소리로 웅얼거리며 변명했다.

"이 불은…… 전부 사고라고요!"

"사고로 불이 붙었다는 겁니까?"

"그러니까, 나무들이 이렇게까지 손쉽게 탈 거라고는 생각하지……."

"나무 같은 건 어찌 되어도 상관없어! 논점을 흐리지 마!"

"논점 같은 거 흐릴 생각 없습니다!"

대화에 열기가 달아오르는 건 괜찮지만 진짜 열기는 멀리하고 싶다. 지금은 이 산불에서 도망쳐야 한다.

그러나 눈앞에서 타오르는 화염을 본 와야 씨는 이성을 잃은 모습으로 소리쳤다.

"당신, 어째서 문통록을 불태운 거야!"

이 말에 노지 씨는 "네?" 하며 멍한 목소리로 대답했다.

"저기, 내가 태운 건 문통록이 아닌데요."

내 머리에 물음표가 떠올랐다. 와야 씨를 돌아보자 그는 물속에 있는 금붕어처럼 입만 뻐끔거렸다. 노지 씨는 조금 전 자신이 빠져나온 불을 돌아봤다.

"태운 건 제 악보예요."

중얼거리는 그의 목소리는 불길 앞에서도 차갑고 냉정했다.

• • •

노지 피스우드의 절망

만약 도명초문통록을 손에 넣는다면, 그리고 거기에 실린 「설화몽견절」이 변명의 여지없이 「터틀백」과 비슷하다면.

'나는 나를 태워버려야겠다.'

노지 피스우드는 그렇게 결심했다.

그렇다고 자살을 결심했다는 것은 아니다. 태우기로 한 건 한 곡임에도 상당히 두꺼운 「터틀백」의 총보였다.

이 곡의 악보에는 스물한 개의 버전이 있다. 일곱 살 무렵부터 데뷔까지 16년이라는 시간 동안 고민하며 또 고민하며 써 내려간 악보다. 두꺼운 악보를 꽉 쥐고 노지는 생각했다.

'노지 피스우드는 「터틀백」이야.'

이 곡에는 한 사람의 모든 것이 가득 차 있었다. 무수한 망설임과 고뇌가 있다. 한순간의 영광과 오랜 기간의 괴로운 좌절, 그리고 온화한 회복이 있다.

그러나 바로 오늘 밤, 문통록을 펼쳐 백 년 전에 작곡된 샤미센 악보를 확인한 뒤 손안에 있는 자기 자신을 태우기로 마음먹었다. 마지막에는 무엇이 남을지 노지 자신도 상상이 가지 않았다.

"멈추세요."

이 말은 공중에 떠 있는 아름다운 여성이 한 말이었다. 그녀는 천사를 연상시키는, 헐렁하고 얇은 옷을 몸에 걸치고 있었다.

바쓰. 중국에서 초청된 가뭄의 신. 설명을 들었을 때는 확 와닿지 않았지만 하늘에 떠 있는 성스러운 그녀의 모습은 한눈에 보아도 '신'이라는 것을 알 수 있었다.

"걱정해주시는 겁니까?"

대답하면서 노지는 손을 내려다보았다.

"감사해요. 하지만 이 방법 말고는 없어요."

노지의 손에는 스물한 개 버전의 총보가 모두 들려있

었다. 게다가 그 총보에는 기름이 묻어 있어서 더욱 묵직했다.

슬프기보단 허무했다. 만약 영혼이 자신의 몸을 빠져나와 육신을 내려다본다면 아마 이런 기분이지 않을까 생각했다. 그러나 딱히 아쉬움은 없었다. 이미 이 곡은 죽었다. 아니, 태어나지도 않았다. 노지가 본인의 모든 것이라고 믿었던 이 곡은 백 년이나 전에 태어난 누군가에게서 훔친 음악이기 때문이다.

밤하늘에 떠 있는 신이 다시 말했다.

"어떤 사정이 있는지는 모릅니다. 그러나 그만두세요."

"그만둘 수 없습니다. 이 악보는 저의 것이 아닙니다."

"아니, 그런 얘기가 아니라……."

"왜냐고요? 그것이 전부입니다. 제 인생은 가짜였어요!"

"진정하고 이야기를 들어요! 지금 불을 쓴다면……."

신의 제지를 뿌리치고 노지는 라이터에 불을 지폈다.

"아악!" 신이 비명을 질렀고 흔들거리는 불이 악보에 붙자 공기가 튀어 오르듯 화려하게 흔들렸다. 손 안에서 상상 이상의 거대한 불길이 솟아올랐고 노지는 자신도 모르게 악보를 던져버렸다.

‘어어. 이렇게나 타오른다고?’

아무리 기름을 발랐다고 해도 마치 폭발물을 터뜨린 것 같은 화염이라니, 놀람과 두려움에 온몸에 힘이 빠진 노지의 머리 위에서 신이 비명을 질렀다.

“아아. 거봐요, 정말! 그러니까 내 근처에서 불을 사용하면 안 된다고 말했잖습니까!”

“그런 말은 듣지 못했습니다!”

“당신이 듣지 않았으니까!”

지금은 신과 언쟁을 할 때가 아니다. 불은 곧 풀로 옮겨갔고 나무를 휘감아 순식간에 기세를 넓혀갔다.

큰일 났다. 불을 꺼야지. 어떻게? 소방서에 전화를 해야 하나? 그보다 빨리 도망치지 않으면 죽을지도 모른다. 노지의 머릿속은 혼란으로 뒤덮였고 정신을 차렸을 무렵에는 이미 화염에 둘러싸여 있었다.

‘왜 내 주위를 둘러싸면서 불타는 거야!’

이건 행운일까 불행일까. 노지의 주위 3미터 정도는 보이지 않는 벽이 있는 것처럼 화염이 가로막고 있었고 그 앞도 이미 불바다였다.

“이 머저리가!”

이어서 머리 위에서 들린 목소리는 남성의 목소리

였다.

"네 이놈, 신을 번거롭게 하다니!"

올려다보니 그곳에 일본 전통 의상을 입은 남자가 떠 있었다. 이치라고 불리는 신이다. 그는 엄청난 양의 땀을 줄줄 흘리면서 불길을 가르기 위해 양손을 벌리고 있었다.

"에라이, 정말 열받네. 내 눈앞에서 썩 꺼져버려!"

그렇게 신경질적으로 말을 뱉어버린 신에게 노지는 소리쳐 대답했다.

"말씀하신 대로 하고 싶은 마음이 굴뚝같지만 대체 어떻게 사라진답니까?"

"알 바냐! 어딜 가든 결국 불 너머겠지!"

"불을 밟고 가라는 말입니까!"

"달리 갈 곳이 있다면 가던가."

물론 갈 곳 같은 건 없다. 그러나 불길 속을 뛰어들어 빠져나갈 용기도 있을 리 없다.

'나는 정말 나를 태워야 하네.'

노지 피스우드는 결심했다. 그렇다고 자살을 결심한 것도 아니었다.

머리 위의 두 신은 "이치 씨, 따라와 주셨네요!" "너 때문에 온 거 아니야!" 하고 사랑 싸움을 벌이고 있었다. 그러나 역시 그들에게도 여유로운 상황은 아니었다. 곧이어 사랑 싸움의 목소리도 사라지고 불길이 타오르는 소리만 남았다.

노지는 계속 불길을 바라보고 있었다. 위험을 무릅쓰고 도망쳐 나가야 할 것인지, 아니면 여기 남아 위험을 감수할 것인지. 어느 쪽이든 선택하고 싶지 않았다. 위험 그 자체가 싫었다.

그러나 때는 찾아왔다. 노지가 망설이고 있는 동안 화염은 점점 그를 향해 다가왔다. 물의 신도 슬슬 한계를 맞이하고 있는지도 모른다.

화염이 먼저 찾아왔기 때문에 이제 더는 망설일 수 없다. 그렇다고 해도 어디로 도망쳐야 하는가. 앞은 불길이다.

'아아, 나는 이대로 죽는 것일까.'

노지는 숨을 참고 눈을 감은 채 뛰쳐나갔다.

…

노지 씨는 조금 전 자신이 빠져나온 불을 돌아봤다.

"태운 건 제 악보예요."

중얼거리는 목소리는 불길 앞에서도 차갑고 냉정했다.

"그럼 문통록은 어디에 있습니까?"

서둘러 내가 물어보자 노지 씨는 아, 하고 입을 열었다.

"제 가방에 있어요. 아, 그런데 제 가방이 저 불 속에……."

그의 말에 "결국엔 불태운 거 아닙니까!" 하고 와야 씨가 고함쳤다. 나는 그 큰 목소리에 귀를 막으면서 문득 표정이 누그러졌다.

'아니. 아직 문통록이 타버렸다고 확정할 수 없어.'

거센 불길을 뛰쳐나온 것 치고 노지 씨의 상처는 가벼웠다. 게다가 이 산불, 기세에 비해 묘하게 타오르는 범위가 좁다. 아마 신이 얽혀 있을 것이다. 그렇다면 다소 희망은 있다.

나는 지긋이 불길을 바라봤다.

"잘 알겠습니다. 모두 도망치세요."

우키시마 씨가 반응했다.

"당연하지. 너도 같이 가."

그 말에 나는 대답하지 않고 달려나갔다. 숭고하게 마저 보이는 화염의 한가운데로 발을 딛자 너무나도 큰 빛에 눈이 보이지 않았다. 더플코트의 소매에 불이 붙자 나는 코트를 벗어 던졌다. 뜨거운 건 뜨거운 거다. 괴로운 건 괴롭다. 산소가 부족해서 숨이 막혔다. 그러나 죽을 정도는 아니다. 신이 나를 지키고 있다. 그렇다고 해도 신의 은혜가 완전한 안전을 보장하는 건 아니었다. 치지직, 소리를 내며 머리카락 끝이 타들어 갔다.

'도명초문통록이란 뭐지?'

그건 역사다. 추억이다. 사랑이라고 불러야 할지, 연심이라고 불러야 할지 모를 어떤 마음의 결정체다. 그러나 이 현실 세계에서 그저 오래되었을 뿐인 책 한 권이 갖는 가치는 대체 어느 정도일까?

'대단한 가치 같은 건 있지도 않다.'

도명초, 그 이름 그대로다. '도'란 부질없음을 의미하는데, 비슷한 느낌의 말로 열매를 맺지 않는 꽃을 도화(徒花)라고 한다. 아주 잠시 만개했다가 덧없이 져버리는 벚꽃. 도화는 부질없게도 아름다운 꽃, 도명초(徒名草)라는 별명을 갖는다.

천 년을 살아온 우리들의 생은 도화와 같다. 결코 열매를 맺을 일이 없으며 우리에게 이 윤회의 의미를 물어도 제대로 대답할 수 있는 단어조차 없다. 그저 져버릴 꽃처럼, 그러나 가끔은 무엇보다 아름답게 피어난다.

어느 시기엔 벚꽃으로 압화를 만든 남자의 곁에 비둘기에서 환생한 여자가 찾아왔다. 그녀가 가지고 왔던 문통록에 두 사람이 함께 그 말린 꽃을 더했고 봄이 오면 꽃놀이를 하면 살았다.

어느 시기엔 벚나무 그림의 배경에 파랑을 칠한 여자와 화가에서 환생한 남자가 만났다. 남자는 윤회의 기억을 되찾고 문통록을 찾아서 두 사람의 공동작품이 된 그림을 더했다. 그 뒤에도 잠시 둘이서 그림을 그렸다.

어느 시기엔 맹인 샤미센 연주자였던 여자와 만난 남자는 자신이 승냥이로 태어났었다고 털어놓았다. 그리고 문통록에 여자의 샤미센 악보를 다시 쓰고 덧붙였고, 개 한 마리를 주워 두 사람과 한 마리가 함께 살았다.

어느 시기, 어느 시기, 어느 시기.

내가 당신을 잊어버려도, 당신이 나를 잊어버려도, 우리 두 사람에게는 언제나 함께할 수 있는 시간이 있었다. 도명초문통록이란 그 사소한 행복의 기록이다.

이윽고 화염의 빛으로 보이지 않던 시야가 또렷해졌다. 불길을 빠져나온 것은 아니었다. 반대로 그 중심에 다다랐다. 나는 깊이 숨을 들이마셨다.

태풍의 눈처럼 아주 좁은 범위만이 불타고 있지 않았다. 이치 씨가 필사적으로 화염을 누르고 있었다.

그는 땅에 한쪽 무릎을 대고 비지땀을 줄줄 흘리면서도 강한 눈동자로 이쪽을 노려봤다.

"네 이놈, 늦었잖아."

신의 쉰 목소리를 듣고 나는 웃었다. 이치 씨의 무릎 바로 옆에 문통록이 떨어져 있다. 그는 이곳에서 단 한 권의 책을 지키고 있었다. 그것이 본인이 사랑하는 이에게 특별한 책이라는 사실을 알고 있기 때문이다.

"어느 정도 견딜 수 있나요?"

"이제 못 버텨."

"어머. 생각보다 도움이 안 되네."

피부에 느껴지는 화염의 열기가 강해지고 있다. 이치 씨의 한계가 다가오고 있었다. 그가 허세조차 부리지 못하는 모습을 나는 본 적이 없다.

나는 이치 씨의 옆에 쪼그리고 앉아서 아이와 같은 작은 손으로 땅을 팠다. 헛된 발버둥임을 알고 있다. 그러나 손발이 멀쩡한 이상 발버둥 치지 않을 수도 없다.

"뭘 하고 있습니까!"

호통을 친 쪽은 바쓰 씨다.

"이치 씨도 당신도 빨리 여기서 도망치세요!"

나는 손을 멈추지 않았다. 남은 시간이 얼마나 있을지도 모른다. 팔 수 있을 만큼 팔 생각이다. 이치 씨가 속삭였다.

"네 놈. 그것이 네가 사랑을 지켜내는 신념이냐."

"글쎄, 나는 모릅니다."

"사랑 같은 건 속임수다. 꿈이자 환상이지."

'아아, 참으로 그리운 말이다.'

나는 미소 지었다.

"허나 꿈과 환상의 유통기한은 아마도 천 년은 넘는 것 같습니다."

"알 바냐. 네 놈의 사랑 따위……."

"제 이야기가 아닙니다. 당신 이야기입니다."

이치 씨가 침묵했다.

진정한 사랑 따윈 한 번도 본 적이 없다. 정작 그런 말을 뱉은 신이 천 년이라는 긴 시간 동안 한 여자를 사랑하고 있다. 신이라는 강력한 존재임에도 불구하고 얼굴을 잔뜩 찡그리고 온몸에 땀을 흘리면서 단 한 권의 낡아빠진 책을 지키고 있다.

이치 씨는 괴로운 듯 얼굴을 찡그리며 말했다.

“나는 여기까지다. 마무리해라.”

옆으로 뻗고 있던 양손 끝이 기화하듯 사라져갔다. 손끝을 시작으로 손목, 그리고 가슴까지 사라지고 있었다. 거기에 맞춰서 주위의 불길이 점점 밀려 들어왔다.

나는 정신없이 파낸 구멍에 문통록을 밀어 넣었다. 그리고 주변의 흙을 최대한 긁어모았다. 아무래도 나는 냉정하지 못한 것 같다. 정신이 들었을 땐 이미 화염이 몸을 휘감고 있었다.

‘이제까지 나는 몇 번 죽어왔지?’

언제나 약간의 미련을 남기고 죽어왔다. 헤아리는 일조차 어리석은 짓이다. 그럼 나의 환생은 저주인가, 구원인가. 이번 생도 역시나 큰 미련과 함께 죽게 된다. 억울함도 슬픔도 있다.

그러나 모든 것에 익숙함도 필요하다. 생각은 이렇게 했지만, 사실 의외로 내 실제 마음은 다를지도 모른다. 노지 씨의 손에 의해서 문통록이 불타지 않았다는 사실을 알았을 때 떨릴 정도로 안심했기 때문이다.

‘만약 이것이 불탄다면.’

우리들의 소소한 행복을 모은 기록이 사라진다면, 그건 이번 생의 죽음보다 더 괴로운 일이다.

나는 문통록을 묻은 구멍 위를 덮듯이 엎드려 눈을 감았다. 신에게는 빌지 않았다. 빌어야 할 신은 이미 사력을 다한 뒤였기 때문이다.

그녀의 목소리가 들린 건 그때였다.

"안은 자신을 좀 더 소중히 여겨야 해."

맑고 아름답게 빛나는 달빛을 닮은 목소리. 눈을 뜨자 주위의 화염은 물러나 있었고, 밤하늘 아래 쇼코가 서 있었다.

쓴웃음을 지으며 나는 대답했다.

"특별히 죽으려고 한 건 아닙니다."

이치 씨가 생각보다 도움이 되지 않았을 뿐, 나머지는 그저 흘러가는 대로 됐다. 땅에 엎드린 나를 쇼코가 내려다봤다.

"근데 지금 포기했잖아."

"그건……."

내가 머뭇거리는 사이 쇼코가 후, 하고 숨을 들이마셨다.

"윤회니 전생이니 난 모르겠어. 안이야 죽어도 다시 태어난다지만, 안이 죽고 남겨질 나는 슬픈 게 당연하잖아."

내가 쓴웃음을 지은 건 그녀의 얼굴이 생각보다 진지했기 때문이다. 그 목소리가 울 것처럼 떨렸기 때문이다. 눈앞에 서 있는 그녀의 모습이 타오르는 불길의 빛에서조차 여전히 흔들림 없이 아름다웠기 때문이다.

"천 년 전이라든가 전생이라든가, 그런 거 어찌 되어도 상관없어. 나는 지금 여기 있는 네가 정말 소중하단 말이야. 그러니까 너도 너를 제발 소중히 여기라고, 오카다 안."

쇼코가 이쪽으로 손을 내밀었다.

"사랑받고 있는 거 눈치채."

'아아, 이 여자는 모든 걸 잊었으면서.'

천 년이 지난 지금도 여전히 나의 가슴을 뛰게 하는구나. 그렇다면 나의 환생은 저주도, 구원도 아니다.

그저 순수한 행복이다.

...

두 사람의 이야기

이 시대에 여자는 모리하시 쇼코, 남자는 오카다 안이다.

두 사람이 만난 건 2년 전 4월의 아주 화창한 날이었다. 고베 산노미야역에서 산요전철(고베시를 달리는 사철- 역주)에 올라탄 쇼코는 승객이 드문드문 있는 차내에서 선잠을 자는 안을 발견했다.

'그 사람이다.'

남자의 영혼이 이번 생에서는 귀여운 여자의 모습인 건 특별히 놀랍지 않았다. 이제까지 윤회의 과정에서 사람만이 아니라 새나 짐승, 곤충, 하물며 식물로도 이어져 왔기 때문에 성별 같은 건 어찌 되었든 상관없었다.

쇼코는 안의 옆에 앉았다.

잠시 편히 잠든 얼굴을 바라보았다.

그러나 느긋하게 있을 수만도 없었다. 두 사람은 만나면 사랑에 빠져버린다. 이제까지 천 년에 달하는 사랑이 그렇게 만들어져 왔다. 이미 쇼코의 윤회 전생의 기억에 금이 생기기 시작했고 부슬부슬 무너지고 있었다.

쇼코는 검지로 안의 말랑하고 부드러운 볼을 찔렀다.

그러자 안이 눈을 뜨고 멍한 목소리로 말했다.

"당신은……"

이쪽이 기억을 잃기 시작했듯 저쪽은 모든 것을 기억해내기 시작했을 것이다.

안이 미소 지으며 말했다.

"이번 생에도 당신과 만날 수 있어서 다행이야."

쇼코도 함께 웃으며 대답했다.

"응. 근데 나는 조금 아쉬워."

"어머. 벌써 질린 거야?"

"그건 아닌데, 항상 한눈에 반하게 되니까."

이제까지의 추억과 눈앞에 있는 이 사람과 사랑에 빠지는 일을 반복해왔다. 그것이 지겹다면 지겨웠다.

'이 사랑은 이미 완성되었으니까.'

부족함도, 그늘도 없는 사랑을 두 사람 모두 알고 있으니까.

가끔은 상대의 사랑을 의심하거나 둘의 미래에 불안을 느끼는 초조함도 느껴보고 싶었다. 따뜻한 사랑도 좋지만 데일 만큼 뜨거운 사랑에도 몸을 맡겨보고 싶었다.

"가끔은 천 년 만큼의 당신이 아닌 지금 여기에 있는 당신만을 사랑해보고 싶어서."

쇼코의 말에 안은 묘하게 진지한 얼굴로 "그렇군." 하고 끄덕였다.

쇼코는 수첩을 꺼내어 막힘없이 이번 생의 추억을 써 내려갔다. 윤회의 기억을 잃기 전 문통록에 더할 페이지를 남겨두려는 것이다.

옆에서 안은 멍하니 창밖을 바라보았다. 이윽고 속삭이는 듯 말했다.

"저기 보세요. 아주 아름다워."

전철은 스마(고베 서부의 해안지대-역주) 해안을 따라 달리고 있었다. 북쪽의 아담한 산에는 몇 그루의 벚나무가 꽃을 피웠다. 쇼코는 그 풍경에 넋을 잃고 바라봤다.

만개한 왕벚나무는 현생에서는 그다지 특별한 벚나무는 아니다. 그러나 그 꽃은 평소보다 아름다워 보였다. 옆에 사랑하는 사람이 있는 만큼 특별한 풍경이 되었다. 천 년이 지난 지금도 여전히.

"당신과 있는 세상은 설렘으로 가득하네."

쇼코의 말에 안은 대답했다.

"실로 그러하지요."

쇼코는 마지막으로 담백한 사랑의 말을 적어나갔다. 그리고 수첩의 페이지를 찢은 뒤 앞에서 읽는 건 부끄러우니 반으로 접어서 내용을 숨겼다.

전철은 벚나무를 등지고 앞으로 달려 두 사람을 다음 장면으로 데리고 나아갔다.

· · ·

만약 이 소소한 이야기가 우리들의 사랑 이야기라면 이번 생의 이야기는 2년 전, 어느 봄날에 이미 끝을 맞이하였다. 남은 건 그저 행복을 담은 후일담이다. 그저 만족스러운 우리들의 일상이다.

나는 쇼코의 손을 잡고 일어났다. 화염은 아직 굉음을 울리며 타오르고 있었다. 그 노르스름한 붉은 빛에 비친 쇼코를 나는 바라봤다. 윤회전생의 모든 기억을 잊었어도 여전히 기억대로 느긋하게 아름다운 그녀를.

'계속 당신만을 바라보고 싶습니다만.'

쇼코가 와버린 이상 무조건 살아남아야 한다.

"여기까지 어떻게 오셨나요?"

그렇게 묻자 그녀는 태연하게 대답했다.

"신에게 빌었어."

쇼코가 트렌치코트 주머니에서 꺼낸 건 작은 흰 개구리였다.

가코 씨였다. 이치 씨와 짝을 이루는 하리마고센을 관장하는 물의 신의 화혼. 그러고 보니 저녁 식사 자리를 마지막으로 모습을 보지 못했는데 쭉 쇼코의 주머니에서 들어가 있었던 것인가.

쇼코의 손바닥에서 뿅, 하고 뛴 가코 씨는 공중에서 커지더니 바닥에 닿을 때는 올려다볼 정도로 커졌다. 그가 "이야!" 소리치며 양손을 내밀자 화염이 물러났다.

"가능할 것 같나요?"

가코 씨는 땀을 흘리면서 대답했다.

"어쨌든 위험합니다. 바쓰 씨에게 힘이 흡수되고 있어서."

이쪽도 기대할 수 없다. 하늘에 떠 있는 바쓰 씨는 어디로 가야 좋을지 몰라 불안한 기색이었다. 하지만 다른 곳으로 간다 하더라도 그녀의 힘이 흘러나오면 순식간에 일이 커져버린다.

나는 다시 무릎을 꿇고 조금 전 파묻었던 구멍을 파헤쳤다. 헛수고도 이런 헛수고가 없다. "뭘 묻은 거야?"라고 말하면서 쇼코도 나를 도왔다.

다시 모습을 드러낸 문통록을 나는 거친 손놀림으로 펼쳤다. 곧 드러난 페이지를 찢어서 그걸 가뭄의 신에게 내보였다.

"바쓰 씨, 실례."

내가 손에 든 페이지에는 바쓰 씨의 봉인 부적이 붙어

있었다. 아주 오래된 것으로 그 힘은 절반으로 줄었지만, 전혀 무력하지도 않았다. 나는 문통록을 발 옆에 떨어뜨리고 한 손으로 결인 동작을 만든 뒤 미리 통으로 암기한 축시를 외웠다. "오오, 이건!" 하고 가코 씨가 환호성을 질렀다.

바쓰 씨가 비명을 질렀다.

"아아, 안 됩니다. 이 부적에는 이미 나를 봉인할 정도의 힘은 없……."

이미 알고 있다. 이건 사소한 시간 벌기 정도다. 나는 땅에 고꾸라져 있는 이치 씨에게 말을 걸었다.

"여기, 사랑하는 여자의 목숨입니다. 쓰러져 있지 말고 구하세요."

"네 놈에게 그런 말 듣고 싶지 않다! 열받는다고."

이치 씨가 일어났다. 쇼코에 대한 사랑이 이유인지, 아니면 내 손에 든 부적이 조금이나마 가뭄의 신의 힘을 눌러 준 것인지는 모르지만 일단은 그의 눈에 의식이 돌아왔다.

이치 씨가 땅을 밟고 소리도 없이 떠올랐다. 그 신체가 죽 늘어나서 거대한 흰 뱀의 모습으로 변했다.

"물이 부족하다. 이쪽으로 넘어오거라."

"정말이지. 당신은 언제나 멋대로야."

가코 씨가 깊게 숨을 들이마시자 흰 개구리의 모습이 부풀었다. 계속, 계속. 열기구처럼 부풀어 공중에 떠오른 가코 씨가 밤하늘에서 팡, 하고 터졌다.

그리고 뒤따라 국지성 호우가 쏟아졌다.

시원하게 내리는 비에 젖진 않았다. 가뭄의 신의 힘에 의해 물은 땅에 떨어지기 전 증발했다. 그 비가 닿은 곳은 따로 있었다. 공중에 떠오른 이치 씨다. 무수한 빗방울이 그의 비늘을 적셨고 붉은 화염의 빛을 받아 장엄하게 빛났다.

바쓰 씨가 외쳤다.

"이치 씨. 나를 봉인해주세요!"

"알 바냐! 나는 언제든 내가 하고 싶은 대로 할 뿐이다!"

똑같이 큰 소리로 되받아친 이치 씨가 자세를 낮추고 땅을 기어가 자신의 꼬리를 따라가며 원을 만들었다.

곧이어 그 모습이 크게 너울거리는 강으로 변모했다. 큰 뱀처럼, 아니 용처럼 똬리를 튼 강. 그건 천 년 전 우리 둘을 죽음으로 몰고 간 강이었다. 그러나 지금은 우리를 지키는 완벽한 방패다.

옆에서 쇼코가 속삭였다.

"예쁘다."

급류가 화려하게 번쩍거리면서 화염을 쓰러뜨렸다. 태어나서 무(無)로 돌아가고 다시 태어남을 반복하는 생명과 같이. 빙빙 도는 물살이 어둠 속에서 빛났다.

빛나는 풍경을 가만히 숨을 삼키며 지켜보는 동안 눈이 부실 정도의 밝은 빛은 점차 사라져갔다. 끝에 남은 건 맑고 조용한 밤뿐이다.

'끝났다.'

쇼코가 후, 하고 숨을 뱉으며 웃었다.

"뭔가 신에게 도움만 받는 거 같네."

"네. 정말요."

이치 씨는 몇 번이고 쇼코를 구한다.

저래 보여도 의외로 좋은 신이다.

쇼코는 몸을 웅크리고 내가 떨어뜨린 한 권의 책, 도명초문통록을 집어 들었다. 그저 낡아빠진 책을 위해 많이도 달려왔다. 이 책을 둘러싼 혼란스럽고도 불안한 일들도 이제 슬슬 마지막을 향하고 있다. 내가 이런 생각을 하며 정리를 하고 있을 때 놀란 목소리가 들렸다.

"그렇군. 이렇게 되는 건가."

돌아보자 아주 고요해진 나무들 사이에서 예리한 눈매의 여성이 나타났다.

쓰지 마스미. 실력 있는 주술사는 뒤에 도보 씨와 고즈카 씨를 이끌고 오고 있었다. 고즈카 씨가 새된 목소리로 "안 씨, 괜찮으십니까!" 하고 소리쳤다. 나는 웃음을 보이며 손을 흔들었다.

마스미 씨는 주위를 둘러보며 덧붙였다.

"괘씸할 정도로 결과가 좋으니 뭐 됐어. 그 지식의 신, 다른 사람 신경을 거슬리게 하는 데에는 도가 텄어."

지금의 상황, 정말이지 완전히 그녀의 말대로다. 이미 사람의 모습으로 돌아온 이치 씨는 축 늘어져 앉아 있었다. 바쓰 씨는 자신 때문에 일어난 산불에 하늘에서 우왕좌왕하며 허둥대고 있었다. 그러므로 봉인에 대해 항의할 상황은 아니었다.

오모이카네 씨는 대체 어디까지 미래를 예상한 것인가. 인간인 내가 신의 생각을 읽어낼 힘도 없겠지만 언제나처럼 그 지식의 신은 터무니없는 과정을 지나, 자신이 원하는 결말에 도착한다.

쇼코가 손에 든 한 권의 책을 내 가슴팍에 밀며 내밀었다.

"이쪽은 말이야. 대단원의 막을 끝낸 느낌인데, 뭐 하러 왔어?"

그에 비해 마스미 씨는 여전히 쿨한 목소리로 대답했다.

"당연히 아르바이트하러."

부적을 끼워 둔 그녀의 손가락은 이치 씨를 가리키고 있었다.

"하리마고센의 물의 신이시여. 가능하면 원만하게 봉인되어주지 않겠어?"

내가 나설 차례는 아니다.

알고 있지만 나도 모르게 물었다.

"잠깐만요. 두 신의 봉인은 돗토리사구에서 행할 예정 아니었나요?"

"응. 하지만 어디든 마찬가지야. 불러내서 봉인하거나 봉인한 다음 옮기거나 어느 쪽이든 수고는 변하지 않아."

그렇군. 확실히 그 말대로다.

"하지만 이치 씨는 산불을 끈 선한 신입니다. 논의할 필요 없이……."

"조용히 해라."

이치 씨의 변호에 나선 나의 말을 가볍게 잘라낸 건 물의 신 황혼 본인이었다. 나의 보살핌은 필요 없다는 의미이다. 그는 불탄 들판 위에 앉아 있었다.

"뭐 됐어. 오늘 밤은 피곤해. 잠시 봉인돼주지."

언짢은 듯한 이치 씨에게 쇼코가 물었다.

"하지만 신, 괜찮아요?"

"집요하네. 몇 번을 말하게 하냐."

"신은 하고 싶은 대로 사는 존재 아니야?"

"흥, 그래. 그럼 지금부터 내 멋대로 원하는 걸 하나 말해주지."

이치 씨는 나를, 나의 손안에 있는 책을 가리켰다. "이봐, 여자. 나를 위해 저걸 훔쳐라. 나를 봉인할 거면 저 안에서 해라."

이치 씨의 손끝을 따라 쇼코가 이쪽을 바라보고 있었다.

나는 책을 감싸 안은 채 생각했다.

'이치 씨가 집착하는 건 대체 무엇일까?'

이런 물건을 원해서 뭐 하러.

쇼코가 말했다.

"저기, 신님. 혹시 당신은 안의 기억 속에 계속 남고 싶은 거 아니었습니까? 이 아이 뒤를 좇고 싶으니까 문통록이 소중한 거 아니었어요?"

이치 씨는 대답하지 않았다.

'아니다.'

나는 마음속으로 부정했다. 이치 씨가 사랑하는 건 쇼

코다. 하지만 지금 그가 말한 '멋대로 원하는 건' 그런 이야기도 아니다. 이유를 알 수 없는, 전혀 의미 없는 행동을 하고 있다.

마스미 씨가 "뭐가 됐든 빨리해." 하며 재촉했다.

쇼코가 고개를 끄덕이고 나를 향해 손을 뻗었다.

"그럼 안. 그거 줄래?"

"네. 여기요."

책을 넘겨 받은 쇼코가 이치 씨에게 다가갔다. 뒷모습이라 그녀의 표정은 보이지 않았다. 그러나 아마 불쾌한 얼굴을 하고 있을 것이다. 이치 씨의 앞에서 쇼코가 책을 내밀었다.

"이걸로 된 거죠?"

"어. 그렇다."

이치 씨가 손을 뻗었지만 그 손은 허공을 가를 뿐 빈손 그대로였다. 쇼코가 낡은 책을 높이 머리 위로 올렸다.

"미안, 안. 뭔가 찜찜해서."

나는 무의식중에 쓴웃음을 지었다. 동시에 나와 같이 웃는 신이 있었다. 이치 씨도 아련한 쓴웃음을 띄웠다가 곧이어 다시 진지한 얼굴로 돌아왔다.

'역시. 당신에게도 효과가 없었습니까.'

쇼코가 이어갔다.

"이거, 가짜예요. 조금 전에 바꿔치기 했거든요."

쇼코가 책을 펼치자 안에는 백지였다. 가짜 문통록, 고베 호텔에서 우리에게 넘겨준, 쓰지 씨가 만든 문통록.

'이 역시 유령 시중 응용이다.'

곧이어 있을 변화무쌍한 활극을 위한 준비로 쇼코는 아까 파뒀던 구멍에 문통록을 몰래 다시 숨겨두었다. 대신 트렌치코트 품에서 꺼낸 가짜를 이쪽에 내밀었다.

나에게 유령 시중이 통하지 않는 데에는 아주 쉬운 이유가 있다. 입에 올리기도 바보스러운 그 이유, 하지만 부끄러움을 무릅쓰고 말하자면 단지 그녀를 사랑하기 때문. 그것 말고 달리 이유가 없다.

쇼코는 눈에 띈다. 모습도, 행동도, 목소리도, 말도, 뭐든지 사람의 눈을 매혹한다. 하지만 그녀는 잔재주로 그녀를 향한 눈길을 흐트러뜨리기도 한다. 그 전혀 다른 분위기에 대부분은 그녀를 끝까지 쫓지 못한 채 쇼코의 움직임을 놓쳐버린다. 그것이 유령 시중의 정체다.

그러나 나에게 분위기가 있든 없든, 모리하시 쇼코는 눈길을 끄는 존재다. 화려하든 수수하든 단 하나뿐인 특별한 사람이다. 옆에 있는 동안 그녀가 나의 의식에서 빠져나가는 일은 없다. 그러니까 그 기술은 나에게 통하지 않는다.

'그리고 같은 이유로.'

이 자리에서는 또 한 명의 신, 유령 시중이 통하지 않는 상대가 있다. 당연하게도 이치 씨다.

그는 웃음을 참고 있는지 묘하게 어색하고 진지한 얼굴로 고쳤다.

"끈질기네. 나는 이거라고 말했다."

그는 쇼코의 손에서 가짜 문통록을 빼앗았다.

'이치 씨는 마지막 순간 쇼코에게 속고 싶은 걸까.'

혹은 그녀가 끝까지 거짓을 우기지 않을 사람이란 걸 알아차린 걸까.

어느 쪽인지 나는 알 수 없다.

그러나 어느 쪽이든 이 신은 만족하지 않았을까, 하는 생각이 들었다.

이치 씨와 바쓰 씨는 별다른 저항 없이 두 장의 부적에 서로 마주한 채 봉인되어 가짜 문통록에 붙여졌다. 내일이면 이 책은 돗토리사구에 옮겨진다.

화염의 현장을 정리하기 위해 오모이카네 씨가 나타났다. 그의 말로는 오늘 밤 화재는 신들의 힘에 의해 '없던 일'이 될 예정이라고 한다. 그 일을 위해 이미 손을 써두었는지 화재현장에는 끝까지 소방차가 오지 않았다. 남은 일은 태워버린 산을 이와노오카미가 다시 되살리면 그걸로 모든 것이 원상복구. 하룻밤 만에 장엄한 숲을 이뤄냈다는 일화를 남긴 그 신은 명성처럼 산을 번영하게 하는 힘을 갖고 있다.

그렇다고 해도 오늘 밤 일어난 수상한 화재는 이미 많

은 이들에게 알려졌다.

"목격자는 어떻게 할 건가요?"

내가 묻자 오모이카네 씨는 가볍게 대답했다.

"아무래도 좋아."

그는 어쩐지 쓸쓸한 눈으로 화재 흔적을 아득하게 바라보았다.

"지금 시대의 사람들은 증거가 없는 건 믿지 않습니다. 도시 전설 같은 일화가 인터넷 한편에 남는 정도겠죠."

나는 더이상 묻지 않았다. 그가 어떤 마음이었는지는 알 수 없다. 어떤 이유가 있더라도 그는 평소처럼 이런저런 일을 해결해나갈 것이다. 누군가의 눈에는 바보 같아 보이더라도, 누구보다 실속 있는 자신만의 방법으로.

"그럼 메리 크리스마스."

웃지도 않고 오모이카네 씨가 말했다.

"메리 크리스마스."

나와 쇼코는 입을 모아 그렇게 대답하고 기노사키의 거리로 발을 돌렸다.

이제 남은 건 승리를 축하하는 술자리다. 우리는 바의 한쪽에 자리를 잡고 각각이 좋아하는 칵테일로 건배했다.

얼굴을 마주하고 앉은 사람은 나와 쇼코, 그 맞은편엔 노지 씨, 우키시마 씨, 와야 씨 총 다섯 명이다.

와야 씨는 자신의 주먹질로 볼이 퉁퉁 부은 노지 씨를 바라보며 어색하게 "사과하진 않을 거예요." 하고 말했다. 여기에 노지 씨는 "계속 반성하고 있어요." 하고 대답했다. 둘 사이에서 호쾌하게 웃는 우키시마 씨가 "오늘 밤은 이브야. 과거의 일은 알코올로 흘려보내는 게 예의라고." 라며 양쪽에 있는 두 사람을 강하게 끌어안았다.

새빨간 키르 로얄 칵테일을 기울이던 쇼코가 본론을 꺼내었다.

"그럼 몫을 정해볼까."

그녀는 모두에게 보여주듯 도명초문통록을 들었다. 묻었다가 파냈다가, 흙이 묻은 손으로 책장을 넘기고 하는 과정에서 아주 더러워져 버렸다. 슬슬 표지를 바꿔야 할 것 같다.

김렛(새콤한 맛이 나는 칵테일-역주)을 비우고 우키시마 씨가 대답했다.

"나는 물론 시카마자쿠라 압화를."

이에 관한 다른 의견은 없다. 문통록이 깨끗하고 온전한 상태가 아니라서 와야 씨는 불만이겠지만 그도 그 불만을 꺼내지 말아야 한다는 사실은 알고 있는 듯하다.

와야 씨가 손에 든 캐럴 칵테일(브랜디를 베이스로 하는 단맛의 칵테일-역주)을 테이블에 올려놓고 말했다.

"나는 무엇을 받습니까?"

그에 관한 보수도 이미 정해져 있다.

"문통록을 드릴까요?"

내 말에 모두가 술렁거렸다.

와야 씨가 테이블에 손을 올리고 몸을 내밀었다.

"정말이죠! 말을 꺼내놓고 나중에 거짓말이었다고 하면 안 됩니다!"

"아아, 그런데 그 전에."

허락을 구해야 하는 상대가 한 명 있다.

"쇼코에게 필요하면 준다고 말했었거든요."

여기에 쇼코가 서슴없이 대답했다.

"나는 딱히 필요 없어. 그런데 한번 읽어보고 싶어."

"네. 그럼 그 뒤에 와야 씨에게 건네겠습니다."

본래 고서의 관리는 귀찮아서 할 게 못 된다. 그렇다면 전문가에게 맡기고 필요할 때만 찾아보는 편이 좋다. 환호성을 지르는 와야 씨에게 나는 물었다.

"당신은 어떻게 이 책을 갖게 된 건가요?"

그는 자신만만하게 대답했다.

"그건 마치 운명이라고 부를 수밖에 없는 만남이었습니다. 4년 전 여름 끝 무렵, 매미 소리도 멀어져 가는 시기……."

"서두는 필요 없으니까 중요한 부분만 말해주세요."

네, 아쉬운데, 하고 와야 씨는 낙담한 모습이었지만 어쨌든 그는 이렇게 말했다.

"인터넷으로 고서를 많이 사게 되면 덤이 가끔 오는데 문통록은 그 덤으로 온 것이었습니다."

우키시마 씨가 "그렇게 어이없이." 하고 중얼거렸다.

하지만 내 생각에도 문통록은 너무나도 그럴 만한 책이었다.

"그 책은 어디에서 구입하셨나요?"

"사실 기억이 잘 나지 않습니다. 어찌 되었든 개인 출품이었으니까 문통록의 가치를 알지 못했던 것이죠."

확실한 건 모른다. 하지만 쇼코, 윤회의 기억을 잃기 전 쇼코도 나와 같은 생각이 아니었을까. 즉 그녀는 문통록을 빼오긴 했지만 고서 관리 같은 귀찮은 일은 할 생각이 없어서 신뢰할 수 있는 고서 매니아에게 맡기기로 한 것이다.

나는 이 책에 두 장의 페이지를 더할 생각이다. 2년 전 봄, 쇼코에게 받은 페이지와 나 자신의 페이지. 그 일을 끝내고 쇼코에게 보여준 뒤 그녀가 만족해하면 더는 갖고 있을 이유가 없다.

"용건이 끝나면 보내드리겠습니다."

내가 그렇게 말하자 와야 씨는 고개를 저으며 답했다.

"보내다니요, 말도 안 됩니다! 만반의 준비를 하고 가지러 가겠습니다!"

그럼 남은 사람은 노지 씨다. 쇼코가 그에게 물을 건넸다.

"당신은 무얼 원하지?"

노지 씨는 심약하고 곤란한 표정을 지었다.

"저는 딱히. 이미 목적을 이뤄서요."

"그래도 함께 도둑질을 한 동료에게 아무것도 주지 않을 순 없잖아. 대신에 뭔가를 훔쳐줄까?"

"저는 이제 아무것도 훔치지 않겠다고 맹세했습니다."

두 사람의 대화에 나는 옆에서 끼어들었다.

"그럼 노지 씨에게는 간직해둔 페이지를 복사해줄게요."

"「설화몽견절」입니까?"

"아니요. 아마 당신에게 있어서 그보다 더 가치가 있는 페이지입니다. 그렇다고 해도 읽지 않았으면 하는 부분도 있으니까 검은 칠 투성이가 될지도 모르겠습니다."

쇼코는 노지에 대해서 제법 팬이라고 말했었다. 그 말은 거짓이 아니었다.

윤회의 기억을 잃기 전 그녀는 문통록에 더할 문장을 수첩에 적어서 나에게 주었다. "뭔가 부끄러우니까 문통록을 손에 넣기 전까지는 읽지 마."라고 말했기 때문에 반으로 접은 종이를 열어보지 않았지만 역시나 이제 괜찮겠지, 하는 마음에 먼저 내용을 확인해봤다.

쇼코가 남긴 건 무료한 수필이다. 대부분 이번 생에서 그녀가 마음에 든 것의 나열이고 그중에는 노지 씨의 노래에 대해서 적은 문장이 있었다. 「터틀백」에서는 특히 후반부의 전개가 좋다고. 그리고 그 정도 유명하지 않은 그의 다른 곡을 칭찬했다.

「설화몽견절」 작곡자의 의견을 노지 씨가 어떻게 받아들일지 나로서는 알 리 없다. 받아들인 뒤 그 말을 어떻게 해석할지는 그의 인생이다. 하지만 모르는 것보다는 알려주는 편이 좋으니까.

옆에서 쇼코가 속삭였다.

"안은 문통록에 뭘 쓸 거야."

물론 그것 또한 정해져 있다.

"맛있는 카레 레시피요."

애당초 나는 이를 위해 고쓰조 카레에 아르바이트로 잠입한 것이다. 쇼코가 그 가게의 카레를 너무나도 좋아하기 때문에 만드는 법을 문통록에 더하려고 결심했다. 어느 날 밤, 고쓰조 카레에서 나눈 대화는 이러했다.

"안은 왜 우리 가게의 카레 레시피를 원하는 거야?"

"오래도록 사랑하는 사람에게 대접하고 싶어서요."

이렇게 해서 나는 레시피를 배울 수 있는 기회를 얻어냈다. 여기서부터 얻은 교훈은 '러브레터는 짧고 솔직하게.'였다.

"최고네!"

쇼코가 웃었다. 마을 곳곳에 장식된 조명보다도 더욱 빛나게. 그러니 이 밤은 거룩한 밤이라 불러 마땅하다고 나는 생각했다. 이제까지 둘이 보낸 시간처럼 오늘 밤은 나에게 있어서 무엇보다도 가치 있는 밤이다.

'자, 이렇게 해서.'

사람과 신이 동분서주하고, 시간을 뛰어넘은 사랑과 다양한 욕망이 뒤섞인, 그렇지만 배경의 스케일에 비해 상당히 조촐한 이야기가 끝을 맞이했다. 이 결말이 다른 사람의 눈에 어떤 식으로 비추어질지는 모르지만 그건 당신들의 사정. 우리에게는 평온하고 만족스러운, 그저 행복한 날들의 이야기이다.

내가 이런 생각에 잠겨 있을 때 테이블 한쪽에서 뿅, 하고 작은 신이 나타났다. 나뭇잎으로 얼굴을 가린 인형과 같은 작은 신이 새된 목소리로 말했다.

"여러분, 여러분. 거대 케이크의 준비가 완료되었습니다. 괜찮다면 요이마치테로 돌아와 주세요!"

그 말에 쇼코가 크게 소리쳤다.

"우리들의 파티는 끝나지 않았어! 지금부터야!"

방금 한 '끝'이라는 말은 취소해야겠다. 그녀가 그렇다면 이 이야기는 끝나지 않는다. 언제까지고, 언제까지고. 이 세상에 그녀가 있는 한 나의 행복한 날들은 이어질 것이다.

가게의 음악이 바뀌고 「All I Want For Christmas Is You」의 도입부가 흘러나왔다. 다음 장면을 위해 나와 쇼코는 나란히 잔을 비워냈다. 빈 잔이 오래도록 반짝였다.

옮긴이 최은지

일어일문학을 전공하고 다양한 분야를 거쳐 현재 바른번역에서 외서 기획가와 일본어 번역가로 활동하고 있다. 저자의 목소리를 독자에게 온전히 전달하는 역자가 되기 위해 노력하고 있다. 역서로는 『부자는 왜 필사적으로 교양을 배우는가』, 『데프 보이스』, 『용의 귀를 너에게』, 『통곡은 들리지 않는다』, 『상대의 마음을 움직이는 힘』 등이 있다.

사랑받고 있는 거 눈치채!

초판 1쇄 발행 2024년 8월 28일

지은이 코노 유타카
옮긴이 최은지
펴낸이 김선준

편집이사 서선행
책임편집 유채원 **편집2팀** 배윤주 **디자인** 김예은
마케팅팀 권두리, 이진규, 신동빈
홍보팀 조아란, 장태수, 이은정, 권희, 유준상, 박미정, 이건희, 박지훈
경영관리 송현주, 권송이

펴낸곳 ㈜콘텐츠그룹 포레스트 **출판등록** 2021년 4월 16일 제2021-000079호
주소 서울시 영등포구 여의대로 108 파크원타워1 28층
전화 02)332-5855 **팩스** 070)4170-4865
홈페이지 www.forestbooks.co.kr
종이 ㈜월드페이퍼 **출력·인쇄·후가공** 더블비 **제본** 책공감

ISBN 979-11-93506-75-2 (03830)